Audacieuse lady Belinda

LOUISE ALLEN

Audacieuse lady Belinda

LES HISTORIQUES

éditions Harlequin

Titre original : THE OUTRAGEOUS LADY FELSHAM

Traduction française de BLANCHE VERNEY

HARLEQUIN®
est une marque déposée par le Groupe Harlequin

LES HISTORIQUES®
est une marque déposée par Harlequin S.A.

Photo de couverture
Sceau : © ROYALTY FREE / FOTOLIA

83/85 boulevard Vincent-Auriol 75646 PARIS CEDEX 13.
Service Lectrices — Tél. : 01 45 82 47 47
www.harlequin.fr

ISBN 978-2-2808-1003-6 —ISSN 1159-5981

1

Fin juillet 1815

« Je veux un héros. »

Ces mots imprimés sautèrent aux yeux fatigués de Bel, qui poussa un lourd soupir en refermant son exemplaire de don Juan.

— Moi aussi, lord Byron, moi aussi…

Bien sûr, le poète et la jeune aristocrate ne formulaient pas ce souhait pour la même raison. Lui cherchait désespérément un personnage pour son œuvre singulière ; lady Belinda Felsham, elle, avait simplement envie de tomber amoureuse.

Non, d'ailleurs ce n'était pas simplement cela. Le regard de Bel se perdit, songeur, devant elle. Voilà qu'elle ne parvenait même plus à être honnête envers elle-même… Ses désirs n'étaient pas simples, pas si purs et ne la portaient pas vers des chevaliers errants ou des héros de romans.

Bel roula sur le dos, sur la fourrure où elle était allongée et repoussa le livre en manquant de faire tomber l'un des candélabres qui avaient éclairé sa lecture.

Il était plus de deux heures du matin et les chandelles avaient fondu. Encore quelques minutes et il lui faudrait bien aller au lit, qu'elle puisse ou non y trouver le sommeil.

Elle étira ses pieds nus, lissa de la main les dentelles qui garnissaient l'ourlet de sa chemise de nuit et, de l'orteil, caressa les oreilles de la peau d'ours blanc sur laquelle elle s'était allongée pour lire et dont la tête était orientée vers la porte de sa chambre.

— Non, ce n'est pas ce que je veux, Horace, précisa-t-elle à l'attention de son duveteux compagnon. Je ne soupire pas après des clairs de lune, des sérénades et des regards langoureux. Je veux un bel homme, excitant et infatigable au lit. Je veux un amant, un vrai.

La peau d'ours ne répondit rien, pas plus qu'elle n'avait réagi aux milliers de confidences qu'elle avait reçues depuis des années qu'elle décorait les planchers.

A l'âge de neuf ans, Bel était tombée amoureuse de ce trophée élimé de Dieu sait quelle expédition arctique et avait obtenu son transfert du cabinet de travail de son parrain à sa chambre de petite fille. Depuis « Horace » comme elle l'appelait, ne l'avait pas quittée.

Feu son époux, le vicomte Henry Felsham, avait faiblement protesté contre la présence de cette peau d'ours dans la chambre de sa femme, mais Bel, bien que d'ordinaire plutôt raisonnable et assez encline à satisfaire son mari, avait tenu bon. Horace était resté en place et c'était Henry, finalement, qui avait dû céder. Bien sûr, il mettait un point d'honneur à pousser des soupirs agacés et à contourner soigneusement la peau d'ours, lorsqu'il effectuait ses visites bihebdomadaires dans la chambre de sa femme, mais il s'en tenait là. Peut-être sentait-il que sa jeune épouse trouvait plus de satisfaction à « converser » avec Horace qu'à recevoir les attentions malhabiles et peu passionnées de son époux.

Bel se redressa, s'appuyant sur ses mains derrière elle et regarda le décor de sa chambre avec contentement. Elle était parfaitement à son goût, même si elle l'occupait seule, sans la présence de l'amant de ses rêves. En fait, toute sa maison était parfaite, il fallait le reconnaître sans fausse modestie.

C'était un petit joyau d'hôtel particulier, enchâssé dans Half Moon Street, qu'elle avait acquis comme un moyen de clore un deuil de dix-huit mois et de s'amuser enfin.

La décoration, plutôt masculine, reflétait les goûts de son ancien propriétaire, mais ce n'était guère un problème, car cela lui donnait l'occasion de faire des projets de rénovation. Une ambition davantage accessible que la rencontre d'un amant, vœu qui relevait, lui, du pur fantasme.

Bel appréciait la liberté que lui accordait son veuvage. Jamais elle n'avait souhaité la mort du pauvre Henry, bien sûr, mais elle se plaisait à imaginer qu'un génie bienveillant avait pu l'emporter sur son tapis magique vers une contrée enchantée où, pour l'éternité, il aurait la joie profonde de chapitrer les bienheureux sur des sujets aussi passionnants que les adductions d'eau et l'entretien du bétail.

Henry pouvait ainsi, durant un long moment, l'assommer de son opinion sur toute chose, y compris quand elle préférait être seule. Or, Bel avait bien l'intention de gérer ses affaires comme elle l'entendait, notamment son propre argent.

Finalement, ce n'était pas un génie bienveillant qui avait emporté Henry, mais une banale maladie. Il fallait bien cela, avaient fait remarquer quelques mauvaises langues, pour le faire taire enfin.

Bel commençait à avoir froid aux pieds. Mieux valait

se coucher en espérant que le confort de son lit douillet lui apporterait le sommeil.

Elle entendit un bruit dans la maison et tendit l'oreille. Etrange… Son majordome et sa gouvernante, épouse de celui-ci, dormaient à l'entresol. Les valets, dans les communs et les femmes de chambre, sous les combles. De nouveau, elle l'entendit ; une suite de chocs sourds, comme des pas lourds dans l'escalier. Le cœur battant, Bel empoignait un tisonnier, quand la porte s'ouvrit en trombe et claqua contre le mur.

Dans l'écartement du chambranle se tenait une haute silhouette glorieusement vêtue d'un uniforme militaire écarlate. La lumière des chandelles faisait briller de rutilants brandebourgs d'argent. Larges épaules, longues jambes musclées mises en valeur par une culotte ajustée et de hautes bottes à genouillères, le visage de l'apparition était dans l'ombre, à part ses yeux brillants et ses dents éclatant de blancheur. De surprise, Bel lâcha le tisonnier qui retomba dans la cendre froide du foyer.

— Peste, voilà ce que j'appelle un beau cadeau de retour chez soi ! s'écria joyeusement l'homme, dont la voix chaude et grave résonnait étrangement au bas du dos de Bel, comme si elle la sentait vibrer, plutôt qu'elle ne l'entendait.

— Je ne me souviens pas du tout de vous, chérie, lui dit-il aimablement. Remarquez, je ne me souviens pas de grand-chose, ce soir… ce qui vaut peut-être mieux…

Il s'avança un peu, son pied botté entrant presque en contact avec les mâchoires retroussées d'Horace

Bel eut un mouvement de recul, mais s'empêtra dans sa chemise de nuit. Allait-elle seulement pouvoir se lever ?

— Qui a bougé le lit ? demanda l'homme, indigné.

Il était ivre, évidemment. Cela expliquait sa parole embarrassée, son allure titubante et les sottises qu'il débitait. Mais cela n'expliquait en rien ce qu'il pouvait bien faire dans cette chambre.

— Allez-vous-en, dit nettement Bel, malgré tout assez peu rassurée.

Inutile de crier ; le temps que l'on vienne, si du moins elle était entendue, l'intrus aurait tout le loisir de lui faire du mal.

— Ne soyez pas méchante, mon cœur, lui répliqua-t-il avec un sourire suave. Je ne rentre pas si tard que cela, n'est-ce pas ? Voyez…

D'un geste large qui manqua lui faire perdre l'équilibre, il montra l'horloge, dont les aiguilles montraient tout de même presque 3 heures.

— … La nuit est encore jeune.

Malgré les lourdeurs de l'alcool, la voix et l'élocution étaient celles, précises, d'un homme bien élevé. Elle avait devant les yeux un officier de Sa Majesté qui avait la faculté de passer à travers les portes closes. A moins qu'il ne s'agisse d'un fantôme… Mais ce spectre-là sentait le brandy, ce qui n'était guère usuel, pour un esprit.

— Allez-vous-en, répéta-t-elle distinctement.

Tout bien considéré, mieux valait rester assise. Se lever maintenant c'était faire comme le lièvre, courant devant un chien de chasse : elle risquait de déclencher une réaction.

Il était d'une grande beauté, ce militaire ivre. Ce qui restait des chandelles éclairait des cheveux blonds et bouclés, un menton droit et une bouche mobile, parfaitement dessinée. La regarder procurait à Bel de curieuses sensations, comme la caresse d'un chat qui se frotterait à vous.

— M'en aller ? Oh non, je ne vais pas faire cela, ce ne serait pas du tout gentil. Faisons plutôt connaissance… Demandez qu'on nous monte une bouteille, voulez-vous ? Que l'on discute un peu, d'abord.

D'abord ? Avant quoi, exactement ? Tout à coup, se lever et l'affronter ne lui paraissaient plus une si mauvaise idée, après tout. Bel baissa les yeux et s'aperçut que non seulement elle portait la plus arachnéenne de ses chemises de nuit, mais aussi qu'elle n'avait rien d'autre sur elle. Son négligé qui n'était guère plus décent, était abandonné sur le lit. Elle se recula et l'homme avança d'un pas.

Cette fois, il engagea franchement le pied dans la gueule d'Horace.

— Qu'est-ce que… !

Le mouvement qu'il fit le projeta en avant, mais son pied coincé le maintint sur place et le sculptural officier s'écroula de tout son long sur Bel, écrasée entre du muscle habillé de rouge et de la peau de bête jaunissante. La tête de la malheureuse jeune femme rebondit sur la queue atrophiée de l'ours polaire.

— Aïe !

Dieu, qu'il était lourd ! Pas gros, pourtant. Aucune confortable bedaine pour amortir le choc. Elle était coincée sous une montagne de muscles et d'os.

— Ah, ah, vous voilà ! chantonna-t-il comme s'ils étaient en train de jouer à cache-cache.

Son visage était enfoui dans le cou de Bel et sa voix lui parvenait comme étouffée par la soie. Sa barbe dure la piquait et étrangement, cela n'était pas si désagréable.

— Mais poussez-vous, enfin !

Des deux mains, Bel tenta de le repousser aux épaules ; Cela eut aussi peu d'effet que si une armoire à glace s'était renversée sur elle. Et encore, même une armoire pouvait basculer… Cet homme en revanche, il n'y avait pas moyen de l'ébranler d'un pouce.

— Bougez donc, espèce de…

Mais pour seule réponse, elle entendit un léger ronflement, près de son oreille. Il s'était endormi, assommé par l'alcool. De près, l'odeur du brandy était puissante.

Bel essaya encore de se dégager, mais il semblait s'être affalé sur elle pour de bon et il n'y avait rien à faire. Sous son dos, l'épais poil d'Horace et en dessous encore, la moquette. Cela n'était encore pas trop inconfortable quoique moins moelleux que ce dont son invité inattendu, lui, pouvait sans doute profiter. Car il semblait fort à son aise.

Ses jambes bottées pesaient lourdement sur les siennes, ce qui finissait par être douloureux. Au prix d'un effort pénible, elle les ouvrit et il se retrouva entre ses cuisses.

— Bon, c'est tout de même mieux, murmura-t-elle.

Pour toute réponse, il émit un nouveau ronflement, accompagné d'un mouvement des hanches pour trouver une meilleure position. C'est alors que Bel réalisa que non, « ça » n'était pas mieux. Pas du tout…

— Ah mon Dieu, murmura-t-elle.

Depuis les quelques vagues conseils donnés par sa mère, à la veille de son mariage, Bel savait que le devoir conjugal pouvait être inconfortable autant qu'embarrassant. Au bout de trois semaines de vie maritale, le plus fort de la timidité étant derrière elle, la jeune femme avait découvert qu'il pouvait également être mortellement ennuyeux.

Elle avait essayé de s'y intéresser, car Henry aurait fort mal pris qu'elle se mette à bouder ses visites dans le lit conjugal, mais elle s'y rendait sans le moindre espoir d'y trouver le moindre plaisir.

Ce n'est que lorsque les quelques femmes mariées qu'elle commençait à fréquenter se mirent à oublier qu'elle ne l'était elle-même que depuis peu, qu'elle commença à soupçonner qu'elle avait peut-être manqué une dimension très intéressante du mariage. Une occasion, en particulier, revenait souvent à sa mémoire.

Elle s'était trouvée, arrivant tôt à une soirée chez lady Gossington, entourée de quelques-unes de ces dames intrépides qui lui donnaient toujours l'impression qu'elle-même était, en comparaison, naïve, ignorante et gauche. Caquetant comme autant d'oiseaux de paradis et jouant de l'éventail à qui mieux mieux, elles s'amusaient à soumettre chaque nouvel arrivant au feu roulant de leur examen et de leurs commentaires acides.

— Mes amies, regardez un peu qui voilà, murmura madame Roper, lord Farringdon.

— Voilà ce que j'appelle un bel homme, reprenait une autre à la volée.

Bel, elle aussi, avait examiné l'élégant aristocrate. Il était certes joli garçon. Grand, mince, bien tourné avec de beaux cheveux sombres et un sourire enjôleur.

— Et si bien pourvu…, ajouta lady Lacey.

Cette remarque déclencha une cascade de gloussements, ce qui surprit Bel, qui n'y comprenait rien.

— … enfin, à ce qu'on m'a dit, acheva pudiquement lady Lacey.

Normalement, Bel aurait dû garder le silence, mais un mauvais démon l'avait poussée à s'en mêler. Elle avait cru comprendre qu'il était question d'argent, sujet qui, lui au moins, lui était familier.

— Ah oui ? s'était-elle étonnée, étudiant le fameux lord Farringdon de la tête aux pieds.

Son habit de soirée était certes admirablement coupé, mais cela ne lui paraissait pas une indication suffisante.

— Mais… je ne comprends pas, je croyais que toute sa fortune avait été dilapidée par son père ? avait-elle ajouté.

En guise de réponse, ces dames ne lui opposèrent qu'une folle hilarité. Elle avait visiblement dit quelque chose de très stupide, mais quoi ? Et comment demander une explication ? Lady Lacey l'ayant prise en pitié, lui avait alors chuchoté à l'oreille que c'était la nature qui avait pourvu lord Farringdon et elle lui avait également expliqué en quoi cette particularité était si appréciée des dames. Ce qui l'avait laissée sans voix.

A présent, elle était en mesure de juger exactement de quoi il était question. Son invité inattendu était étendu sur elle, et elle pouvait sentir ses attributs mâles tout contre le triangle sombre qui ombrait, à l'entrejambe, la soie légère de sa chemise de nuit. Or, l'officier était ivre, inconscient ou bien endormi…

Doux Jésus !

C'était… volumineux. Il n'y avait pas d'autre mot. Son unique expérience précédente ne l'avait pas habituée à cela. Henry, à ce qu'il paraissait, était loin d'être aussi bien pourvu.

Bel s'immobilisa. Les frissons que produisait en elle le moindre mouvement étaient par trop… déroutants. Les émotions qu'elle avait ressenties à l'apparition de l'intrus n'étaient rien comparées à la chaleur qui se répandait à présent dans son corps, en rayonnant depuis le point où ils étaient si étroitement en contact. C'était comme si tout se liquéfiait en elle. Ses seins, écrasés contre les superbes brandebourgs du dolman militaire, brûlaient de quelque chose qui n'était pas seulement l'inconfort de la chair pressée par les boutons d'argent. Elle poussa involontairement un petit gémissement.

Bel se démancha un peu le cou pour tenter de mieux voir l'homme affalé sur elle. A dire vrai, elle n'avait guère sous les yeux qu'une épaisse chevelure blonde et de larges épaules qui vous donnaient l'envie de s'y accrocher pour en tâter la robustesse. Sans doute était-ce cela, l'attirance sexuelle ? Ou bien était-ce plutôt de la concupiscence ? Elle ne voyait pas clairement la différence. Quoi que ce fût, il n'était certainement pas convenable d'éprouver l'un ou l'autre à l'endroit d'un homme qui ne vous avait même pas été présenté. Et Eva, sa nouvelle belle-sœur, qui n'était pas à Londres, pour qu'elle puisse lui demander des explications ! Mais celle-ci était pour l'heure en voyage de noces, en Italie.

Eva, précédemment duchesse douairière de Maubourg et aujourd'hui, plus prosaïquement, épouse du frère de Bel, Sebastian, savait à peu près tout au sujet de l'attirance sexuelle. Non seulement parce que feu son époux, un émigré français, avait été l'un des séducteurs les plus renommés d'Europe, mais aussi parce qu'elle filait le parfait amour avec Sebastian. Deux semaines auparavant, avant leur mariage, on ne pouvait pas entrer dans une pièce, à l'hôtel de Maubourg, sans trouver les deux tourtereaux en train de s'embrasser, de s'effleurer du bout des doigts ou de s'entre-dévorer des yeux.

Il n'y avait personne d'autre à qui Bel pouvait confier ce genre de choses et elle était bien embarrassée. L'intrus ne semblait pas antipathique, elle avait souvent observé que l'alcool tendait à faire ressortir les pires défauts des hommes, or, même ivre, il était resté souriant et aimable.

On pouvait sûrement se fier à lui. De toute façon, il n'y avait rien d'autre à faire qu'à attendre son réveil, et ils pourraient avoir tous deux un entretien… plus conforme aux convenances. A distance respectueuse.

Il n'était toutefois pas facile d'essayer de dormir avec le poids d'un grand et séduisant inconnu sur le corps, en redoutant les émois intimes résultant de cette proximité. Les chandelles étaient en train de mourir, la chambre s'assombrissait et l'on n'entendait plus que le souffle régulier du dormeur ainsi que les craquements habituels de la maison.

Quand le noir fut complet, Bel s'aperçut que certaines de ses sensations : le toucher et l'odorat, semblaient se développer. Pour le premier, elle essayait de l'ignorer — même la chaude caresse du souffle de l'inconnu sur son oreille — partant du principe que si elle se laissait submerger par ce genre de sensations, elle ne saurait comment y faire face. Elle avait entendu dire — probablement par Henry, au cours de l'un de ses sermons sur la décadence des mœurs — que l'absence de contrôle des émotions sexuelles chez les femmes menait tout droit à l'hystérie, ce qui était à l'évidence chose à éviter.

Mais son nez commençait à s'habituer à l'odeur du brandy et à discerner, par-dessous, d'autres effluves. L'eau de Cologne — d'une facture raffinée et probablement dispendieuse —, un soupçon d'odeur de sueur masculine fraîche et curieusement pas du tout désagréable. Henry ne sentait rien du tout, il passait son temps à se récurer au savon Malcolm, bien connu pour ses propriétés purifiantes. L'odeur de cet homme était plus complexe. Tout aussi propre, certes, mais plus terrienne et aussi… indéniablement virile. Ce qui, Bel venait de le comprendre, était une nouvelle source d'excitation.

Est-ce que toute cette histoire d'attirance sexuelle était plus complexe qu'il n'y paraissait ? Est-ce que la vue, le toucher et l'odorat y avaient chacun leur part ? Et l'esprit ? Les chansons d'amour, la poésie ? Bel tourna sa tête de sorte à la placer de la façon la moins inconfortable possible et ferma résolument les yeux.

Elle ne s'attendait pas à s'endormir, mais elle dut au moins s'assoupir, car quand elle sentit une douce et chaude pression sur son oreille et qu'elle rouvrit les yeux, la lumière grise de l'aube filtrait déjà dans la pièce. Quelque chose la chatouillait. Bel se figea, se souvenant d'où elle était et avec qui. Il explorait doucement avec sa bouche le lobe de son oreille, sa langue furetant de bas en haut et inversement.

Bel frémit comme jamais. Cela aurait dû être désagréable, agaçant, mais c'était délicieusement troublant. Elle ferma les yeux, de nouveau. Une sensation de chaleur l'envahit à l'endroit le plus embarrassant qui soit. Ses seins se mirent à durcir ardemment sous la pression du torse de l'officier.

Les lèvres chaudes s'écartèrent d'elle un instant et la voix chaude murmura, à peine un peu pâteuse, encore :

— Mmm… Tu es réveillée ? Bonjour, ma douce…

Puis il bougea doucement entre ses cuisses d'un souple mouvement des hanches et il parut évident à Bel qu'elle n'avait encore rien vu, en fait de sensations. Il était éveillé, d'humeur folâtre et la croyait réceptive à ses avances.

L'espace d'un instant de folie, Bel faillit jeter ses bras autour du cou de l'inconnu et attendre la suite des événements. Elle voulait un amant ? Eh bien, c'en était un, envoyé par la providence. Mais son bon sens et son éducation la retinrent. C'était une chose que d'avoir une liaison avec un homme que l'on connaissait et respectait et une autre que de s'abandonner à un étranger surgi de nulle part, aussi délicieusement tentant que ce puisse être.

— Oui, je suis réveillée.

De ses deux mains, elle le repoussa aux épaules, moins embarrassée de lui que d'elle-même.

— Et Dieu merci, vous l'êtes enfin aussi. Et maintenant, monsieur, relevez-vous, s'il vous plaît, à l'instant !

Il ne se releva pas, mais au moins, il roula de côté et la regarda de ses yeux très bleus bordés de cils dorés. On eut dit des pervenches, ou le soleil plongeant dans la mer. Bel détourna les siens, puis se redressa et s'assit.

— Que faites-vous chez moi, monsieur ?

— C'est curieux, ma jolie, j'allais te poser la même question. Je ne me souviens pas t'avoir… euh… engagée, mais en fait, je ne me souviens pas de grand-chose. Si tu voulais bien m'éclairer…

Il s'assit et se frotta douloureusement le crâne.

— Bon Dieu, j'ai une de ces gueules de bois !

— Ne jurez pas en ma présence, s'il vous plaît et veuillez vous adresser à moi dans les règles de la bienséance.

Il voulut se redresser en agrippant quelque chose, mais ses doigts ne rencontrèrent que du vide et il retomba lourdement sur ses talons, regardant autour de lui, l'air ahuri.

— Qui a bougé mon lit ? Et nom de… et au nom du ciel, qu'est-ce que c'est que ça ?

— Un ours polaire. Vous vous êtes pris les pieds dedans.

Bel se releva, tous ses muscles protestant douloureusement.

— Qui êtes-vous ?

— Reynard.

Il frotta sa joue râpeuse et fit la grimace.

— Vous êtes français ?

— Mais non, pas Renard, grogna-t-il en prononçant très correctement le mot, Reynard. Ashley Reynard. Major, vicomte Dereham. Ne vous l'ai-je pas dit… enfin… quand je vous ai… rencontrée ? J'en suis désolé.

Il sourit aimablement, montrant une impeccable rangée de dents blanches.

— Dereham ? Bien sûr, alors tout s'explique. Vous m'avez vendu cette maison et j'y vis, désormais.

Elle l'avait acquise par l'intermédiaire de son notaire, lequel lui avait dit que le vendeur, le vicomte Dereham, se trouvait sur le continent avec l'armée de Wellington. Voilà qui expliquait comment il était entré, car elle n'avait pas encore fait changer ses serrures.

— Ah oui, c'est vendu ? répéta-t-il, un peu hébété.

Il la regarda, puis il examina la peau d'ours, les candélabres avant de se tourner de nouveau vers elle, revêtue de sa seule chemise de nuit.

— Vous n'êtes pas une… amazone de Drury Lane, alors, que j'aurais levée… euh… engagée pour la nuit. Vous êtes… euh… une dame… Oh, sapristi… !

Il enfouit ses mains dans ses cheveux blonds et se frotta le crâne comme pour se forcer à fixer ses idées.

— Est-ce que… j'ai passé toute la nuit affalé avec vous sur une peau de bête ?

2

Bel jeta un coup d'œil à la pendule posée sur le manteau de la cheminée.

— Nous avons passé deux heures sur cette carpette.

L'intrus, ou plutôt lord Dereham, se releva en s'appuyant à la tête de lit. Bel s'aperçut qu'il la regardait fixement et réalisa en baissant les yeux que la lumière du matin rendait sa chemise de nuit tout à fait transparente. Elle se leva prestement, fit deux pas de côté, se saisit de son peignoir et l'enfila. Reynard se releva péniblement comme elle passait près de lui. Il avait vraiment l'air de tenir une gueule de bois de tous les diables.

— … suis désolé, marmonna-t-il.

Ses paupières retombaient toutes seules, à présent. Elle lui toucha le bras. Dieu que c'était dur !

— Allons venez, lui dit-elle. Vous allez dormir un peu dans la chambre d'amis.

— Il n'y en a pas. Je m'en souviendrais sinon…

— Il n'y en avait pas en effet. J'en ai fait aménager une dans ce qui était votre bureau.

Des deux mains, elle essaya de le traîner dehors comme un enfant récalcitrant.

— Juste une minute.

Très raide, il tourna les talons et disparut dans le cabinet de toilette. Les commodités y étaient déjà installées de son temps, ainsi qu'une baignoire avec douche, innovation sensationnelle, mais à la robinetterie peu fiable.

Bel le laissa pour aller préparer le lit.

La petite maison de ville comportait un entresol avec une cuisine, des remises, un office et la chambre qu'occupaient les Hedges. Au rez-de-chaussée, un salon et une salle à manger. A l'étage, la chambre de Bel, la toilette, la garde-robe et une pièce qui avait été un cabinet de travail et que la maîtresse avait transformée en chambre d'amis par l'ajout d'un petit lit à baldaquin.

— Mon bureau n'est plus là, se plaignit lord Dereham sur le pas de la porte.

— Nous en parlerons plus tard, lui répliqua Bel en le tirant par la manche, de nouveau, pour l'entraîner dans la chambre. Enlevez votre dolman et votre cravate, ordonna-t-elle en faisant mine de l'aider.

— C'est bon, je peux y arriver par moi-même !

Il y mit plus de temps que nécessaire. Quand ce fut fait, elle le poussa légèrement et il tomba assis sur le lit. Restaient les bottes. Bel en saisit une, tira et fit de même avec l'autre. Le major Reynard dormait déjà quand elle ramena la couverture sur lui, ses longs cils blonds ombrant ses joues.

— Mon Dieu, mais qu'est-ce que je suis en train de faire ? s'interrogea la jeune femme à voix haute en ramassant le dolman et la cravate abandonnés sur le sol.

Mais quel autre choix avait-elle ? Elle ne pouvait tout de même pas le mettre à la rue, il n'aurait pas fait trois pas qu'il se serait écroulé. De plus, réveiller Hedges pour qu'il le mette à la porte eut été bien rude pour le pauvre majordome, que son service obligeait déjà à se lever bien assez tôt. Enfin, elle ne pouvait pas non plus garder l'officier dans sa propre chambre.

— Et je suppose que vous ne bougerez pas un cil avant midi, murmura-t-elle, ironique, au bel endormi.

La réponse fut un léger ronflement. Bel déposa le dolman et la cravate sur le dossier d'une chaise et retourna elle aussi se mettre au lit, car elle ne sentait plus ses jambes. Elle aussi avait besoin de dormir.

Elle fut réveillée, bien trop tôt, par un cri de frayeur qui semblait venir de l'étage même. Bel se redressa sur ses oreillers et se frotta les yeux. Dieu, qu'elle était fatiguée… Et il semblait qu'il y avait quelque chose dont elle devait absolument se souvenir. Mais quoi ? Elle se le demandait quand sa porte s'ouvrit avec fracas. Millie, la bonne, ses yeux ronds de stupeur, se précipita à son chevet suivie de Philpot, sa femme de chambre et de Mme Hedges, toute rouge d'avoir dû monter précipitamment l'escalier.

— Milady, milady, s'écria Philpot d'une voix étranglée, il y a un homme dans le lit de la chambre d'amis.

Un homme ? Mon Dieu, oui, bien sûr. Comment avait-elle pu ne pas se douter que ses domestiques le découvriraient en vaquant à leurs occupations ?

— Oui, répondit-elle, d'un ton moins détaché qu'elle l'aurait voulu. Je sais.

Elle s'aperçut que les trois femmes regardaient son lit avec curiosité. Baissant les yeux à son tour, elle vit le drap parfaitement bordé, l'oreiller rebondi à côté du sien, qu'aucune tête n'avait écrasé, la couverture impeccablement lisse. Les pensées des trois femmes étaient aussi clairement lisibles qu'une bulle de texte au-dessus d'un personnage de dessin satirique.

Bel leva un sourcil hautain. Malgré la présence choquante d'un homme dans la pièce à côté, il était clair à voir la parfaite ordonnance de son lit, que nul ne s'y était étendu à part elle.

— Si j'avais su que milady attendait une visite, déclara Mme Hedges sur la défensive, les bras croisés sur sa poitrine, j'aurais aéré les draps.

— Je ne l'attendais pas moi-même, répondit Bel avec hauteur. C'est lord Dereham, à qui j'ai acheté cette maison. Il a eu un malaise soudain en passant devant et comme il avait toujours une clé, il a trouvé refuge ici.

— Mais la porte était fermée au verrou, milady, Hedges la verrouille chaque soir.

— Celle de derrière, voulais-je dire.

Bel se demandait si ces trois-là se prenaient vraiment pour autant de chaperons.

— Je suppose que lord Dereham passait dans la ruelle quand il s'est trouvé mal.

— Dois-je faire appeler le médecin, milady ? demanda la gouvernante.

— Euh… non, l'indisposition de milord n'est pas d'ordre médical. Cela… devrait passer, naturellement.

— Ah, milord était soûl ?

Philpot était stupéfaite.

— On se demande ce que fait la police, à laisser traîner dans les rues des hommes qui sont dans cet état. Dieu seul sait quels outrages ils pourraient infliger à une honnête femme !

— Lord Dereham a été parfaitement correct…

Oui, si l'on omettait quelques petites caresses à son oreille et la proximité prolongée de son corps splendide… Bel eut un petit soupir de regret, au souvenir de ces instants délicieux.

— Qu'en faisons-nous, alors, milady ? demanda

Mme Hedges, comme si elle avait introduit dans la maison quelque animal exotique.

— Eh bien, nous le laissons dormir, voyons…

Bel se cala contre son oreiller et réfléchit quelques instants.

— Quand il se réveillera, que Hedges lui monte du café et de l'eau chaude. Le nécessaire à barbe de mon mari est dans la petite malle du cabinet de toilette. Merci de le sortir, Millie, qu'il puisse le trouver. Je gage qu'il en aura besoin. Ensuite, en fonction de l'heure qu'il sera, il serait séant, je crois, de le retenir à déjeuner.

Mme Hedges se dirigea vers l'escalier afin de mettre son mari au courant de la situation, Millie alla préparer le chocolat de Bel et Philpot se mit à fureter de ci, de là dans la pièce, sans occupation bien précise. Elle ramassa le volume de Byron, remit le tisonnier sur son présentoir et repoussa Horace du bout du pied. Bel la regarda faire du coin de l'œil. Elle se dit qu'elle ne pourrait jamais plus voir son vieil ami l'ours polaire de la même façon, à présent.

— Ma robe vert printemps, Philpot. Je voulais aller chez Hatchard, mais je suppose que je ferais aussi bien d'attendre le réveil de notre invité. Les mules d'intérieur, donc…

Une nouvelle robe, un simple rang de perles et une coiffure élégante, plus dignes de lady Belinda Felsham, pourraient peut-être faire oublier à lord Dereham la créature quasi dévêtue auprès de laquelle il avait passé une partie de la nuit. Bel, pour sa part, ne pouvait oublier la façon dont leurs deux corps avaient été pressés l'un contre l'autre, ni cette soudaine lueur, dans ses yeux, quand ils s'étaient posés sur sa chemise de nuit dans la lumière du matin.

Voilà que les bizarres émotions que cette situation peu banale avait fait naître en elle revenaient. Etait-ce l'effet du désir ou plutôt de son insatisfaction ? Devait-elle prendre un amant pour retrouver sa tranquillité d'esprit, ou bien maintenant qu'elle était dans cet état, allait-elle devenir une proie facile ?

Bel retomba sur son oreiller brodé et se tourna sur le côté, mais les petits motifs qui lui chatouillaient la joue lui rappelaient la façon dont les brandebourgs d'argent du major frottaient contre ses seins. N'y avaient-ils pas imprimé une marque ? Profitant que la femme de chambre passait dans le cabinet de toilette, elle vérifia rapidement. Il n'en était rien, évidemment. Alors pourquoi le sentait-elle encore ?

Ashley se retourna dans le lit et abrita ses yeux de son bras contre la lumière qui entrait par la fenêtre sans rideaux. Même à travers ses paupières closes, c'était désagréable.

Il resta étendu, comme il le faisait depuis un mois maintenant, à attendre que monte la rumeur de la bataille : le fracas du canon, le crépitement de la mousqueterie, les hurlements qui accompagnaient les attaques à la baïonnette. Rien. Celle-là devait être finie et il était vivant. C'était, chaque matin, une surprise. Combien de temps lui faudrait-il pour s'habituer au fait qu'il n'avait pas été tué, pas même légèrement blessé ? Combien de temps pour penser de nouveau comme un civil et pouvoir profiter de ce surcroît de vie qui, contre toute attente, lui avait été accordé ? Et pourquoi à lui, plutôt qu'à un autre ?

Il garda les yeux clos, ressentant les coups de boutoir d'un violent mal de crâne. Il étendit ses jambes qui rencontrèrent vite le bois de lit. Sacrebleu, ce ne devait pas être le sien. Il se souvenait vaguement, à travers les brumes du brandy, d'une silhouette féminine. Une brune splendide qu'il avait tenue contre lui, comme si là était sa place de toute éternité. Une belle inconnue, avec un ours blanc… Un quoi ? Dieu du ciel, mais jusqu'à quel point avait-il donc bu hier soir ?

Il fronça ses narines. Qui qu'ait pu être la femme de cette nuit — un simple rêve, peut-être ? — elle était partie. Les draps ne gardaient aucun parfum féminin et pas trace non plus de l'odeur chaude et enivrante de la peau d'une belle qui a passé la nuit avec vous.

Il finit tout de même par ouvrir les yeux. La vision qui s'offrait à ses yeux lui était familière. Il s'agissait de la fenêtre de son cabinet de travail, dans sa maison. A part que le bureau n'était plus là, les rayonnages non plus. La pièce avait été transformée en chambre à coucher.

Il rejeta les couvertures et bascula ses jambes hors du lit, réalisant qu'il était à demi vêtu. Ses bottes étaient dans un coin, son dolman d'uniforme pendait au dossier d'une chaise. Il n'avait pas le moindre souvenir de les avoir retirés. Le cordon de sonnette, heureusement, était toujours à la même place. Ashley alla le tirer, en pestant contre la barre qu'il avait au-dessus des yeux. Il le tira, puis s'assit au pied du lit en se demandant vaguement qui allait apparaître.

Un hémisphère de son cerveau s'attendait à voir entrer son ordonnance. L'autre, celui qui était encore embrumé par la gueule de bois, n'aurait pas été autrement surpris de découvrir à la place une créature de rêve ou bien un ours blanc.

Il ne s'attendait nullement en tout cas à ce que ce soit un domestique stylé revêtu d'une livrée impeccable,

portant un plateau avec une cafetière en argent fumante et une tasse de porcelaine ainsi qu'un verre contenant un liquide brunâtre.

— Bonjour mon commandant, je crois que vous trouverez ce remède efficace contre le mal de tête. Voulez-vous un peu de café avant que je vous apporte de l'eau chaude pour vous raser ?

— Vous savez qui je suis ?

— Le major lord Dereham à ce que j'ai compris, mon commandant.

— Et vous êtes ?

Ashley prit le médicament et l'avala sans même se donner la peine d'y réfléchir. Les majordomes étaient toujours au fait des médications les plus efficaces. Son estomac se révolta violemment, demeura à sa place par quelque miracle puis se calma. Ashley se dit qu'il survivrait peut-être, après tout.

— Mon nom est Hedges, milord.

Le majordome reprit le verre.

— Un peu de café, mon commandant ? Milady vous prie de bien vouloir se joindre à elle pour le déjeuner, si toutefois vous vous sentez suffisamment bien.

— Milady ? Je ne suis pas marié.

— Mais certainement, milord. Je voulais parler de lady Felsham. A ce que j'ai cru comprendre, vous vous êtes trouvé indisposé cette nuit et vous avez trouvé refuge ici même, l'endroit vous étant, naturellement, familier.

Il était donc bien dans sa maison et n'avait pas perdu la tête. Seulement il l'avait vendue, il s'en souvenait à présent. Il l'avait fait mettre en vente en écrivant à son notaire, alors qu'il se trouvait à Bruxelles, il y avait trois mois de cela. Car cette confortable maison de ville était à la fois trop grande et trop petite. Trop importante pour ses besoins, car il possédait déjà l'hôtel particulier familial, sorte de vaste mausolée régulièrement investi par sa mère et ses sœurs lors de leurs imprévisibles visites à la capitale. Après la vente, son notaire lui avait retenu une suite confortable à l'hôtel Albany, quoi de mieux, après tout, pour un célibataire ?

Mais qui diable était lady Felsham ? Sûrement pas la Vénus au déshabillé de soie dont il se souvenait mieux, à présent que son cerveau s'éclaircissait un peu. Celle-là, c'était sûrement un rêve. Une telle beauté n'existait pas sur terre.

Le majordome attendait patiemment qu'il prenne une décision.

— Du café, avec plaisir, merci. Mes compliments à milady et dites-lui que j'accepte avec reconnaissance son aimable invitation. Mais dites-moi, Hedges, euh… lord Felsham n'est pas ici ?

Sauf erreur, ce Felsham-là était plus âgé que lui, il devait avoir environ trente-cinq ans. Ashley avait toujours évité soigneusement de le fréquenter, ayant vite constaté que l'homme était un pompeux imbécile, tant dans sa personne que dans sa conversation. Cela augurait assez mal du déjeuner, quoique ce fût sans doute tout ce que sa pauvre tête pourrait endurer.

— Hélas, milord, mon maître est décédé il y a deux ans de cela, d'un refroidissement contracté alors qu'il examinait le système d'adduction d'eau du château de Felsham…

Le majordome s'éclaircit discrètement la gorge.

— Le deuil de milady s'est achevé très récemment. Si vous voulez bien retirer votre chemise, mon commandant, je pourrai voir ce que je peux faire pour la défroisser un peu…

Nu jusqu'à la ceinture, Ashley se rasa avec le soin précautionneux d'un homme bien conscient de ne pas avoir encore récupéré tous ses réflexes. Au moins n'avait-il pas l'air trop défait, se consola-t-il en s'examinant dans le miroir après s'être rincé. Des semaines à mener la troupe avaient tanné sa peau et développé ses muscles. Une nuit de beuverie n'était pas suffisante pour entamer cela, du moins en façade.

Intérieurement c'était autre chose. Du diable s'il se souvenait de tout ce qu'il avait pu avaler. Ses souvenirs de la soirée, d'ailleurs, étaient plutôt vagues. Les premières heures étaient fort claires dans sa mémoire. Il était passé à l'Albany, avait revêtu pour la dernière fois son uniforme et laissant Race, son ordonnance, défaire ses affaires, il s'était rendu directement chez Wattier.

Ils étaient tous là, ceux de ses beaux-frères qui avaient survécu à Waterloo et n'avaient pas été trop gravement blessés pour pouvoir rentrer en Angleterre. Comme ils se l'étaient jurés la nuit qui avait précédé la bataille, ils avaient passé celle-ci à boire, à manger et à se souvenir. Se souvenir de ceux qui n'étaient plus là pour lever leur verre de brandy ou de champagne et se souvenir de leurs propres expériences dans l'enfer de ce qui avait été acclamé comme l'une des plus grandes batailles de tous les temps. Oublier aussi, ou du moins tenter d'oublier qu'ils allaient devoir à présent reprendre une existence sans surprise de gentlemen anglais, celle qu'ils avaient abandonnée pour rejoindre l'armée.

Tout cela était très clair dans la mémoire d'Ashley. Un excellent souper chez Wattier, des toasts au champagne, puis le tour des clubs et des tavernes. Ils n'avaient pas joué aux cartes ; à peine flirté avec les demi-mondaines qui se pressaient autour d'eux, attirées par leurs uniformes comme des phalènes par une lampe, mais bu et parlé toute la nuit des choses terribles qu'ils avaient vues et de tout ce qu'ils verraient encore, car eux, ils étaient vivants.

Vers 2 h 30 du matin, Ashley avait repris le chemin de l'hôtel Albany, en passant par Picadilly. Sans doute les vieux réflexes avaient-ils pris le contrôle de son cerveau embrumé pour le conduire vers Half Moon Street, la ruelle qui passait derrière son ancienne maison dont il avait toujours une clé. Il ne se souvenait de rien de tout cela, ni comment il était arrivé à l'étage, ni ce qui s'était passé ensuite. En tout état de cause, comment il avait pu trouver, dans la chambre de la veuve de l'homme le plus ennuyeux d'Angleterre, une Vénus brune et un ours blanc dépassait son entendement.

— Votre chemise, s'il vous plaît, milord et vos bottes, également.

Hedges se rappela à son souvenir avec toute l'efficacité discrète du majordome anglais qu'il était.

— J'ai aussi pris la liberté d'emprunter l'une des cravates de feu mon maître, ajouta-t-il. Je crois qu'elle pourra passer pour règlementaire, sous votre uniforme.

— Je vous remercie.

Ashley s'habilla en silence, se peigna comme il le put, laissa stoïquement Hedges lui passer la brosse à habit sur son dolman et sa culotte de peau, puis le suivit à l'étage en dessous. Revêtu de toute sa gloire écarlate et argent, il se sentait un peu trop habillé pour l'occasion, mais c'était là apparemment la moindre de ses récentes infractions au bon goût.

— Le déjeuner sera servi dans une vingtaine de minutes, mon commandant…

Il semblait que lady Felsham n'avait rien changé à l'arrangement des pièces de ce niveau-ci, remarqua Ashley comme Hedges ouvrait la porte du salon, s'éclaircissait la gorge et annonçait :

— Le vicomte major Dereham, milady.

Prenant une profonde inspiration, il rassembla tout son courage pour affronter celle chez qui il était entré, en somme, par effraction.

Il en eut le souffle coupé. Devant lui se tenait non pas une sévère veuve entre deux âges comme il l'avait cru, mais sa Vénus de la nuit dernière, qui le regardait sans ciller de ses beaux yeux gris, en rosissant joliment aux pommettes.

Mais elle était à présent vêtue plus décemment d'une robe vert tendre et sa coiffure élégante brillait comme de l'ébène polie. Un rang de perles étincelait à son cou nu et le souvenir qu'Ashley gardait de l'odeur de sa peau menaçait de faire basculer sa raison par-dessus les moulins.

— Lord Dereham…

Le dos très droit, elle esquissa une révérence. Il était impossible, songea-t-il, qu'elle ait plus de vingt-six ans.

— Lady Felsham.

Il s'inclina, talons joints, sans s'écrouler sur le tapis, cette fois, Dieu merci… Du coin de l'œil, il aperçut une femme plus âgée dans l'ombre de la pièce. Un chaperon, probablement. Où était-elle donc la nuit dernière, quand il aurait eu besoin d'elle ?

— Veuillez donc vous asseoir…

Lady Felsham lui montra un fauteuil et se laissa élégamment tomber sur une bergère toute proche. L'autre femme s'assit également. Ce ne devait pas être un chaperon, décidément. Sinon, on la lui aurait certainement présentée. Sans doute sa femme de chambre.

— Je suis heureuse que vous ayez pu accepter mon invitation à déjeuner, lord Dereham…

— Merci, milady, j'en suis ravi…

« Voilà que je bée devant elle comme un gamin devant la devanture d'une confiserie ! songea-t-il. Secoue-toi, voyons ! »

— Je vous dois mes plus plates excuses, milady, pour avoir fait ainsi irruption cette nuit. Je ne puis dissimuler que j'ai certainement célébré mon retour en Angleterre avec trop d'enthousiasme.

Un petit sourire flotta un instant sur les lèvres de la Vénus, dans une moue très légèrement provocante. Quel effet cela ferait-il de baiser ces lèvres-là ? Il en écarta prudemment ses yeux.

— Je suis également extrêmement confus de ce qui s'est ensuivi. J'ai l'étrange souvenir… d'un ours polaire, qui semble avoir été pour beaucoup dans la perte temporaire de ma dignité, c'est vous dire dans quel état de confusion, je…

— Horace, expliqua obligeamment lady Felsham, comme si elle nommait un parent. C'est une peau d'ours blanc, devant la cheminée.

Horace ? Le damné machin s'appelait Horace ? Quelle femme était-elle donc pour donner un prénom à une descente de lit ? Enfin, cela signifiait tout de même qu'il n'était pas devenu complètement fou.

— J'ai donc dû trébucher… et me mesurer de toute ma longueur à celle de votre Horace.

Aussi, pourquoi diantre aurait-il rêvé d'un ours polaire ?

Ashley avait trouvé Bel rosissante à son entrée dans le salon, à présent, elle rougissait jusqu'aux oreilles. Qu'avait-il donc pu dire pour la mettre dans un état pareil sacrebleu ? Elle détourna les yeux et il ferma les siens un instant, à la recherche d'une image mentale susceptible de l'éclairer. Il se vit étendu sur la fourrure. Bon sang, non, ce n'était pas sur la peau d'ours. C'était sur elle qu'il s'était couché et tous ses rêves de parfum féminin, de courbes, c'était elle ! Sapristi, il lui avait même léché l'oreille, il s'en souvenait, à présent !

3

Ashley regardait son hôtesse, et elle, soutenait dignement son regard. Il se demanda si elle s'interrogeait sur ce dont il se souvenait, exactement. Croyait-elle qu'il allait se vanter de sa bonne fortune, faire rire toute la ville à ses dépens, ou pire : faire croire qu'il avait profité de la situation ? Elle devait s'angoisser profondément. Il est vrai qu'il pouvait ruiner sa réputation en quelques mots bien choisis…

— Puis-je vous dire un mot en particulier, milady ?

Le sourire s'effaça et une ombre inquiète passa dans les beaux yeux gris.

— Voulez-vous nous laisser un instant, Philpot et fermer la porte derrière vous ?

Ashley attendit le déclic du pêne avant de reprendre la parole.

— J'ai bien peur de vous avoir placée dans une situation difficile.

— Moins que celle où je me trouvais à 3 heures du matin, lui répliqua-t-elle du tac au tac.

Ashley refréna une envie de sourire. Elle aurait pu, récriminer, le prendre de haut et au lieu de cela, elle répondait avec humour. Voilà qui était bien rafraîchissant.

— J'imagine, en effet. Et il n'y a pas grand-chose que

je puisse faire, à part vous renouveler mes plus sincères excuses et vous donner ma parole d'honneur que personne ne sera informé de cet incident…

Elle accepta ses excuses d'un signe de tête, sans toutefois lui sourire. La couleur des joues de la jeune femme était redevenue plus normale et il en fut soulagé ; elle semblait lui faire confiance.

— Vous avez dû être bien terrifiée et m'avoir gardé ici en me donnant même un lit confortable, quand vous aviez enfin l'occasion de me faire jeter dehors est une marque de charité que je ne mérite guère.

— Je ne pense pas que la situation aurait été plus acceptable si je m'étais mise à pousser des cris pour que mon personnel me découvre clouée au sol par un monsieur inconnu, dit-elle sans sourire. Une fois que vous vous êtes remis à peu près sur vos pieds, j'ai considéré la question et j'ai pensé que mon majordome avait besoin de sommeil. De toute façon, la découverte d'un officier de cavalerie effondré devant ma porte aurait été du plus mauvais effet dans le voisinage. J'ai eu tout le temps de vous observer, milord et j'en suis venu à la conclusion que vous deviez être plutôt inoffensif…

Elle se riait de lui, à présent toute honte bue. L'étincelle, dans ses yeux, était amusée et non plus courroucée ou inquiète. Ashley sentit un rire joyeux lui monter à la gorge et dut se tenir fermement sous contrôle. D'ailleurs si lady Felsham voyait les choses avec une philosophie souriante, lui se sentait pour sa part toujours aussi honteux de sa conduite.

— Vous êtes très généreuse, milady. J'espère au moins ne pas vous avoir fait mal.

— Du tout. La fourrure d'Horace est très épaisse, ainsi que la moquette, en dessous. Mais je dois admettre qu'il m'est arrivé de passer des nuits plus confortablement installée qu'au cours de celle-ci…

Et elle sourit, d'un large et malicieux sourire qui vous donnait envie de presser vos lèvres contre les siennes.

— Toutefois, après deux ans de deuil, je dois dire qu'une petite mésaventure comme celle-là à au moins l'avantage de rompre la monotonie du quotidien.

On frappa quelques coups discrets à la porte.

— Oui, entrez.

— Milady est servie.

— Avez-vous faim, lord Ashley ?

Lady Felsham se leva avec un si gracieux mouvement des hanches qu'il eut bien du mal à en détourner les yeux.

— … car je puis vous dire que Mme Hedges est une excellente cuisinière.

Elle s'était surpassée, en effet. Bel n'était pas fâchée de la distraction que ce déjeuner impromptu lui apportait. Lord Dereham, en lui promettant la discrétion la plus totale, l'avait beaucoup rassurée. Mais malgré ses manières impeccables, elle ne pouvait se défaire du trouble physique qu'il lui inspirait. Elle était assise toute raide sur son siège, de peur de se trémousser.

— Un peu de beurre, lord Dereham ?

Elle se servait du jambon braisé en regardant à la dérobée les longues mains brunes et agiles de son invité, dont l'une était barrée d'une cicatrice plus pâle aux jointures. C'était la dextre d'un homme qui avait combattu et elle ne put s'empêcher de repenser aux mains blanches, lisses et soigneusement manucurées de feu son mari.

— Vous n'êtes de retour en Angleterre que depuis

peu de temps, je suppose ? lui demanda-t-elle, du ton mondain qui aurait convenu à un déjeuner plus formel, en essayant d'oublier la lueur qui s'était allumée dans l'œil de son invité, lorsqu'elle avait laissé échapper que leur « mésaventure » avait été plutôt bienvenue. Votre notaire m'a dit que vous étiez en Belgique avec l'armée de lord Wellington.

— J'ai quitté Ostende il y a deux jours et ai rejoint Londres hier après-midi.

— Rien d'étonnant alors à ce que vous ayez eu ce… malaise, cette nuit. Vous deviez être épuisé. La traversée seule, je le sais, peut déjà être très fatigante.

— Vous êtes trop indulgente…

Son sourire était vraiment charmant. Bel se surprit à lui sourire en réponse. Séduite par un sourire… Décidément, cet homme était dangereux…

— Mais je n'ai aucune excuse. J'ai simplement rejoint des camarades officiers pour célébrer notre retour. Nous avons bu, parlé… Et vous avez vu le résultat.

Elle faillit faire la remarque que l'événement avait dû être dignement fêté, en effet, mais quelque chose l'arrêta. Ce n'est pas tant que l'expression de lord Dereham changea, mais une petite lueur s'éteignit dans ses beaux yeux bleus. Il est triste, se dit-elle avec un brin de sympathie. Elle se tourna vers le valet qui se tenait silencieusement près du vaisselier et le remercia s'un signe de tête. Si son invité traversait un moment d'abattement, la chose n'avait pas besoin de témoin.

— Je suppose qu'il est bien triste de se souvenir de tous vos compagnons qui n'ont pas pu être à vos côtés hier soir, dit-elle doucement. Il doit être terrible de se dire que l'on est vivant et qu'ils ne le sont plus.

Il avait levé son verre quand elle avait commencé à

parler, mais avait suspendu son geste et l'avait reposé. Bel crut voir un léger tremblement, fugace, de sa main.

— Vous êtes bien la seule personne ici à le comprendre... dit-il assez sombrement, l'œil dans le vague et la main toujours sur son verre.

Elle se tut, attendant qu'il parle de nouveau, mais au bout d'un moment de silence, il leva de nouveau son verre et but une gorgée.

Il a raison, songea Bel, mieux valait ne rien ajouter. Mais il allait être à rude épreuve, dans les jours à venir. Chacun voudrait parler de Waterloo, le questionner sur la bataille, lui demander s'il avait pu approcher Wellington...

— Nous sommes tous deux à un seuil nouveau et difficile de nos vies, lui dit-elle. Vous avez été dans l'armée, j'ai été cloitrée longtemps. A moins que vous ne comptiez continuer une carrière militaire, lord Dereham ?

— Non, en fait, je compte dès aujourd'hui me rendre à l'état-major des Horse-Guards et rendre ma commission d'officier. Je songe à me retirer à la campagne pour m'occuper du domaine familial, que j'ai bien négligé ces dernières années. Certains aspects de la vie à Londres me dissuadent d'y demeurer.

— Oh, la ville est plutôt calme, en ce moment... C'est d'ailleurs la raison pour laquelle j'ai choisi d'y revenir en juin. Je voulais renouveler un peu ma garde-robe sans avoir à accepter trop d'invitations. Et puis je me suis trouvée devoir partir toutes affaires cessantes vers le grand-duché de Maubourg, à l'occasion du mariage de mon frère.

— Vraiment ? Toute une aventure... voilà un étrange endroit pour se marier.

Bel sourit.

— Pas lorsqu'on en épouse la grande-duchesse ! Il est vrai que cela sonne comme un décor de conte de fées ou de roman gothique. Le château est si absurdement romantique…

— Je suis désolé, je crois que je devrais connaître le nom de votre frère.

— Je ne parle pas de l'aîné, le duc d'Allington, mais du cadet, lord Sebastian Ravenhurst.

— Oh, celui que l'on appelle Jack-Ryder ? J'aurais dû m'en douter, vous avez les mêmes yeux gris.

Ainsi, lord Dereham connaissait son frère dans son personnage d'agent secret et de messager du roi…

Elle se risqua tout de même à lui poser la question.

— Quand l'avez-vous rencontré ?

— Le matin même de la bataille.

Il était inutile de préciser laquelle. Bel vit son visage s'éclairer.

— Mais alors… cette très jolie femme habillée en homme qui était avec lui était la grande-duchesse Eva ? Rien d'étonnant à ce que votre frère ait paru prêt à me provoquer en duel, lorsque j'ai tenté un timide flirt avec elle.

— Là, effectivement, vous jouiez avec votre vie, lord Dereham.

Elle rit, amusée de l'audace de cet homme qui ne craignait pas de flirter avec une femme se trouvant sous la protection de Sebastian. L'anecdote était parfaitement vraisemblable, car il avait fait quitter Maubourg à Eva en toute hâte et l'avait ramenée en Angleterre au milieu de dangers considérables.

— Vous êtes vous-même une romantique, alors ? demanda Ashley, l'œil interrogateur, en lui versant un peu de limonade.

Presque malgré elle, Bel se laissa immerger dans ces deux puits bleus, comme on s'enfonce dans la mer. On eut dit qu'il l'hypnotisait pour connaître ses désirs les plus profonds ; son besoin d'amour, sa curiosité pour les joies de l'amour physique. Il avait les yeux bleus comme la mer et était tout aussi dangereux... Mais elle ne lui révélerait rien, rien du tout.

— Romantique... Je ne sais pas...

Bel décida de se jeter à l'eau, ignorant définitivement toute prudence.

— Il y a quelque temps, je vous aurais répondu que j'étais en faveur d'un choix rationnel des époux, d'une vie conventionnelle et bien sûr, d'une stricte observation des normes. Et puis, quand Sebastian a épousé Eva, je me suis dit que j'aurais volontiers défié les conventions pour connaître leur bonheur. J'ai gâché une réception à Carlton House, en retenant quasiment prisonnière la pauvre Eva que j'accusais de briser le cœur de mon frère.

— Romantique, passionnée et audacieuse, dit Ashley avec un brin d'admiration.

Bel s'aperçut qu'elle rougissait et fut bien heureuse d'avoir renvoyé le valet quelques instants plus tôt.

— Il s'agissait de leur bonheur, lord Dereham, se défendit-elle un peu maladroitement.

— Pourquoi ne pas m'appeler Ashley, à propos ? lui dit-il d'un ton badin, après avoir pris une pomme dans le compotier qu'il entreprit de peler, en faisant mine de se concentrer sur sa tâche.

Elle manqua de s'étrangler.

— Que... ? Certainement pas, par exemple !

Mais elle éprouva le besoin de tempérer sa réaction par une explication.

— Aussi ridicule que cela puisse être, nous n'avons même pas été présentés.

— Bah, je suis sûr que ce vieil Horace s'en sera chargé cette nuit. Il m'a fait l'effet d'un ours de la vieille école, très à cheval sur les convenances et ce genre de choses…

— Tout de même…

Bel s'autorisa un petit sourire, en réponse à sa plaisanterie. Mais pas question de se laisser entraîner à des familiarités déplacées. Son esprit battait déjà bien suffisamment la campagne. Et elle n'allait pas non plus le suivre sur le thème de sa maudite descente de lit, sujet apparemment anodin, mais qui pouvait s'avérer scabreux.

— Et bien Reynard, alors…

Il y avait une lueur délibérément provocante dans son œil bleu.

— Je ne…

Elle hésita, puis amena son pavillon. Après tout, ce n'était qu'un tout petit accroc aux convenances et qui allait bien pouvoir le lui reprocher ?

— Si vous y tenez. Je ne voudrais pas vous paraître trop collet monté. Va pour Reynard.

— Merci, lady Belinda… Dites-moi, comment peut-on être une brûlante avocate de la passion des autres et la nier pour soi-même ?

Son couteau découpait une longue guirlande de peau de pomme.

— Vous oubliez que je suis une veuve, répliqua-t-elle sèchement.

Cela dépassait les bornes.

— Je vous demande pardon de ma rudesse. Je suppose que vous avez fait un mariage d'amour…

La pelure de pomme, à présent totalement déployée

dans son assiette, dessinait outrageusement un cœur, sous le regard de Bel.

— Eh bien, je… non. Je veux dire… vous m'embrouillez lord… euh… Reynard. Mon mariage a été semblable à beaucoup d'autres. Il n'était pas…

Elle chercha ses mots, visiblement confuse.

— Pas irrationnel, non conventionnel, absurde… est-ce que je résume bien votre condamnation du mariage d'amour ? Pas une tempête de passion et de romance ?

— Bien sûr que non ! Quelle épreuve ce serait que de se débattre en permanence dans un tel tourbillon d'émotions…

Et pourtant comme cela paraissait excitant, troublant, délicieux ! Aucun mariage stable ne pourrait résister à de telles fadaises irrationnelles.

— C'est pourtant à cela que les amants aspirent, ne le croyez-vous pas ? Votre frère et sa jeune épouse, à ce que vous en dites, vivent cela et ce n'est pas du tout alarmant.

— Et vous, lui demanda Bel, curieuse, avez-vous vécu tout cela ?

— La passion, oui, parfois. De plus tendres sentiments, non, pas encore.

Il coupa la pomme en quartiers sans relever les yeux.

— Les dames respectables vous préviendront, lady Belinda, que je passe pour un débauché. Nous sommes immunisés contre la romance, nous autres, mais la passion est une vieille connaissance.

— Etes-vous vous-même en train de me mettre en garde, monsieur ?

Elle ne croyait pas avoir jamais fait la connaissance d'un débauché, auparavant et il n'avouait pas franchement lui-même en être un. Pour ce qu'elle en savait, il pouvait fort bien se vanter. Jusqu'à son mariage, Bel avait été étroitement surveillée par sa maman, car il ne fallait pas que la fille d'un duc puisse être la proie d'un coureur de dot, ou pire encore. Ensuite, Henry avait pris le relais et comme il n'était certes pas du genre à fréquenter quiconque qui, de près ou de loin, puisse passer pour avoir des mœurs dissolues, ou être tout simplement amusant, elle n'avait guère eu de chance qu'un tel homme croise son chemin.

— Pas du tout. Si j'avais des intentions inavouables à votre égard, ce serait bien la dernière tactique à adopter.

— Ou peut-être la plus rusée…

— Lady Belinda, je suis trop confus de mes excès de la nuit passée et trop médusé de votre beauté pour nourrir de si tortueux dessins.

— Ma beauté ? Est-ce que vous chercheriez à flirter avec moi, monsieur Reynard ?

Ma parole, c'était cela ! Comme c'était bon d'être de nouveau courtisée ! Elle n'arrivait pas à se souvenir depuis quand cela ne lui était plus arrivé et ne savait trop comment se conduire en la circonstance.

Lord Deneham posa sa serviette à côté de son assiette.

— Une ébauche de flirt, tout au plus… mais je vous en avais prévenue…

Et avant qu'elle ait pu répondre, il se leva et contourna la table pour aller lui tenir sa chaise.

— C'était délicieux, milady, et votre hospitalité a guéri ma pauvre tête, bien que je ne le méritasse guère après avoir envahi votre maison comme je l'ai fait. Maintenant, je vais vous laisser et rejoindre mon quartier général.

— Je vous souhaite de mener à bien vos projets, lui dit Bel en lui tendant sa main.

Cet incident avait été, somme toute, une belle aventure, une sorte de porte entrouverte sur un monde excitant et scandaleux qu'elle ne connaissait pas. Ne lui restait de tout cela que le souvenir de quelques sensations délicieuses, dont la trace, il valait mieux l'espérer, se dissiperait après le départ de ce bel étranger. Mais elle en doutait, cependant. Elle savait que les vers de lord Byron allaient être désormais illustrés, dans son imagination par quelques images… brûlantes.

— Lady Belinda…

Il prit la main qu'elle lui tendait, sans la garder une fraction de seconde de plus qu'il n'était nécessaire. C'était un peu décevant, mais préférable, Hedges venant de paraître sur le seuil.

— Votre colback et vos gants, mon commandant, je les ai trouvés sur la commode du palier…

La porte se referma sur l'officier et Bel se surprit à rester un instant dans le corridor, les yeux perdus dans le vague. Elle fut finalement tirée de sa rêverie par Hedges, qui s'éclaircit discrètement la gorge.

— J'espère que milord n'a pas oublié de rendre sa clé à milady… Car j'ai cru comprendre que c'est de cette manière qu'il a pu entrer dans la maison…

— Sa clé ? fit-elle, absente. Ah, oui, bien sûr, Hedges. Demandez à James d'être prêt à me conduire chez Hatchard dans un quart d'heure, s'il vous plaît et envoyez-moi Philpot dans ma chambre…

En montant l'escalier, Belinda réalisa qu'elle venait de mentir à son majordome sans la moindre hésitation. Car lord Dereham ne lui avait pas rendu sa clé. Avait-il oublié ce détail, comme elle-même, jusqu'au moment où Hedges le lui avait rappelé, ou l'avait-il conservé délibérément ? Etait-il vraiment un dangereux libertin, comme il le lui avait laissé entendre ? Quoi qu'il en soit, ce n'était pas de la peur qu'elle sentait monter en elle, mais un bien plus trouble sentiment.

Ashley s'éloigna de la maison de lady Belinda en direction de Picadilly, ébaucha le geste de lever la main pour héler un fiacre, puis se ravisa et, traversant la rue encombrée, se dirigea vers Green Park, où il entra par Reservoir Gate.

Il avait besoin d'espace pour réfléchir à son aise. Il avait pensé planifier très exactement son emploi du temps des prochains jours. D'abord, se rendre à l'état-major de la garde, pour faire résilier sa commission d'officier. Puis, direction l'hôtel Albany, pour s'installer un peu. Il faudrait ensuite vérifier que Dereham House était en état de recevoir Maman, faire quelques emplettes pour reprendre une apparence de civil, écrire quelques lettres. Il lui faudrait bien rester à Londres une quinzaine de jours, avant de pouvoir prendre la route de Coppergate, la propriété familiale, dans le Hertfordshire.

Il y était repassé brièvement en permission voici six semaines, peu avant la bataille. Pour le moment, sa famille savait qu'il était sauf, qu'il se trouvait à Londres et que ses affaires l'y retiendraient une semaine ou deux. Cela lui laissait un peu de temps pour se réacclimater à sa nouvelle vie, répéter dans sa tête un peu les histoires édulcorées qu'il servirait à sa famille, quand on lui demanderait de raconter ses expériences guerrières. Pas question de leur révéler ce qu'avait été réellement l'horrible boucherie, ils ne pourraient le comprendre. Et lui-même avait besoin de prendre quelque distance avec les événements en question, afin d'élaborer une fiction plus rassurante.

A Coppergate, il s'entretiendrait avec son intendant, mettrait ses affaires en ordre, puis reviendrait en ville aussi vite que possible. Ashley adorait sa famille, qui lui manquait beaucoup quand il était au loin, mais il se sentait toujours vide, inutile et mal à l'aise quand il était à la campagne. Pourquoi ? Il ne le savait pas vraiment lui-même. Il aimait, pourtant les sports de plein air, la propriété familiale avec son vieux manoir. Nul doute qu'il y trouverait de quoi s'occuper, son intendant y pourvoirait, avec tact.

Mais voilà qu'aujourd'hui, il se trouvait tout aussi nerveux, bien qu'à Londres. Il fit le tour du bassin parmi les dames flirtant avec leurs chevaliers servants, les bonnes d'enfants escortées de marmots piailleurs et parfois suivis de messieurs d'un certain âge, faisant mine de se livrer à quelque promenade digestive.

Le grand air acheva ce que la potion de Hedges avait commencé et son mal de crâne finit par s'envoler, mais non sa nervosité. Ashley s'éloigna du bassin et se dirigea vers St. James Park, renonçant définitivement à héler un fiacre. Il se reprochait d'éviter plus ou moins consciemment de penser à lady Belinda et à la ridicule affaire de la nuit passée.

Il se força un peu à y réfléchir.

Il était tout de même soulagé de pouvoir se dire qu'il n'était pas allé trop loin. Malgré cela, imaginer ce qu'une digne lady avait pu penser en trouvant un officier de cavalerie ivre mort et d'humeur folâtre sur sa descente de lit dépassait son entendement, même si les outrages qu'il lui avait infligés se limitaient à s'étaler de tout son long sur elle, lui lécher l'oreille, et à s'endormir comme une bûche.

Il grimaça en y repensant. Il avait traité lady Belinda comme une fille de joie et il avait de la chance qu'elle n'ait pas auprès d'elle un frère outragé prêt à lui demander réparation.

Mais le dangereux monsieur Ryder était toujours à l'étranger, quant au duc, il était là où il n'avait pour ainsi dire jamais cessé d'être, sur ses terres du nord de l'Angleterre. Ashley se demandait s'il était plus digne de lui écrire pour lui présenter de plates excuses ou préférable, au contraire, de compter sur la remarquable faculté de pardon que semblait posséder lady Belinda.

Il décida de garder le silence. Après tout, il n'était nullement obligé de battre sa coulpe ; rien d'irréparable n'avait été commis.

Lady Belinda semblait bien, en effet, lui avoir pardonné. Partager la vie de son très pompeux mari ne devant pas vraiment l'avoir incitée à l'indulgence envers les écarts des messieurs, il fallait croire que la dame était d'un naturel bienveillant et compréhensif.

Elle avait été, à l'évidence, extrêmement embarrassée, songea-t-il en cueillant rêveusement une marguerite, car il ne pensait pas qu'elle était du genre à accueillir avec joie l'intrusion d'un inconnu dans sa chambre à coucher. Et tant mieux, songea-t-il encore en faisant la grimace, car il était alors bien trop soûl pour la satisfaire.

Non, lady Belinda s'était montrée tolérante, intelligente et pragmatique, ce qui était bien plus qu'il ne méritait. Il réalisa avec une certaine angoisse rétrospective qu'elle aurait pu aisément, si elle l'avait voulu, le placer dans une situation tellement embarrassante qu'il aurait été contraint, pour réparer, de lui proposer le mariage. Or ce genre de choses n'entrait pas le moins du monde dans ses projets. Pas avant cinq ans, au moins, quand la coercition, pour le moment discrète, de sa mère, deviendrait pressante et qu'elle lui ferait observer que son cousin Adrian faisant un piètre héritier, il ferait bien de se préoccuper de sa descendance avant l'échéance fatidique de son trente-sixième anniversaire.

Il avait malgré tout réussi à entraîner lady Belinda dans un léger flirt, ce qui était bien agréable.

Décidément, Ashley commençait à se sentir mieux. Courtiser les jolies femmes faisait partie de l'image d'Epinal du héros rentrant couvert de lauriers, mais c'était certainement une bonne façon d'oublier le sang, la mort et la destruction.

En pénétrant au quartier de la garde, il rendit son impeccable salut à la sentinelle et se dit qu'après tout, la vie d'un civil à Londres pouvait avoir du bon.

4

Bel, elle aussi, envisageait son séjour dans la capitale d'un œil plus favorable que précédemment. Elle y était venue d'abord pour se prouver à elle-même, ainsi qu'à ses beaux-frères et belles-sœurs, qu'elle était une femme indépendante, prête à prendre le départ d'une nouvelle vie. Sa jolie petite maison de ville était un bijou, elle adorait les promenades dans le parc, les courses dans les magasins et commençait à se demander si elle ne pourrait pas trouver quelque plaisir à se rendre dans les bals et autres événements qui rythmaient la vie de la bonne société londonienne.

Le fait que, dans ces occasions, elle pourrait peut-être croiser de nouveau le très attirant lord Dereham était indéniablement un attrait supplémentaire.

Bel examina un rayonnage de livres fraîchement parus, prit un volume et alla s'asseoir sur l'une des chaises tapissées de velours rouge que le libraire Hartchard mettait obligeamment à la disposition de ses clients.

En lieu et place du vague, inconsistant et informe amant de ses fantasmes de passion et de romance, son beau visiteur de la nuit passée s'imposait comme une alternative bien réelle, faite de chair et de sang. Un exemple passionnant, quoique terriblement troublant, de l'espèce masculine, à portée de sa main, si l'on osait dire…

Rêvasser à Ashley était certes frustrant, mais absolument délicieux. Elle tourna les pages de son livre et lut au hasard.

« — Alfonso, dis-moi que je suis tienne, ne m'abandonne pas au pouvoir de mon oncle et de ses plans infernaux, supplia Amarantia, les yeux baignés de larmes. Son amant la serra contre lui, le cœur battant éperdument au rythme du sien. »

Bel eut un petit frisson de plaisir et se força à revenir au réel. Elle voulait revoir Ashley Reynard. Sûrement, il flirterait avec elle. Il lui faudrait apprendre à en faire autant. C'était d'ailleurs là sa limite ultime. Car prendre un amant n'était qu'un fantasme, jamais elle n'oserait aller plus loin qu'un aimable badinage et il n'était d'ailleurs nullement prouvé que lord Dereham soit prêt à autre chose. Et pourquoi le serait-il ? Londres était plein de femmes audacieuses et sophistiquées. Nul doute qu'il savait où les trouver.

Non, ce n'était qu'un jeu destiné à faire passer les longues heures nocturnes sans pouvoir trouver le sommeil. Un fantasme. Jamais lord Dereham ne la serrerait contre sa poitrine, son cœur battant à l'unisson du sien. Et pourtant, la nuit dernière…

Elle soupira.

— Belinda ?

Elle eut un petit sursaut de surprise coupable et laissa tomber son livre, le dos raide comme si on l'avait prise en faute. Il allait lui falloir l'acheter, à présent…

— Tante Louisa ?

Lady Ravenhurst la considérait d'un air réprobateur derrière son pince-nez.

— Et cousine Elinor… quel plaisir de vous voir, toutes les deux.

Elle se leva, comme une écolière que l'on interroge. Elinor ramassa le livre.

— *La Tour Vénitienne*, lut-elle sur la couverture. C'est un traité d'architecture, cousine Belinda ?

— Euh… non…, bredouilla l'intéressée, de plus en plus raide. C'est un roman que… j'envisageais d'acheter.

Tante Louisa parut sur le point de se lancer dans une diatribe contre la littérature romanesque et ceux qui s'y adonnaient. Bel, qui préférait éviter cela, enchaîna :

— Je ne savais pas que vous étiez à Londres…

— L'Ogre corse a choisi de s'échapper de l'île d'Elbe au moment précis où je comptais partir faire un voyage d'étude en France, pour admirer les cathédrales, cela a ruiné mes projets de toute une année, répliqua sa tante, en colère.

A l'écouter, on se disait que c'était sans doute la plus grande erreur qu'avait pu commettre Napoléon, probablement celle qui lui avait été fatale, que de contrecarrer les projets de voyage de la tante Louisa.

— Je préparais un livre, acheva-t-elle, outrée.

La tante Louisa était une excursionniste infatigable, et sa soif d'expériences culturelles avaient atteint une sorte de paroxysme depuis la mort de lord James, son mari, dix ans auparavant.

— Comme c'est intéressant, dit Bel, qui n'en pensait pas un mot, et vous êtes à Londres pour faire des emplettes ? Quelques robes, peut-être ?

Après avoir jeté un coup d'œil à l'espèce de chasuble informe en drap gris que portait Elinor, elle pensait que ce pouvait être une explication…

— Des robes ? Certainement pas !

Le pince-nez se promena à la ronde, sur les rayonnages.

— Je suis ici pour acheter des livres. Notre expédition sera retardée au moins d'un an encore, alors je continue mes recherches ici. Elinor, trouve-moi donc où ils ont caché la section « Architecture ». Je ne comprendrai jamais pourquoi ils s'entêtent à la faire changer de place, tout le temps. Tu as la liste ?

— Oui, maman.

Elinor la récita d'une voix parfaitement atone.

— *Cathédrales d'Angleterre* de Britton en cinq volumes et *Monastères et Oratoires* en deux.

Elle referma son carnet avec la satisfaction du devoir accompli. Bel lui fit un sourire embarrassé. Elle ne savait jamais trop quoi penser de sa cousine, toujours dans les jupes de sa mère et à ses ordres, alors que la jeune femme n'avait que deux ans de moins qu'elle. A vingt-quatre ans, elle était déjà sur la touche et sûre d'y rester. Pourtant, elle ne semblait ni désespérée ni résignée de son sort. Elle paraissait plutôt… détachée. Bel se demandait toujours ce qui se cachait sous ces yeux baissés et ces murmures obéissants.

— Belinda ?

— Euh… oui, Tante Louisa ?

Bel se rappela opportunément qu'elle était une adulte, une veuve qui n'avait pas à sursauter chaque fois que sa formidable parente lui adressait la parole, comme au temps où elle était une timide adolescente. Mais on perdait quelque peu ses moyens, lorsqu'on se sentait coupable…

— Il paraît que tu as acheté une maison de ville à Londres. As-tu quelque chose à reprocher à Campbourn House, par hasard ?

Qu'est-ce que ça peut bien lui faire ? songea Bel, mais il n'était pas question de le formuler ainsi, naturellement. Elle lui fit un sourire aimable.

— Eh bien, lord Felsham l'occupe, à présent.

— Le cousin de ton mari ne t'interdit pas d'y séjourner, que je sache, répondit la tante Louisa en brandissant agressivement son ombrelle.

— Certes, Tante Louisa, mais je ne veux pas l'ennuyer en lui demandant de le lui emprunter.

Le nouveau lord Felsham était un inoffensif gentilhomme, mais son épouse, en revanche, était une mégère à la langue un peu trop bien pendue. Bel préférait ne croiser son chemin que le moins souvent possible.

— As-tu trouvé une dame de compagnie assez respectable pour te chaperonner ? demanda encore la terrible lady d'un air soupçonneux.

Bel se déplaça vers le rayon Théologie, un peu plus à l'écart des oreilles indiscrètes que ne l'était celui des nouveaux romans.

— J'ai une femme de chambre d'âge mûr et un couple marié pour majordome et gouvernante.

« Ah, si tu m'avais vue la nuit dernière », pensa-t-elle irrévérencieusement.

Elle eut un instant la vision de la formidable lady tapant à grands coups d'ombrelle sur un lord Dereham pris de boisson et étendu sur sa nièce. Cette seule idée faillit lui provoquer un fou rire subit et elle se dit que c'était là un amusement qu'elle pourrait certainement partager avec Ashley Reynard. Il rirait, avec une petite lueur pétillante dans ses beaux yeux.

Son rire, elle le savait à présent, serait joyeux, franc et sonore.

Elinor revint, suivie d'un vendeur d'un certain âge, les bras chargés de volumes.

— Voilà, maman, je les ai tous, intervint-elle. J'aime beaucoup ta robe, cousine Belinda, quelle jolie couleur !

— Merci, elle me plaît beaucoup à moi aussi. Elle vient de chez Mrs Bell, dans Charlotte Street. Tu connais ?

Tante Louisa regarda la toilette marron glacé frangée d'or avec un air désapprobateur.

— Une couleur bien peu pratique, à mon avis. Bien... allons, mon brave, enveloppez-moi tout cela, je n'ai pas toute la journée, n'est-ce pas ? Viens, Elinor et toi, ma nièce, trouve-toi vite un chaperon convenable. Tant d'indépendance pour quelqu'un de ton âge, on se demande où va le monde !

— Bon après-midi, ma tante..., dit Bel d'une voix douce en échangeant un sourire timide avec sa cousine, tandis que la digne lady s'éloignait au pas de charge. Elinor la suivait docilement. Bel se mit à espérer que sa tante n'aurait jamais l'idée de s'occuper elle-même de sa vie sociale et de ses fréquentations.

Dans l'après-midi, une volée de cartons d'invitation était arrivée à Half Moon Street. En les voyant en tas sur son bureau, Bel se dit avec étonnement qu'elle n'était visiblement pas la seule à rester à Londres, en plein mois de juillet. L'attraction que constituait l'arrivée des officiers de retour du continent y était sans doute pour beaucoup.

Elle prit son agenda, en tourna les pages restées pratiquement vierges durant les dix-huit derniers mois et examina les invitations qui lui étaient parvenues ces derniers jours. Son retour à Londres après le mariage de son frère avait été signalé dans plusieurs gazettes et il n'avait pas échappé à nombre de ses relations que sa période de deuil officiel était à présent close.

Lady Lacey donnait une réception dans deux jours. Ce serait l'occasion idéale pour inaugurer sa nouvelle vie mondaine. Pas de bal, que des têtes connues, peu de chance d'être la cible des ragots. Belinda prit sa plume, une feuille de papier à lettres à sa nouvelle adresse et rédigea sa réponse.

— Belinda, ma chère, quelle joie de vous revoir à Londres !

Lady Lacey l'enveloppa chaleureusement de ses bras, dans un grand froissement de soie et un nuage de parfum chypré.

— Vous nous avez tellement manqués !

— Mais vous aussi, chère amie, vous aussi !

En fait, Lucinda Lacey ne lui avait guère écrit durant son deuil, hormis la classique et incontournable lettre de condoléances, lorsqu'il était survenu, mais Bel ne s'en était pas formalisée. Elle savait que l'univers de Lucinda était fait de rencontres, de potins murmurés à de complaisantes oreilles, de soirées et de plaisirs. Elle n'avait pas oublié Bel, mais n'avait tout simplement pas eu la patience d'entretenir une correspondance avec quelqu'un qui n'était pas en mesure de lui apporter sa moisson quotidienne d'anecdotes croustillantes.

— Tous nos amis sont là ce soir, dit-elle en balayant l'assistance d'un geste de son éventail.

Comme son hôtesse l'abandonnait pour aller saluer de nouveaux arrivants, Bel prit une profonde inspiration et s'avança au milieu de la foule des invités. Sa nouvelle robe jonquille lui donnait un peu d'assurance et elle s'en félicitait, tandis qu'elle distribuait quelques saluts et sourires à la ronde.

Cette robe était échancrée et décolletée en V, bordée de dentelles à l'ourlet ainsi que piquée de fils d'or jusqu'à la taille, qui était haute. En tous points à la dernière mode. C'était étrange de porter de nouveau des couleurs claires après tant de mois en noir et en gris.

Elle baissa les yeux vers les trois boutons de roses jaunes qu'elle avait piquées sur le bustier. Ils venaient du bouquet reçu le lendemain de sa mésaventure avec Ashley Reynard, accompagné d'une très gentille lettre d'excuses et de remerciements. Bel en avait placé les feuillets dans son agenda, à la date de leur rencontre. C'était un geste absurde et romantique, tout comme l'habitude qu'elle avait prise d'y revenir souvent pour la relire et la relire encore.

— Belinda !

Trois vieilles connaissances venaient vers elle, éventails en batterie et toutes dentelles dehors, ce qui eut pour effet immédiat de chasser momentanément lord Dereham de ses pensées. Il s'agissait de Therese Roper, de sa rondelette cousine lady Bradford et de Maria Wilson, une veuve blonde à l'air coquin.

— Viens donc t'asseoir avec nous ! lui enjoignit Therese, en montrant le cercle de dames aux yeux brillants qui examinaient d'un œil critique tout nouvel arrivant en pépiant derrière leur éventail. Bel reconnut le conclave qui lui avait ouvert les yeux sur les insuffisances du pauvre Henry en pratique amoureuse et se demanda ce que diraient ces pipelettes si elle leur confiait s'être sentie profondément troublée par sa rencontre avec un bel officier de la Garde sur sa descente de lit, pour autant qu'il y en ait une à qui elle oserait faire une telle confidence.

— Mon Dieu, Belinda, mais quelle jolie robe ! s'extasia Annabelle Bradford, le nom de la couturière, vite ! Ou j'en mourrai de jalousie…

Bel divulgua obligeamment le nom de la boutique où elle en avait fait l'emplette, subit un interrogatoire serré sur le profond ennui de sa retraite campagnarde, tomba d'accord avec le groupe pour trouver que la coiffure de lady Franleigh était un désastre, pour une femme affligée d'un nez de cette taille et exprima son indignation lorsque Therese révéla que son mari avait pris une nouvelle maîtresse, malgré ses promesses réitérées de devenir un modèle de rectitude conjugale.

— Que vas-tu faire ? demanda-t-elle choquée et intriguée à la fois.

Imaginer le pauvre Henry se livrer à ce genre de débordements était tout à fait impensable.

— Ma chère, je vais l'imiter, pour commencer…

Elle baissa la voix et prit un ton de conspiratrice.

— … Je n'ai pas encore choisi l'heureux élu, car j'hésite entre deux gentlemen également aimables…

Therese s'interrompit brusquement et portant son pince-nez devant ses yeux, s'exclama :

— Oh mon Dieu, alors que je croyais avoir passé en revue tous les beaux hommes de Londres, voilà qu'une autre magnifique créature vient fausser mon jugement !

— Où cela ?

Toutes se tournèrent comme une volée de moineaux pour suivre le regard intéressé de Therese.

— Oh, mais oui ! Voilà ce que j'appelle un bel homme, un véritable apollon. Où donc se cachait-il ?

Suprêmement élégant dans un habit de soirée noir et

culotte serrée assortie, jabot immaculé autour de son cou, lord Dereham s'avançait, fendant négligemment la foule en grande conversation avec un officier en tenue écarlate. De la partie féminine de l'assistance monta comme un soupir d'extase, qui couvrit le cri de surprise de Bel.

C'était une chose que de rêvasser à Ashley Reynard, et une autre que de le rencontrer au milieu d'un parterre de dames enamourées avides de l'examiner, de flirter avec lui ou de savoir qui pouvait lui plaire.

— C'est Dereham, dit lady Bradford après une minute d'examen. Il était déjà très beau la dernière fois que je l'ai vu, mais quelques années dans l'armée lui ont vraiment apporté quelque chose.

« Des muscles d'athlète, un air de tranquille autorité qui me donne la chair de poule, un regard fait pour scruter l'horizon, voilà ce quelque chose », songea Bel en se demandant si elle pourrait trouver une excuse pour s'éclipser, avant qu'il ne la repère.

Trop tard, l'officier claqua amicalement l'épaule d'Ashley et s'éloigna, le laissant seul au centre de la pièce. Il jeta autour de lui un regard circulaire et Bel se décida à agir.

— C'est la maison de lord Dereham, dans Half Moon Street, que j'ai achetée, confia-t-elle à demi dissimulée derrière son réticule. Il est passé me voir, dernièrement. Un homme très agréable, je dois le dire.

Therese la regarda avec stupeur.

— Agréable, c'est tout ce que tu trouves à dire ? Est-ce que ta vue aurait baissé, par hasard ?

Bel fronça le nez d'un air de dédain, cherchant désespérément une justification.

— Je le trouve… très blond.

Les autres la regardèrent comme si elle venait de leur

annoncer sa décision de se faire nonne puis, leurs yeux à toutes revinrent se poser sur lord Deneham, comme pour s'assurer qu'elles parlaient bien de la même personne. Et c'est alors que le cœur de Bel chavira, car il venait droit vers elles.

Il chavira, puis s'emballa et se mit à battre à tout rompre, tandis qu'elle cherchait désespérément à recouvrer ses esprits ou du moins une apparence de cohésion mentale.

— Lady Belinda, lady Bradford, Mrs Roper, Mrs Wilson…

Son salut fut un chef-d'œuvre de nonchalante élégance. Les dames esquissèrent une révérence et se remirent à glousser derrière leur éventail, tout en murmurant des salutations. Il les avait scrupuleusement saluées dans l'ordre de préséance, mais Bel réalisa avec alarme qu'il l'avait, seule, appelée par son prénom. Cela ne manquerait pas d'inspirer bien des questions et des supputations.

Puis il regarda son décolleté et une sorte de lueur passa dans son œil. Elle s'en alarma aussi. Avait-il reconnu les roses qu'il lui avait envoyées ? Peut-être avait-il commandé « en aveugle » un bouquet, sans savoir exactement quelles fleurs le composaient ? Comme il ouvrait la bouche pour parler, elle prit les devants, coupant la parole à Mrs Wilson qui faisait remarquer combien Londres était étonnamment peuplé, cet été.

— Merci encore d'être passé me voir l'autre jour…

Comme les yeux d'Ashley se haussaient légèrement d'étonnement, elle se hâta d'enchaîner :

— J'étais si contente que quelqu'un puisse enfin m'expliquer le fonctionnement de la plomberie du premier étage… Votre notaire avait été si peu précis, à ce sujet…

Autour d'elle, Bel pouvait sentir l'amusement de ces dames. Cette pauvre Belinda ! Elle a reçu cet homme splendide chez elle et tout ce dont elle lui a parlé, c'est de plomberie…

— Tout le plaisir a été pour moi…

Les yeux ne se haussaient plus, mais la petite lueur coquine brillait de plus belle et sa langue semblait faire un sort particulier au mot « plaisir ». Quelque chose en elle s'émut en retour et elle était presque certaine qu'il s'en était aperçu.

— Après tout, je suis celui qui avait fait installer cette baignoire-douche, reprit-il aimablement. Mais je crains que le plombier l'ait montée de travers. Elle ne marche vraiment que par intermittences.

Il y eut une nouvelle vague d'intérêt parmi les auditrices. Une baignoire-douche, voilà qui était une innovation et parler de bain avec un homme était si… délicieusement « déplacé » que ces dames se remirent à glousser de plus belle.

Ashley se pencha pour ramasser le mouchoir tombé du réticule de Bel et en lui rendant, il lui murmura à l'oreille :

— Très malin…

— Vous aussi, lui chuchota-t-elle sur le même ton.

— Nous formons donc un bon duo, conclut-il.

Il déposa l'alibi brodé dans la paume de sa main et ses doigts se refermèrent brièvement sur les siens, puis il se tourna vers les autres dames.

— Vous trouvez Londres plus peuplé ces temps-ci, disiez-vous, Mrs Wilson ?

— Eh bien, oui, pour juillet, je veux dire… par la bonne société, naturellement.

Elle battit des paupières à son intention.

— Sans doute est-ce à cause de ces braves officiers qui reviennent de la guerre et que nous voulons tous connaître.

Immédiatement, la lueur s'éteignit dans l'œil si bleu d'Ashley.

— Et aussi à cause des braves soldats, dit sévèrement Bel, se souvenant qu'elle avait lu dans une gazette que les blessés restés en Belgique continuaient à être rapatriés au coup par coup. Mais eux ne sont pas l'objet d'autant d'attentions. Une jambe coupée, une cicatrice, ce n'est pas aussi attirant qu'un dolman chamarré.

Il y eut une sorte de cri d'horreur étouffé dans l'œuf, mais déjà, Ashley se tournait vers elle, un léger sourire affleurant sous sa grave contenance.

— C'est tout à fait vrai, lady Belinda. Mais il faut être honnête : de nombreuses dames de la bonne société s'organisent pour porter secours aux anciens soldats et à leurs familles, ou pressent leurs maris de leur trouver du travail.

— C'est le moins qu'elles puissent faire, répliqua très sérieusement Bel.

— Si vous voulez bien m'excuser, mesdames, j'ai promis à lord Telfort d'être des siens pour une partie de cartes. Ashley tourna les talons et s'éloigna, laissant Bel affronter l'indignation des autres dames.

— Comment avez-vous pu l'envoyer aux pelotes de cette façon ? fulmina Annabelle Bradford. Franchement, Belinda, le plus bel homme de la soirée vient passer un moment avec nous et vous lui parlez plomberie et amputations !

Bel tourna vers elle un visage contrit.

— Je suis désolée, je n'ai pas réalisé…

Ashley, elle le savait, ne voulait pas parler de la guerre

et elle n'allait pas laisser quelques dindes emplumées le tourmenter sans réagir. Un bon duo, avait-il dit. Ces mots lui réchauffaient le cœur, de concert avec cet étrange sentiment qu'elle commençait à reconnaître et qu'elle supposait être le désir.

Elle se tourna résolument vers la porte du salon où l'on jouait aux cartes, de l'autre côté de la pièce.

— Parlez-moi donc des autres beaux hommes que nous avons ici.

Il n'y avait pas de meilleur moyen de détourner l'attention de ces dames et cela réussit parfaitement. Elles se rassirent en frétillant d'aise.

— Eh bien, commença Therese, connais-tu lord Betteridge ? Il vient d'être élu à la chambre. Figure-toi que…

5

Au fond, tout s'était plutôt bien passé, songeait Bel tandis que son cocher la ramenait chez elle. Elle avait survécu à une nouvelle rencontre avec lord Dereham sans se trahir, malgré la présence de plusieurs paires d'yeux et d'oreilles à l'affût d'un possible scandale, avait renoué avec de vieilles connaissances et en avait fait de nouvelles fort sympathiques. Pour résumer, elle avait acquis en quelques heures une confiance en elle, une assurance toute neuve.

Sans doute l'âge y était-il pour quelque chose. Lorsque l'on a acquis suffisamment de maturité pour comprendre que toute une assemblée n'a pas forcément les yeux sur vous en permanence et que par ailleurs, l'on peut faire de petites erreurs sans craindre un père sourcilleux ou un mari prompt à vous faire des reproches et à vous dire comment vous devez ou auriez dû vous conduire, alors on peut envisager l'existence avec plus de sérénité.

Bel se souvenait de la façon dont elle avait interrompu les derniers jours de son deuil pour assister à la réception donnée par le prince régent en l'honneur de la grande-duchesse Eva, avec la ferme intention de signifier à celle-ci d'arrêter de briser le cœur de son frère.

Elle avait alors fait abstraction de toute notion de

révérence et d'étiquette et avait certainement bien fait car elle s'était fait ce jour-là, de sa future belle-sœur, une amie pour la vie.

Comme ils avaient de la chance ! Que pouvait-on bien ressentir quand un homme vous regardait comme Sebastian regardait Eva quand il ne se savait pas observé, avec toute son âme à nu au fond des yeux ?

— Milady ?

Ils étaient arrivés et son groom lui tenait la portière, probablement depuis plusieurs secondes.

— Merci, James.

Elle prit son réticule, se leva et descendit sur le marchepied. Oui, cette soirée avait été un succès et elle se sentait prête à retenter l'expérience. Demain, il y avait un bal chez les Steppingley. Ils l'avaient invitée au cours de la soirée. Il s'agissait du premier bal de la demoiselle de la maison, avant son entrée officielle dans le monde, l'année suivante. Si lady Belinda ne craignait pas de s'ennuyer à une soirée principalement fréquentée par de très jeunes gens, il y aurait également des adultes très intéressants, lui avaient assuré ses hôtes. Et ceux qui ne voudraient pas danser pourraient toujours jouer aux cartes.

Oui, il serait si bon d'avoir le droit d'aller à un nouveau bal, en évitant les valses, toutefois et aussi de rencontrer les « gens intéressants » promis par les Steppingley. Peut-être parviendraient-ils à lui faire oublier un peu un certain gentleman aux larges épaules et au sourire si tentateur. Dieu, comme elle se sentait impudique !

Philpot vint l'aider à défaire sa coiffure, rangea ses bijoux et glissa des formes dans ses escarpins avant de l'aider à défaire sa robe. Bel retira sa broche en diamants, qui retenait les boutons de rose en place. Ceux-ci commençaient à perdre de leur fraîcheur et les délicats pétales, doux comme le velours, se détachaient sous ses doigts.

— Philpot, il doit bien y avoir un flacon vide, quelque part, à peu près grand comme ça…

De ses mains, elle montra la taille d'une coupelle.

— Tout de suite, milady ?

— Oui, s'il vous plaît, elles sont si belles… Je voudrais les conserver en souvenir de ma première sortie.

— Très bien, milady…

Indifférente, la servante lui passa son peignoir, lui tendit la brosse à cheveux et sortit pour obéir à sa requête. Avait-elle la moindre idée de la raison pour laquelle sa maîtresse voulait conserver ces boutons de rose ? Si oui, elle était bien trop polie pour le montrer.

Bel défit ses mèches en pensant vaguement à la suggestion appuyée de sa tante de prendre une dame de compagnie, puis secoua la tête pour libérer toute la masse de ses cheveux, qui lui retombèrent sur le dos et les épaules. Il était déjà bien assez difficile de garder un peu d'intimité dans une maisonnée pleine de domestiques, alors que dire de devoir supporter la compagnie d'un chaperon obsédé par les convenances et persuadé que son employeuse requérait sa présence auprès d'elle à toute heure du jour.

Non, décidément, même si elle se sentait souvent seule — et elle y était déjà habituée du vivant d'Henry —, cette solitude était aussi un espace de paix et d'intimité. Cela était beaucoup plus important que de se plier à des conventions.

Les invités des Steppingley étaient aussi intéressants qu'ils l'avaient promis. Au bout d'une heure, Bel avait fait la connaissance du colonel d'un régiment de Brunswick qui étudiait les ballons à air chaud dans l'espoir qu'ils pourraient un jour transporter des marchandises, plusieurs charmantes jeunes filles aux yeux brillant d'excitation pour leur premier « vrai » bal, une poétesse et une jeune excitée d'allure outrageusement masculine qui, en entendant son nom, se livra à une violente diatribe contre les opinions que professait sa tante Louisa en matière d'architecture, notamment en ce qui concernait l'évolution de l'art sacré en Angleterre.

Comme Bel avait quelque mal à discerner la différence entre un pilastre et une poêle à frire, elle fut grandement soulagée d'être tirée de ce mauvais pas par la poétesse, miss Layne, qui l'entraîna plus loin au motif spécieux que Bel lui avait promis de l'escorter jusqu'à la salle de bal.

— Ouf ! Heureusement, miss Farrington déteste la danse, elle ne nous suivra pas jusqu'ici.

Miss Layne leur dénicha deux sièges le long du mur et elle se laissa tomber dans le sien avec des regards inquiets en direction de la porte. Elle s'éventa vigoureusement sans parler un long moment, ce qui permit à Bel d'étudier son profil à loisir. C'était une femme d'environ quarante ans, aux cheveux bruns et aux yeux noisette pétillants, perpétuellement en mouvement, qui s'intéressait à tout et à tous.

— Dieu qu'elle est ennuyeuse ! soupira-t-elle et immédiatement, elle tira un carnet de notes de son réticule, griffonna quelques mots et le rangea de nouveau.

— Une poussée d'inspiration ? demanda Bel, un peu surprise.

— En effet. Vous voyez ce jeune couple, là… chacun fait semblant de ne pas avoir remarqué l'autre. Ils sont adorables… et tellement gauches, que cela m'a donné une idée, pour un poème… très romantique.

— Peut-on trouver vos œuvres chez Hatchards ? demanda Bel. J'ai bien peur d'être très ignorante en matière de poésie. Mon mari trouvait cela frivole et ne voulait pas que j'en ouvre un seul volume. Mais je dois confesser que je lis l'œuvre de lord Byron, en ce moment.

— Oui, vous trouverez les miennes chez Hatchard, également. J'ai publié plusieurs recueils. Mais permettez-moi de vous en envoyer un en cadeau. Certains sont sérieux, d'autres plus frivoles. Je ne vois pas de mal à explorer la frivolité, de temps à autre.

Miss Layne s'interrompit, fixant un point par-dessus l'épaule de Bel.

— Et à ce propos, voici venir un très bel homme. Le héros Byronien dans toute sa splendeur.

Bel n'avait pas besoin de se tourner pour savoir de qui il s'agissait, de tous les apollons que l'on pouvait trouver à Londres. L'air lui-même semblait porter vers elle l'effet de la présence d'Ashley Reynard, aussi intensément que si ses mains couraient sur elle.

— Vraiment ?

Elle s'efforça de conserver un ton léger, désinvolte, malgré son trouble.

— Eh bien espérons qu'il passera devant nous, que je puisse le voir, car je peux difficilement me démancher le cou, ce ne serait pas très discret.

— Lady Belinda, mes hommages.

C'était bien Ashley Reynard qui s'inclinait devant elle et son cœur se mit à battre la chamade. Miss Layne le regardait avec la curiosité d'une entomologiste venant de découvrir une espèce rare de coléoptère et se demandant où elle peut bien avoir mis son filet.

Bel essaya de recouvrer ses esprits. Une poussée de lubricité — ou supposée telle, pour ce qu'elle en savait — ne pouvait certes autoriser une lady à oublier ses manières.

— Bonsoir, lord Dereham. Miss Layne, puis-je vous présenter le major Ashley Reynard, lord Dereham ?

Il s'inclina de nouveau.

— Miss Layne, seriez-vous l'auteur de *Pensées au long d'une Rivière Anglaise* ?

— Mais… en effet. C'est un recueil paru à la fin de l'année dernière, expliqua-t-elle à l'attention de Bel. L'avez-vous lu, lord Dereham ?

— A la veille de la bataille des Quatre Bras, et je ne vous serai jamais assez reconnaissant pour l'heureuse diversion que ce fut là…

La poétesse exultait visiblement.

— Je suis ravie d'avoir pu vous apporter quelque distraction dans un pareil moment.

— Bien plus que cela. Il est doux de lire une évocation de son pays natal, au moment où l'on s'apprête à combattre pour lui.

Bel sentit son cœur se serrer, tant l'émotion contenue était perceptible dans sa voix, bien qu'il souriât toujours.

— M'accorderiez-vous cette danse, miss Layne ?

— Je ne danse pas, milord, lady Belinda m'a très aimablement délivrée d'une compagnie pesante et nous avons trouvé refuge ici.

— Lady Belinda est toujours prompte à secourir ses amis, répliqua sérieusement Ashley, en se tournant vers Bel. Dans ce cas, milady, puisque je vous ai découverte dans votre cachette, avant que vous ne fussiez harcelée par les cavaliers, auriez-vous quelque vacance dans votre carnet de bal ?

Bel se mit à rire, ouvrant le petit calepin qu'elle portait attaché à son poignet par une chaînette.

— Il est quasiment vide, lord Dereham. Je crains d'avoir été trop occupée à discuter pour attirer les cavaliers.

Elle appréciait qu'il ait d'abord invité miss Layne, sans présupposer qu'elle refuserait de danser. C'était très délicat de sa part et il l'avait fait sans la moindre ostentation.

— Vous permettez ?

Il prit le carnet, ses doigts effleurant son poignet au passage. Bien qu'ils portassent tous deux des gants, Bel pouvait sentir la chaleur de sa main. Elle demeura parfaitement immobile, tandis qu'il prenait le minuscule crayon et examinait la liste des danses à venir. La musique de l'orchestre en vague fond sonore, elle le regardait. Elle savait la caresse de ces épais cheveux blonds sur sa joue, le poids de cette tête alourdie de sommeil sur son épaule et devait lutter pour ne pas avancer sa main vers elle.

— Voilà. J'espère que ce n'est pas trop abuser.

Il s'était inscrit pour une valse et une contredanse.

Bel ouvrit la bouche pour l'informer qu'elle ne valsait pas, puis se ravisa derechef. Cet homme était Ashley Reynard. Elle *voulait* être dans ses bras. Et il lui fallait bien admettre aussi qu'il ne lui déplaisait pas d'éveiller la jalousie des autres femmes.

— Voulez-vous un peu de limonade ? leur proposa Ashley.

Elles secouèrent toutes deux la tête d'un même mouvement, avec un murmure de remerciement.

— Alors j'aurai le plaisir de revenir vous chercher pour la deuxième contredanse, lady Belinda…

— Cet homme est charmant, remarqua miss Layne

en le regardant s'éloigner. Tiens, voici mon frère… Je n'étais pas sûre qu'il viendrait ce soir.

Elle agita la main et un monsieur brun et mince leva la sienne en retour avant de s'approcher.

— Kate ? Je suis surpris de te trouver dans la salle de bal…

Monsieur Layne était nettement plus jeune que sa sœur, mais il avait les mêmes cheveux bruns et les mêmes pétillants yeux noisette. Il sourit aimablement et s'inclina devant Bel.

— Madame…

— Lady Belinda, permettez-moi de vous présenter mon frère, monsieur Patrick Layne.

Bel lui tendit sa main et désigna un siège vide.

— Voulez-vous vous asseoir, monsieur Layne ?

— Je vous remercie, milady, mais je suis requis pour la prochaine danse. Puis-je vous demander de bien vouloir m'en accorder une prochaine, à moins que votre carnet soit déjà plein ?

— Pas du tout, ce sera avec plaisir…

Elle lui tendit son carnet de bal, il s'inscrivit pour la première valse et elle sourit en signe d'acceptation.

— Il est bien audacieux ce soir, fit observer sa sœur comme il s'éloignait. J'espère qu'il a appris les pas…

Elles l'observèrent toutes deux avec un rien d'angoisse enchaîner les premières figures de la contredanse.

— Dieu soit loué, il a dû prendre des leçons, soupira miss Layne. Il a été très occupé ces dernières années à reprendre la gestion de la propriété de notre oncle. Je désespérais de le voir retrouver une vie sociale un jour.

— Et peut-être… rencontrer une gentille jeune femme ?

— Effectivement. Notre oncle est lord Hinckliffe et

Patrick est son héritier, ce qu'il prend très au sérieux. J'ai peur qu'il reste vieux garçon, tout comme lui.

Monsieur Layne était assez loin de ressembler à ce portrait convenu et Bel le vérifia dès qu'il l'entraîna avec lui dans leur valse. Loin de s'empêtrer dans les pas, il la guida avec une sûreté en comparaison de laquelle ses propres talents de danseuse lui parurent passablement rouillés. Ils rirent de bon cœur lorsque l'orchestre s'arrêta et Patrick Layne allait s'enhardir à lui en demander une autre, lorsque Bel vit lord Dereham s'avancer vers elle.

La voix de Patrick Layne parut s'étouffer soudain et toute la salle à trembler comme un mirage devant ses yeux. Bel se demanda si elle n'allait pas se trouver mal.

Mais elle cligna des yeux et l'illusion se dissipa, la laissant troublée et confuse. Peut-être n'était-ce pas seulement dû à la présence du bel Ashley Reynard, mais aussi au fait qu'elle venait de passer cinq minutes fort plaisantes dans les bras d'un homme que l'on pouvait qualifier également ainsi, quoique dans un genre tout différent. Il y avait là quelque chose à quoi il fallait qu'elle réfléchisse.

Elle fit un effort pour garder une voix calme et normale en acceptant de danser le cotillon avec Patrick Layne plus tard dans la soirée. Puis elle se tourna, souriante, pour prendre la main que lui tendait Ashley, avec un abandon qui la mit elle-même en émoi. Les yeux d'eau profonde lui sourirent et elle cessa d'avoir peur. C'était comme un jeu, en somme. Mais qui menait à quoi ?

Les pas de la contredanse étaient assez complexes pour exiger que Bel leur accorde toute son attention. Après la première figure, elle se trouva à côté de son partenaire qui la fixa d'un air interrogateur. Elle se troubla.

— Que se passe-t-il ?

— Vous faites la grimace, milady. Si j'étais d'une nature inquiète, je penserais que je vous déplais, mais comme je suis plutôt optimiste, je me dis simplement que vous vous concentrez sur les pas.

— Oh, je vous demande pardon ! s'empressa-t-elle de répondre.

Mais comme il la regardait toujours d'un air malicieux :

— Vous… vous moquez de moi, n'est-ce pas ? Je n'ai pas fait la grimace…

— Pas du tout, en effet. Mais vous étiez si concentrée que j'ai voulu vous aider à vous détendre un peu. Et puis j'avais envie de cette forme stimulante de conversation que cette danse inspire généralement. Ah, c'est à nous…

Ashley prit la main de lady Belinda et s'avança avec elle pour la promenade, entre deux rangées de danseurs. L'armée l'avait habitué à toutes sortes de bals, dans toutes sortes d'endroits et avec toutes sortes de partenaires ; il y avait beau temps qu'il n'avait plus besoin de se concentrer sur les pas.

— A moins que les choses aient beaucoup changé depuis mon veuvage il me semble que cela consiste surtout à échanger des platitudes au son de l'orchestre, lui rétorqua-t-elle, comme la musique, la chaleur et le nombre des invités… Rassurez-moi, ce n'est tout de même pas cela que vous trouvez stimulant ?

Ashley sourit en la menant le long de la ligne.

— Tout dépend avec qui j'aurai cette conversation. Je soupçonne vos vues sur ces questions d'être plus intéressantes que celles de beaucoup, lady Belinda.

Il avait réussi à capter toute son attention. Elle ne

pensait plus à ses pas et ne souriait plus béatement à cet homme avec qui elle venait de danser. Il ressentait à ce sujet une pincée de jalousie qu'il ne songeait pas un instant à nier. Ce jeune homme, quel que soit son nom, l'avait fait rire. Elle avait été toute rose, dans ses bras et très détendue.

Il n'y avait rien, pourtant, qui l'autorisait à se montrer jaloux. Tout d'abord, à leur première rencontre, il s'était couvert de ridicule et s'en était sorti bien plus facilement qu'il ne l'aurait mérité. La deuxième avait été, au moins au début, plus conventionnelle, mais il avait tout de même été très admiratif de sa réaction indignée qui lui avait fait défendre les soldats blessés, ainsi que de sa vivacité d'esprit qui lui avait fait immédiatement trouver une explication plausible à leur rencontre. Mais tout cela ne faisait pas une relation. Quelques points communs, tout au plus.

Et puis, il y avait la clé. Celle de la porte de service de son ancienne maison. Elle se trouvait toujours en sa possession. Son valet l'avait trouvée dans sa poche et sans poser de questions l'avait déposée sur sa table de toilette. Chaque fois qu'il prenait sa bouteille d'eau de Cologne ou ses brosses à cheveux, il la voyait briller. Il n'avait aucune excuse pour ne pas encore l'avoir rendue à Belinda. Il aurait dû l'envelopper et la joindre au bouquet de roses qu'il lui avait fait porter. Pourquoi donc l'avait-il gardée sans le dire ? Il évitait soigneusement de se poser la question.

Mais lady Belinda ne l'avait pas réclamée, non plus. Bien sûr, elle n'y avait pas pensé, l'avait oublié ou tout simplement avait déjà fait changer la serrure.

Comme la danse l'exigeait, Ashley fit tournoyer une dame et la conduisit à son emplacement dans la ligne, en regardant Belinda tournoyer elle aussi, conduite par un autre danseur.

« Elle n'est pas ce qu'on appelle une beauté classique », se dit-il en essayant de l'examiner d'une façon dépassionnée, ce qui pour une raison ou une autre lui était difficile. Mais il s'y efforça, néanmoins. Des yeux gris très vivants, une lumineuse chevelure brune. Tout cela était magnifique, certes mais un connaisseur aurait pu trouver que son nez était un peu trop long, par exemple, son menton un peu trop volontaire, sa bouche trop mobile. Il la regarda plus attentivement encore. Elle souriait brièvement à l'homme qui venait de la faire tournoyer, puis son visage redevint sérieux. Elle mordillait légèrement sa lèvre inférieure, toujours concentrée sur ses pas : on apercevait ses dents blanches. Un bref instant, elle esquissa un nouveau sourire, de soulagement celui-là, aurait-on dit : elle devait se souvenir de l'enchaînement suivant.

Un danseur un peu trop énergique dans ses mouvements la bouscula légèrement et elle grimaça un peu. Puis elle croisa le regard d'Ashley, lui sourit et il lui sourit en retour. Instantanément, il eut l'impression qu'ils étaient seuls en haut d'une colline, sans personne à des kilomètres à la ronde. Cela lui procura une sorte de choc et étrangement, il aurait pu jurer qu'elle ressentait le même bouleversement, au même instant.

Tout de suite, le visage de Bel redevint lisse, mais il sentit qu'elle le jaugeait toujours, sous ses longs cils baissés. C'était une attitude très féminine qui l'avait toujours amusé. Il ressentait une envie bouillonnante de l'entraîner loin de ces gens, de prendre son visage entre ses mains et de plonger ses yeux dans les siens pour y lire jusqu'au fond de son âme.

Ashley se secoua mentalement. Ce n'était tout de même

pas comme s'il n'avait jamais été séduit par une femme auparavant. Il fallait croire qu'il n'était plus vraiment lui-même. Peut-être le redeviendrait-il, s'il s'éloignait quelque temps, histoire de digérer… tout ça.

Les deux lignes de danseurs se faisaient face, les hommes sur un rang, les femmes sur l'autre. Elles avançaient vers leurs cavaliers, de si près que la poitrine provocante de Bel effleura presque le plastron empesé d'Ashley. Elle leva les yeux, lut Dieu sait quoi sur son visage, rougit et recula. Lorsque ce fut au tour des hommes d'avancer, elle garda les yeux baissés, adorablement timide.

Voilà ce que c'est, songea Ashley, d'avoir trop longtemps vécu auprès d'un falot imbécile. Elle n'avait pas l'habitude des autres hommes, non plus que du flirt le plus candide. Il était rare de rencontrer tant d'innocence chez une femme qui avait été mariée. Pourquoi donc se sentait-il auprès d'elle aussi ardent et aussi protecteur à la fois ? Voilà qui était un mystère.

La musique monta jusqu'au crescendo final, on applaudit poliment et ils quittèrent le parquet. Ashley raccompagna Bel à son fauteuil. Il salua froidement l'homme qui avait dansé avec elle précédemment. Il ressemblait beaucoup à miss Layne, sans doute était-ce son frère. Un jeune gandin, décida-t-il avec irritation. Il tourna les talons et s'en fut retrouver sa partenaire de la prochaine danse. Décidément, Londres n'était plus ce qu'elle avait été.

6

— Hmm… On dirait que milord ne m'aime pas beaucoup, remarqua Patrick Layne en déplaçant son fauteuil, afin que Bel puisse mieux voir la piste de danse.

— Qu'est-ce qui vous fait dire cela ?

Elle se félicitait de ce que la poétesse soit en ce moment en train de converser de son côté. Comme ils parlaient à voix basse en regardant droit devant eux, ils ne risquaient pas d'attirer les oreilles indiscrètes.

— Si ses yeux étaient des pistolets, je giserais à vos pieds, à l'heure qu'il est, dit-il avec un sourire.

— Pourquoi lord Dereham aurait-il donc quelque chose contre vous ? demanda Bel, sincèrement étonnée.

— Vous me le demandez ? répliqua Patrick en se penchant pour ramasser son éventail, qu'elle avait laissé glisser de ses doigts. J'ai valsé et à présent, je parle avec vous. Tandis que tout ce qu'il a eu de vous, lui, c'est une contredanse et le privilège de vous ramener jusqu'à moi.

— Mais cela voudrait dire qu'il est jaloux et il n'a pas la moindre raison de l'être.

Bel était stupéfaite que quiconque puisse s'imaginer une chose pareille, ce qui impliquait qu'Ashley Reynard et elle étaient, d'une certaine manière, liés. Ce qui n'était pas le cas, pas le moins du monde.

— Je le connais à peine… Et puis, il a choisi les danses qu'il me demandait ; nous avons une valse ensemble, un peu plus tard.

Elle se défendait trop et le sut au pli amusé de la bouche de son interlocuteur. Lui aussi flirtait avec elle, à sa façon plus détournée. Tout ceci était bien déconcertant et elle ne s'attendait certes pas à de telles complications lorsqu'elle avait préparé son retour dans le monde. En tant que veuve, elle croyait avoir cessé d'exercer tout attrait envers les hommes. Apparemment, elle s'était trompée.

Elle fut sauvée de toute tentation de badinage par miss Layne, qui se tourna vers son frère pour lui déclarer qu'elle mourait de faim et qu'il devrait bien les accompagner au buffet. Bel n'avait pas un grand appétit pour le moment, mais suivre ses nouveaux amis lui épargnerait au moins la vision de lord Dereham rejoignant le parquet de danse avec une superbe rousse à son bras.

Le temps qu'Ashley revienne pour leur valse, le moral de Bel ne s'était pas vraiment amélioré.

— Que se passe-t-il, lady Belinda ? demanda-t-il. Etes-vous en colère contre moi ?

— Moi ? Grands dieux non, bien sûr que non.

Elle paraissait si contrariée qu'on eût pu croire que c'était parce qu'elle appréhendait de se retrouver de nouveau dans ses bras.

— C'est juste que je me suis laissée aller à manger une pince de crabe dont je n'avais pas envie, qu'un jeune homme vraiment très maladroit m'a marché sur les pieds à ma dernière danse et que je me demande si ma décision de m'installer à Londres était la bonne. A la campagne, au moins, je savais ce que je faisais.

Ashley la prit dans ses bras d'un mouvement aussi fluide que décidé et ce fut tout de suite comme s'ils avaient dansé des milliers de fois ensemble. Pour un homme aussi grand et massif, il dansait avec une grâce étonnante. Bel ne s'était jamais senti menée avec autant de sûreté et en même temps sans le lui faire sentir, si bien qu'elle pouvait s'abandonner au plaisir de la danse sans inquiétude.

— On dirait que vous avez les mêmes sentiments que moi, au sujet de Londres.

Il la retint un peu contre lui le temps que passe en trombe un jeune couple qui riait bruyamment de leur propre maladresse.

— Nous nous sommes éloignés quelque temps, avons vécu des choses différentes. Peut-être nous faudra-t-il du temps pour nous réadapter à tout ceci…

Il la garda contre lui peut-être un peu plus longtemps qu'il n'était strictement nécessaire, tout risque de collision étant écarté.

— Oui, vous avez raison, c'est sans doute l'explication.

La robe de Bel virevoltait autour de ses longues jambes, la tête lui tournait.

— Mais vous êtes un excellent danseur, Ashley…

Le prénom lui avait échappé avant qu'elle s'en fût elle-même aperçue.

— Oh, je vous demande pardon, milord, je…, balbutia-t-elle.

— Mais c'est moi qui vous ai demandé de m'appeler par mon prénom.

— Ce n'est pas parce que vous le souhaiteriez que moi, je pourrais me le permettre, rétorqua Bel, les yeux fixés sur le plastron d'Ashley, qui lui paraissait l'endroit le plus sûr où poser son regard.

— Moi, j'aime quand vous m'appelez ainsi…

Sa voix murmurait à son oreille. Trop près…

— Raison de plus pour ne pas le faire.

Cette réponse le fit sourire.

— Ne vous moquez pas de moi, tout cela parce que j'essaie de me plier aux convenances.

— Je ne me moque pas…, lui répondit-il très sérieusement. J'aime être avec vous. Je ne trouve pas du tout votre retenue ridicule, bien au contraire. J'aime la façon dont vous vous contrôlez toujours. Cela me laisse à penser que sous cette élégante apparence se dissimule tout autre chose.

Bel ne savait si elle devait prendre cela comme une nouvelle moquerie ou comme une plaisanterie. C'était probablement flatteur, une sorte de compliment détourné et aussi une indication de la probabilité qu'Ashley aimerait la voir lâcher la bride à son tempérament. Avec lui. On aurait dit qu'il avait deviné tout ce qu'elle dissimulait soigneusement d'impropre et de honteux. Elle voulut émettre une sorte de grognement désapprobateur, mais ce fut hélas plutôt un gloussement.

La danse se termina et elle sortit de ses bras. Il s'inclina devant elle et quand leurs yeux se croisèrent, elle lut dans ceux d'Ashley quelque chose qui ne pouvait être que du désir. Ce fut plus bref qu'un battement de cœur. Tout de suite, il se troubla et son regard ne fut plus qu'admiration respectueuse. Mais l'espace d'un instant, il avait été fier, impérieux et brûlant. Elle l'avait reconnu, même si aucun homme ne l'avait, de toute sa vie, regardée ainsi.

Une chaleur embarrassante l'envahit. Cette sorte de pulsion animale, bas dans son ventre, qu'elle ressentait toujours quand elle était auprès de lui, apparut de nouveau, insistante. Il avait suffi d'un regard, pour qu'ils fussent tous deux conscients du désir qu'Ashley éprouvait pour elle. Jamais, dans son inexpérience, elle n'aurait cru cela possible.

Puis son regard descendit encore et se détourna très vite.

Ce que son instinct lui avait fait deviner devenait... très physiquement évident.

Elle avait entendu une fois la duchesse douairière de Malsmbury, une vieille haridelle qui n'avait pas froid aux yeux, lui déclarer à haute et intelligible voix que la mode des culottes très ajustée permettait à coup sûr de connaître les pensées d'un homme. Bel avait battu en retraite, toute rougissante et durant des semaines, n'avait pas osé regarder les messieurs sous la ceinture. A présent, elle savait exactement ce que Sa Grâce avait voulu dire par là et plus précisément encore ce à quoi Ashley pensait.

— M... merci, bredouilla-t-elle, c'était très agréable.

Elle esquissa une révérence et se tourna pour quitter le parquet, que des couples rejoignaient déjà pour la prochaine danse.

— Lady Belinda ?

— Oui ?

Que diable voulait-il ? C'est à peine si Bel osait se retourner vers lui. Elle avait rêvé du désir et à présent, il était tellement palpable entre eux qu'elle en était terrifiée.

— Puis-je vous dire un mot en particulier ?

— Mais... naturellement.

Il l'entraîna vers la terrasse qui surplombait les pelouses.

Leurs hôtes en avaient laissé l'accès libre pour que les danseurs puissent goûter un peu d'air frais, après s'être échauffés dans la salle de bal. Il n'y avait rien là qui soit inquiétant, se persuada Bel, avec toutes ces jeunes débutantes dans l'assistance, les Steppingley s'étaient assurés que les rideaux étaient tirés et les lieux, bien éclairés. Plusieurs couples y musaient agréablement, accoudés à la balustrade en marbre, entre les palmiers en pot et les orchidées.

— Comme c'est agréable ! soupira Bel pour dire quelque chose.

Elle ouvrit son éventail, s'aperçut qu'elle le maniait au rythme d'une machine-outil, se calma et adopta un tempo plus languide. Qu'allait-il donc lui demander ?

— Oui, en effet…

Ashley prit sa main restée libre et la posa sur son avant-bras.

— Voilà, je voulais simplement vous dire que j'aurais dû vous rendre immédiatement votre clé, mais je ne voulais pas en parler alors que l'on risquait de nous entendre. Je vous fais toutes mes excuses pour avoir tant tardé.

— Ma clé ?

Bel le regardait d'un air absent. Malgré la toute relative fraîcheur de l'air, elle pouvait sentir la chaleur du corps de son compagnon, comme sans doute il sentait battre son pouls à elle, sur son bras. La clé, bien sûr. Il fallait dire quelque chose de sensé, avant qu'il la prenne définitivement pour une parfaite écervelée.

— Vous avez été trop occupé par votre retour à Londres pour y penser, sans doute. C'est tout naturel.

— Non, je n'ai pas oublié.

Ils étaient arrivés au bout de la balustrade et elle se tourna vers lui, le dos contre la pierre. Ashley lui faisait face, une main appuyée à une colonne de marbre. Ainsi, il l'isolait des autres couples présents.

— Je ne comprends pas…

— Moi non plus, en fait…

Il fit la grimace.

— Cette clé est restée sur ma table de toilette pendant des jours, mon valet l'avait laissée bien en évidence et en effet, je ne pouvais la manquer. Je ne puis donc prétendre l'avoir oubliée.

Il se déplaça, comme embarrassé de lui-même et vint s'adosser à la balustrade. Bel le regarda poser ses fortes mains dégantées sur le marbre, puis elle scruta son profil, tandis qu'il regardait le jardin, ses yeux dans le vague. La ligne classique de ses traits. Il était beau, lointain… et paraissait soudain très vulnérable.

Elle fronça légèrement les sourcils. Ce qu'elle avait cru discerner venait de s'évanouir, comme par enchantement. Ne restait, sur le profil de médaille d'Ashley qu'un sentiment de vide.

— Je vous la renvoie dès demain matin.

Il se tourna de nouveau vers elle, son corps vêtu de noir dessinant un élégant contraste avec le marbre blanc.

— Dans un paquet discret, bien entendu…

« Merci, c'est très aimable à vous »

Ce furent les mots qui se formèrent dans son esprit. Simples, aimables, corrects. Elle écarta ses lèvres pour parler, mais ce ne furent pas ceux qu'elle prononça.

— Gardez-la.

Ashley laissa échapper sa surprise. Il devait avoir mal entendu. Garder la clé ?

— Je vous demande pardon, lady Belinda… Vous avez dit… ?

— J'ai dit : gardez-la. Gardez la clé.

Ses joues étaient rouges et ses grands yeux reflétaient apparemment la surprise qu'elle devait éprouver de s'entendre parler ainsi. Mais sa voix était calme et posée.

— Vous pouvez en avoir besoin si vous souhaitez… passer, un soir.

Elle aurait pu plutôt l'inviter à prendre le thé. Il la regarda avaler sa salive avec difficulté, surpris de pouvoir remarquer de tels détails, alors qu'il était tellement abasourdi.

— Un soir ?

— Oui…

Ashley acquiesça sans mot dire.

— Mon personnel va toujours se coucher vers 1 heure. Pas besoin de frapper… et de déranger quiconque. Vous entrerez, simplement, comme l'autre soir.

Non, il ne rêvait pas. C'était bien la sage lady Felsham, la veuve d'un homme à la respectabilité glaçante qui lui suggérait de passer en toute discrétion sur le coup d'1 heure du matin, pour… pour quoi d'ailleurs ?

Il n'était pas si rare que des veuves ou des femmes mariées fassent clairement comprendre à un homme qu'elles ne seraient pas hostiles à une aventure avec lui. Il avait déjà été l'objet de telles attentions dans le passé et parfois, il avait jugé plus sage de faire semblant de ne pas comprendre que d'en tirer avantage. Tout dépendait de l'intérêt qu'il éprouvait lui-même pour la dame et le degré de « territorialité » du mari.

Mais était-ce bien cela qu'avait voulu dire la timide lady Belinda ? Peut-être s'attendait-elle à ce qu'il passe simplement, prendre deux doigts de brandy et papoter un peu, en revenant de son club. Elle ne devait pas dormir beaucoup, si elle avait pour habitude de lire sur une peau d'ours à 2 heures du matin… Et elle n'avait certainement pas une grande habitude des hommes. Ce devait être son désir pour elle qui l'aveuglait et lui faisait croire qu'elle lui offrait davantage qu'un peu de conversation.

— Lady Belinda…

Il choisit ses mots avec le plus grand soin.

— J'imagine combien doit vous paraître innocente une simple conversation nocturne entre deux amis, mais pour une tierce personne ça ne l'est pas du tout. Ce tiers pourrait croire… que vous offrez votre corps et pas seulement votre compagnie.

Bel le regarda d'un air d'extrême confusion.

— Oh, je suis désolée, je… Voyez-vous, je ne sais pas… Je n'ai pas pour habitude de… d'inviter des messieurs et je… Oh, mon Dieu, j'aurais dû demander à Therese comment…

— Comment, quoi ? la coupa Ashley avec un brin d'impatience en commençant à se demander s'il n'avait pas abusé du champagne.

La tête lui tournait d'une façon dont il n'avait pas l'habitude.

— Comment on demande à un homme d'être votre amant.

Il prit une profonde inspiration. Il se souvint que la dernière fois qu'il s'était trouvé dans un tel état de nervosité, il était tombé de cheval et se tenait les deux pieds dans la boue, tandis que dans un fracas de tonnerre, un peloton de chasseurs de la Garde Impériale chargeait à bride abattue. Il n'était pas bien sûr que l'instant qu'il était en train de vivre n'était pas plus terrifiant encore.

— Je ne suis pas certain que ce soit ce que vous avez vraiment voulu dire.

— En vous demandant si vous vouliez être mon amant ?

On avait l'impression qu'elle répétait cette phrase pour se persuader elle-même de son bien-fondé.

— Bien sûr, si vous ne voulez pas… Il vaut mieux me le dire tout de suite…

On eut dit qu'elle lui offrait une assiette de macarons.

— Parce que, si vous me disiez oui, seulement par politesse, je… Enfin, je me sentirais très mal…

— Oh non, pas du tout, la politesse n'est pas en cause, ni… le manque de désir, je vous assure… Je vous trouve… plus que désirable…

Ashley entendit des pas derrière lui. Il avait cru cet endroit suffisamment tranquille, mais pour le genre de demande que lady Belinda venait de lui faire, mieux aurait valu être au fond de la forêt, plutôt que dans ce lieu de passage.

— Merci.

Bel baissa les yeux, redevenue timide et dissimula son regard derrière ses longs cils.

Ashley ne put s'empêcher d'esquisser un sourire. Belinda était si délicieusement sérieuse qu'elle prenait pour un compliment ce qu'il avait voulu énoncer comme un simple fait. D'ailleurs, elle le savait bien. Il se reprochait toujours d'avoir perdu le contrôle sur la piste de danse. Mais la musique, la douceur du corps de Belinda dans ses bras, son abandon total, tout cela avait fait bouillir le sang d'Ashley jusqu'à le faire rêver de voir le corps souple de sa cavalière épouser un autre rythme, dans le décor d'une chambre à coucher, haletante et ouverte pour lui.

Si seulement il n'était pas hanté par son image, cette

fameuse nuit sur la damnée peau d'ours, avec ses cheveux répandus, ses chevilles nues sous la soie de sa chemise, il lui aurait été plus facile de se contrôler… Mais il semblait que c'était inutile. Il paraissait, contre toute attente, que la veuve de l'homme le plus ennuyeux d'Angleterre voulait le mettre dans son lit…

— Ashley ?

Elle mordait sa lèvre inférieure et il sentait son sexe se gonfler de plus belle à la pensée de ses dents à lui, à la même place.

— Vous ne souriez pas… Je n'aurais pas dû demander, n'est-ce pas ? Je suppose que les hommes veulent que ce soit eux qui fassent la demande… Mais je ne crois pas que vous l'auriez faite et je ne sais pas flirter, alors j'ai pensé que vous comprendriez…

Il voulait la toucher, caresser de sa main la douce courbe de sa joue, effleurer du pouce le beau fruit gonflé qu'était sa lèvre rouge. Il n'en était pas question. Il y avait du monde autour d'eux sur cette terrasse et la réputation de lady Belinda devait être préservée à tout prix.

Il ne répondit pas tout de suite à son anxieuse question.

— Marchons un peu, proposa-t-il, je ne voudrais pas attirer l'attention.

Il lui offrit son bras et elle le prit, après un moment d'hésitation. Il l'avait trouvée étrangement calme, étant donné les circonstances, mais à présent il pouvait sentir la tension qui vibrait en elle et qui se communiquait à travers la soie et le velours de leurs vêtements respectifs. Elle avait peur, peur de ce qu'elle venait d'oser, bien sûr et aussi peur de lui.

— Non, ce n'est pas une question de préférence quant à la demande, tenta-t-il de lui expliquer doucement, mais je ne me serais jamais attendu à cela de votre part. Mes quelques tentatives de flirt avec vous n'ont pas été vraiment couronnées de succès…

Bel eut un rire bref, mais c'est d'une voix toujours pleine d'anxiété qu'elle répondit :

— Ainsi, auparavant, vous me jugiez trop respectable pour de telles choses et maintenant, vous pensez… oui, que pensez-vous de moi ?

Les mots étaient horribles et tout cela ne correspondait pas du tout à ce qu'elle avait imaginé.

— Je ne pense pas que vous deviez rendre des comptes sur votre conduite à quiconque d'autre qu'à vous-même, répondit Ashley en essayant de ne pas trop penser aux désirs qu'elle pouvait bien avoir. Vous n'êtes pas en train de trahir vos vœux de mariage, vous n'avez ni enfant à préserver ni rien de tout cela. Vous m'avez honoré de votre confiance et je ne la trahirai pas. Je n'ai pas, moi non plus, d'attachement ou de serment à respecter. Bref, vous êtes une personne privée, avec des besoins personnels que vous voulez satisfaire. Et voilà tout.

C'était une étrange conversation à tenir avec une maîtresse potentielle, mais il avait l'impression que Belinda avait besoin qu'on lui tienne ce langage. En tout cas, on ne pouvait qu'être admiratif devant une telle détermination. Tout ceci le poussait à un respect nouveau pour feu lord Felsham. L'homme avait-il donc été un amant si extraordinaire, que sa veuve ne puisse supporter de rester seule dans son lit ? Pourtant, on aurait pu la croire vierge, tant ses propos étaient innocents. Sans doute était-ce parce qu'elle n'avait connu qu'un seul homme.

— Vous voulez bien, alors ?

Elle leva vers lui ses grands yeux et leur intensité, malgré la pénombre de la terrasse, le bouleversa. Non, elle n'était pas légère et frivole, comme ses amies. Mais elle était une femme dans toute la splendeur de ce terme, sous les barrières futiles de la richesse et du rang social.

— J'en serais… très honoré, dit-il profondément sincère.

Mais voilà que ce Patrick Layne venait vers eux, une très jeune blonde à son bras. Il était temps de mettre un terme à cette conversation avant que les langues ne s'agitent et que l'on se mette à faire des commentaires sur la durée inconvenante de leur entretien.

— Lady Belinda, puis-je passer vous voir, demain ?

Il ajouta, dans un murmure :

— Peu après 1 heure du matin…

Demain donc et non cette nuit. Bel fut elle-même surprise par l'intensité de sa déception. Mais qu'aurait-elle donc voulu ? Qu'Ashley la soulève dans ses bras et grimpe l'escalier pour trouver une chambre où s'enfermer avec elle ?

« Oui, exactement ! C'est bien cela que je voudrais. »

— Mais certainement… Cette heure conviendra tout à fait. Merci beaucoup, milord…

Le temps d'un rapide signe de tête à Layne et à sa cavalière, Ashley s'était fondu dans l'ombre et déjà, traversait la terrasse pour retourner vers la salle de bal.

— Lady Felsham, puis-je vous présenter miss Steppingley ?

Bel, distraite, revint instantanément à l'instant présent et sourit à la jeune fille, qui était blonde, jeune et très jolie, avec de grands yeux où se lisaient à la fois la timidité et l'excitation.

Bel écouta d'une oreille le babil de la jeune débutante, qui s'extasiait sur la merveilleuse idée qu'avait eue sa maman d'organiser cette soirée et de lui permettre d'y assister, ainsi que ses cousins et cousines, alors qu'eux tous n'avaient pas encore tout à fait l'âge de faire leurs débuts dans le monde. Derrière miss Steppingley, M. Layne souriait, visiblement attendri par la candeur de sa jeune cavalière.

— Si nous rentrions, à présent ? suggéra Bel. Je ne suis pas sûre que votre mère apprécierait de vous voir vous promener ainsi sans chaperon, en compagnie d'un gentleman…

Elle leur emboîta immédiatement le pas. Si lady Steppingley l'avait entendu faire sa scandaleuse demande à lord Dereham, c'est à elle et non au très respectable Patrick Layne, qu'elle aurait interdit à sa fille de parler.

« Je suis une dévergondée, songea-t-elle. Enfin presque. »

Elle adressa à M. Layne un regard qui, elle l'espérait, lui indiquerait qu'elle n'avait pas voulu dire qu'il était un compagnon dangereux pour la jeune fille. D'un signe de tête, il la rassura. Il avait compris.

La jeune miss Steppingley trouva vite une amie avec qui échanger ses impressions de la soirée, les laissant seuls.

— C'est sage, ce que vous avez dit là, lui dit Patrick Layne quand la jeune fille se fut éloignée. Elle est bien trop jeune et bien trop confiante pour voir clairement où sont les limites au-delà desquelles il ne faut pas se laisser entraîner… Pas prête du tout à se lancer dans la compétition. Bien trop dangereux, tout cela…

— Dangereux ? Je ne veux pas croire que vous pourriez être un danger pour elle, monsieur Layne.

— Non, elle, un danger pour moi… Les filles de cet âge croient volontiers qu'un brin de cour entre deux palmiers en pot équivaut à une demande en mariage. Avant que vous ayez compris ce qui vous arrive, vous voilà dans le bureau de son papa, en train de préciser vos intentions.

Belinda sourit à son interlocuteur en lançant un regard discret autour d'elle. Ashley semblait s'être volatilisé.

— Non et je m'en félicite. Je préfère des partenaires plus proches de mon âge.

— Voici votre sœur qui vient nous rejoindre…

Bel se dit qu'il devait avoir à peu près le sien. Vingt-six ans. Elle se demanda si c'était encore une façon indirecte de lui faire la cour et décida que mieux valait ne pas s'en soucier. Sa tête lui tournait trop pour qu'elle puisse s'attarder bien longtemps sur les intentions de Patrick Layne à son égard.

— Il faut que je vous quitte…

— Passez donc me voir…

La poétesse lui glissa dans la main une de ses cartes de visite. Bel expliqua qu'elle devait rentrer.

— Je serais ravie de partager un thé avec vous.

C'était exactement ce qu'elle avait cherché en venant s'installer à Londres. Se faire des amis, restaurer sa vie sociale. Malgré quelques fantasmes, elle n'avait pas vraiment pensé à prendre un amant. Et voilà qu'elle était sur le point de le faire.

Si Ashley Reynard n'avait pas trop bu, l'autre soir, rien de tout cela ne serait arrivé, songea-t-elle en s'installant sur la banquette de sa berline, complètement oublieuse de ses escarpins neufs, qui la faisaient pourtant cruellement souffrir.

Mais Ashley avait trouvé le chemin de sa maison, ils s'étaient rencontrés de cette si drôle de manière et depuis, elle ne cessait de penser à lui.

Elle avait dansé avec plusieurs hommes séduisants, ce soir. Patrick Layne, par exemple était beau, de bonne compagnie et certainement très discret. Pourtant, jamais elle n'imaginerait avoir une liaison ou même une aventure, avec lui. Pas un seul instant.

En Ashley, elle avait certainement trouvé l'homme de tous ses fantasmes, c'était la seule explication. Et si elle ne suivait pas son instinct dès à présent, elle pourrait bien ne plus jamais en avoir l'occasion, ni même le courage.

7

— Avez-vous fait une bonne sieste, milady ?

Philpot posa une tasse de thé sur la table de nuit et alla ouvrir les rideaux, permettant à la lumière de la fin d'après-midi d'entrer dans la chambre.

— Non, pas vraiment, maugréa Bel en repoussant des mèches de cheveux de son visage.

Philpot la considéra d'un œil froid et professionnel.

— Vous allez avoir des poches sous les yeux, si vous ne dormez pas, milady… On dirait que vous n'avez pas fermé l'œil de la nuit. La vie à Londres n'a pas l'air de vous réussir…

Elle se pencha davantage sur sa maîtresse et fit la grimace, ce qui acheva de convaincre Bel qu'elle devait vraiment ressembler à un hareng saur. Un coup d'œil sur elle et Ashley prendrait ses jambes à son cou.

— Il y a bien des cernes, mais pas encore de poches, milady.

La femme de chambre laissa sa maîtresse digérer cette information alarmante et alla débarrasser le dessus de la coiffeuse.

— Quand une dame atteint un certain âge, elle doit faire attention. Dans ma précédente place, je n'ai jamais pu convaincre ma pauvre maîtresse d'utiliser de la lotion du Danemark.

— Et ?

Bel se leva et passa son peignoir. Peut-être que si elle s'habillait et faisait une promenade avant le dîner, elle pourrait ensuite faire un petit somme.

— Eh bien, elle a eu des pattes d'oie, dit Philpot d'un air entendu.

Bel s'assit devant le miroir de sa coiffeuse. Même si la terrible menace des rides autour des yeux n'était pas encore avérée, elle paraissait bien en manque de sommeil et ce n'était pas la meilleure façon de se montrer à un homme d'expérience, sans doute habitué à de belles, sophistiquées et vibrantes maîtresses. Pas à de pauvres filles trop nerveuses pour pouvoir dormir avant un rendez-vous et qui, en conséquence, arboraient des yeux de cocker. Et ne parlons pas de son ignorance sur ce que pouvait souhaiter un homme, au lit…

La pensée d'avoir à satisfaire Ashley, avec tout ce que cela impliquait, lui donna un frisson d'excitation et elle ferma les yeux en soupirant. Puis elle les rouvrit pour examiner d'un œil critique son reflet dans le miroir.

Elle se consola en remarquant le brillant de ses cheveux, qu'elle avait lavés le matin même. Philpot commença à la coiffer et Bel se trouva devant un nouveau dilemme : comment allait-elle s'habiller pour recevoir Ashley ? S'attendait-il à la trouver encore en robe du soir, afin qu'ils puissent bavarder un peu, avant… Ou bien, devait-elle l'attendre au lit, ou debout, mais en négligé ? Comment diable était-on supposé deviner ces choses-là ? Elle soupira en polissant distraitement ses ongles. Il devrait y avoir des livres sur le sujet. Peut-être y en avait-il, en effet et était-elle trop ignorante pour savoir où les trouver.

*
* *

Ashley tourna doucement la clé dans la serrure et la porte de derrière s'ouvrit. La nuit était d'autant plus sombre, dans la ruelle, qu'il n'y avait pas de lune. En passant devant la façade, sur Half Moon Street, il avait vu une chandelle briller derrière la fenêtre de la chambre. Elle l'attendait donc.

Il sourit par anticipation. Méfiant, il n'avait rien bu d'autre de toute la soirée que deux verres de vin au dîner. Il était passé à son hôtel pour se raser et vérifier qu'aucun message n'était arrivé, qui aurait annulé le rendez-vous. Ce n'était pas le cas. A présent, il sentait son sang bouillonner, son ventre se tendre et ses nerfs vibrer délicieusement.

Il ressentait toujours ce genre de choses avant une bataille et ne détestait pas se sentir ainsi affuté, prêt à l'action, mais il était bien surpris que cela puisse lui arriver au seuil d'une nouvelle liaison. Cela ne lui était pas habituel en une telle circonstance, mais il est vrai que Belinda ne ressemblait à personne. Jamais il n'avait rencontré pareille femme.

Il trouva sans peine son chemin dans la maison, malgré l'obscurité, mais fit une halte au milieu de l'escalier. Que lui arrivait-il donc ? Il haussa les épaules. Il ne faut pas faire attendre une dame parce que l'on philosophe sur les relations humaines. Aussi silencieusement que lorsqu'il se glissait derrière les lignes ennemies, Ashley termina de gravir l'escalier tourna à droite sur le palier et gratta doucement à la porte de Bel.

Elle lui ouvrit. La chambre n'était éclairée que par deux chandeliers, l'un sur la coiffeuse et l'autre sur la table de nuit. Bel referma la porte et se tint près du fauteuil. Il semblait qu'elle l'avait attendu là, en lisant.

La lumière dorée et tremblotante jouait dans ses cheveux bruns. Ashley brulait d'y enfouir ses doigts. Patience, elle valait la peine d'attendre.

— Lady Belinda…

— Mes amis m'appellent Bel, répondit-elle la voix rauque de nervosité.

— Bel…

Il sourit. Il en aimait la sonorité sur sa langue. Une seule syllabe, mais claire et douce, comme elle.

— C'est joli. Cela vous va bien.

Elle portait un long peignoir de soie ambre, fermés par des rubans qui bougeaient doucement quand elle se déplaçait. Dessous, on devinait une chemise de nuit d'un coloris plus sombre. Avec ses cheveux sur les épaules et ses pieds nus, elle était bien telle que l'autre nuit.

Mais il ne se souvenait pas qu'elle était aussi pâle, avec de grands yeux qui semblaient lui manger complètement le visage. La veille, au bal, elle ne lui avait pas paru aussi fragile.

— Est-ce que tout va bien, Bel ?

Il fit un pas vers elle et s'arrêta net, son pied butant dans quelque chose. Il baissa la tête. Deux petits yeux de verre le regardaient, dans une caboche massive et pleine de poils. Son pied avait buté contre des dents. Toujours cette stupide peau d'ours !

— Bonsoir, Horace, dit-il en contournant la descente de lit.

Bel eut un petit rire.

— Oui, ça va. C'est juste que… Je dois être un petit peu nerveuse.

— Je le suis aussi, dit gentiment Ashley en s'approchant d'elle.

Bon sang, on aurait dit qu'elle n'avait pas dormi depuis trois nuits et l'ourlet de son peignoir s'agitait, tant elle tremblait. Il avait l'impression qu'elle allait s'évanouir, si jamais il claquait seulement des doigts. Il n'était plus temps de parler à présent, mais bien de passer à l'action.

Ashley posa ses mains sur les épaules de Bel, la gorge serrée. Elle se tenait devant lui et le regardait, ses yeux gris grands ouverts, tandis qu'il approchait sa bouche de la sienne. Ils tressaillirent ensemble quand elles se joignirent.

Qu'était-ce donc ? Son parfum de fleur si féminin ou le goût de ses lèvres ? Même en les effleurant seulement, il pouvait sentir leur douceur. Il l'attira contre lui.

Bel poussa un petit soupir et tout de suite ses mains se posèrent sur la poitrine d'Ashley, comme si elle ne savait pas si elle devait le retenir ou le repousser. Il explora de sa langue la jointure de ses lèvres, se demandant si elle comprendrait ce qu'il désirait et les lui ouvrirait facilement. Il sentit son sursaut de surprise.

Non, elle ne paraissait pas comprendre. Ashley n'essaya pas de forcer le passage, mais il accentua presque insensiblement la pression de sa langue sur sa lèvre si tendre. Les mains de Bel montèrent jusqu'à ses épaules et elle se pressa davantage contre lui. Encouragé, il fit courir ses mains sur les courbes de son amante, souple et déliée dans ses bras plus encore que la veille, au cours de la danse.

Il prit sa lèvre inférieure entre les siennes et elle se dressa sur la pointe des pieds, se pressant contre lui de telle manière que l'envie de prendre ses fesses en coupe dans ses mains et de la serrer contre sa verge tendue devint presque douloureuse. Enfin, sa bouche ardente s'ouvrit au baiser brûlant d'Ashley. Il glissa sa langue entre les lèvres humides et chaudes de Bel et il sentit la sienne bouger légèrement pour une timide tentative de contact. Jamais il n'avait rien connu de plus touchant que cette ébauche de caresse si confiante et pleine d'innocence. Il semblait que son mari n'avait pas été ce flamboyant amant qui l'avait laissée inconsolable, après tout. Comment avait-on pu être l'époux de Bel et ne pas avoir su, ou voulu, déployer sur elle toute la séduction et l'érotisme qu'elle pouvait inspirer ? Comment cet homme avait-il pu la laisser dans une telle innocence ?

Elle s'accrochait à ses épaules et l'on eut dit que c'était le seul lien qui la retenait au monde et lui permettait de tenir encore debout.

Doucement, Ashley disjoignit leurs lèvres et lui sourit. Le visage de Bel était délicieusement coloré et un sourire discret relevait les coins de sa bouche. Celle-ci semblait plus pleine, gonflée de ses baisers.

— Bonjour, lui murmura-t-il, comme s'il la retrouvait après un long voyage.

— Bonjour, répéta-t-elle en écho, sur le même ton.

Ses cils vinrent cacher ses yeux un instant et il ouvrit ses bras pour la libérer. Les rubans flottèrent un instant dans l'air et il commença à les défaire, doucement, comme négligemment, en laissant la soie frôler ses doigts en goûtant par avance le moment où ce serait sa peau qu'il caresserait.

— Je peux le faire, murmura-t-elle, sa main se levant timidement vers la sienne, qui continuait lentement sa tâche avec une précision nonchalante.

— Non, cela me plaît… c'est un bien joli vêtement,

dont la couleur s'accorde parfaitement avec votre peau et avec vos cheveux.

Le dernier nœud se défit et le peignoir s'écarta, pour révéler le décolleté de sa chemise de nuit. Ashley avait déjà vu la bouleversante naissance de ses seins, car la robe du soir qu'elle portait la veille n'était pas beaucoup moins échancrée que ce vêtement de nuit, mais cette fois, cette vision s'offrait à lui seul et il pouvait la toucher.

Retenant son souffle, il passa lentement le dos de sa main sur la peau mise à nu.

Bel poussa une sorte de cri étouffé et recula d'un pas. Mais il accompagna son mouvement, la suivit, écarta les pans de son peignoir et le fit descendre de ses épaules. Les longs bras graciles étaient sans gants à présent et sa peau sous la lumière, tournait à l'ivoire. Ses épaules, nues à l'exception de deux fines bretelles, dessinaient un magnifique prolongement à la colonne élégante de son cou. Son pouls battait à tout rompre, il le voyait bien et sentait son sang bouillonner en réponse. Lui aussi avait en lui une sorte de pulsation sauvage qui incendiait ses reins.

— Bel… si belle, murmura-t-il, ses doigts effleurant doucement la gorge de la jeune femme.

— Dois-je… me mettre au lit ?

Il avait prévu de l'embrasser là où ils se trouvaient, à lui faire perdre le souffle, puis de la soulever dans ses bras et de la déposer sur le lit, se rassasiant de la contempler sur le satin vert du couvre-lit. Mais son instinct lui commandait de procéder très doucement et de laisser faire à Bel tout ce qui la mettait à l'aise.

— Si vous voulez…

Elle s'écarta pour défaire les couvertures.

— A… avec les chandelles allumées ?

— Mais oui, je veux vous voir.

— Vous… ? Vous voulez ?

— Absolument.

Ashley s'assit avec précaution sur la délicate bergère, retira ses chaussures et défit les boucles de mollet de sa culotte ajustée, puis il roula ses bas de soie. Pieds nus, il se redressa et retira son habit, le laissant choir avec une désinvolture qui lui aurait attiré un soupir de réprobation de la part de son valet.

Comme il commençait à déboutonner son gilet, Bel balbutia :

— Qu'est-ce que vous faites ?

— Je me déshabille, répondit-il, logique, en envoyant le gilet rejoindre la jaquette, avant de dénouer son nœud de cravate.

— Vous ne préférez pas le faire dans le cabinet de toilette ?

Ashley la regarda.

— Non, je veux rester ici, pour vous voir.

— Oh… oh mon Dieu !

— Bel…

Elle garda les yeux fermés.

— Bel, voyons, je suis sûr que vous avez déjà vu un homme nu auparavant ?

— Mais non…

Comment ? Ashley s'assit, sans se soucier des vêtements étalés sur la bergère. « Non, seigneur, ne me dites pas qu'elle est vierge ! Par pitié ! » C'étaient des choses qui arrivaient : un mariage non consommé pour une raison ou une autre. Il n'avait jamais fait l'amour à une vierge et n'entendait pas commencer.

— Je n'ai jamais vu un homme nu parce que Henry venait toujours dans ma chambre avec sa chemise de nuit et qu'il éteignait toutes les chandelles, expliqua très prosaïquement Bel, ses yeux obstinément clos.

Ashley retint son souffle, un filet de sueur sur sa tempe.

— Et il enlevait sa chemise ensuite ?

— Oh non. Il se mettait au lit, m'embrassait sur la joue et puis il me… enfin, vous comprenez.

— Toujours avec sa chemise de nuit ?

— Bien sûr.

Bel ouvrit prudemment les yeux, s'attendant à trouver Ashley outrageusement nu devant elle. Elle fut soulagée de constater qu'il portait toujours sa chemise et sa culotte.

— Et vous, vous portiez toujours la vôtre ?

Elle acquiesça.

— C'est ainsi qu'il vous faisait l'amour ?

Nouveau signe de tête.

— Ensuite, il m'embrassait de nouveau, me disait : merci, ma chère, puis il s'en allait. Cela se passait le mercredi soir, parfois le samedi aussi.

— Vous voulez dire qu'il vous… rendait visite à date fixe et pas plus de deux fois par semaine ?

Ashley sentait qu'il la regardait avec des yeux ronds, mais il ne pouvait s'en empêcher. Il devait même avoir la bouche ouverte. Son mari, quant à lui, devait avoir du jus de navet dans les veines. Ou bien être aveugle… Ou encore les deux à la fois.

Bel bailla profondément, les deux mains devant sa bouche.

— Oh, excusez-moi, soupira-t-elle. Je n'ai pas beaucoup dormi la nuit dernière.

Mais Ashley suivait son idée.

— Pardonnez-moi, mais… je voudrais vous demander…

Votre mari était-il… un homme très passionné ? Je veux dire… comment était-ce quand il vous faisait l'amour ?

— C'était très ennuyeux. Mais Henry ne semblait pas penser que je devais obligatoirement… apprécier cela, vous comprenez ? Il avait toujours l'air de s'excuser de me faire cela, alors je pensais que ce devait être forcément assommant.

Ashley se sentit tout attendri de cette franchise. Pauvre imbécile d'Henry. Triste crétin.

— Alors je n'avais pas idée que cela pouvait être… meilleur et que je pouvais aimer cela, pas pendant longtemps, en tout cas. Mais… les gens parlent, vous comprenez ? Quand vous n'êtes plus tout à fait une jeune mariée, vos amies abordent le sujet… et puis j'ai lu, aussi. J'ai compris que… cela pouvait être autre chose… quelque chose de moins ennuyeux ou embarrassant.

Elle le regarda, pleine d'espoir.

— C'est bien le cas, n'est-ce pas ? C'est… mieux ? Car je commence à croire que c'est quelque chose… dont j'ai besoin.

— Oui, je vous l'assure… bien mieux. Et on peut tout à fait satisfaire ce besoin.

Elle paraissait si fragile, sur ce grand lit. Si nerveuse et si fatiguée aussi.

— Bel… n'avez-vous jamais songé à vous remarier ? Ce serait une façon plus simple de combler ce manque. Plus sûre, aussi.

— Oh, grands dieux, non ! Je suis absolument déterminée à ne jamais me remarier. Vous ne savez pas ce que c'est qu'un mari. Voyez Henry… Enfin, c'était un homme honnête, courtois, respectable, mais jamais je n'aurais cru qu'il pouvait être aussi ennuyeux avant de l'avoir épousé. Et puis, même lorsqu'il ne l'est pas, un mari veut avoir autorité sur sa femme et à présent que je sais ce que c'est de prendre ses propres décisions, je ne le supporterais plus. Même si, par miracle, il ne souhaitait pas me dominer, imaginez alors l'enfer que serait de vivre avec un homme qui se moque de ce que vous faites et vous encourage à prendre des amants. Comment respecter son époux dans ces conditions ?

— Et contrairement à un mari, on peut changer d'amant s'il ne donne pas satisfaction, c'est bien cela ? Comme l'on rend un livre que l'on a emprunté dans une bibliothèque ? demanda Ashley, qui ne plaisantait qu'à moitié.

— Non, on ne traite pas les gens comme cela.

Bel se redressa sur ses oreillers, son indignation lui faisant oublier sa fatigue.

— C'est bien pour cela que je croyais que c'était un rêve, un fantasme. Je n'avais pas l'intention de prendre un amant. Je ne savais pas même comment m'y prendre. Puis je vous ai rencontré l'autre soir et je vous ai trouvé... attirant. Quand vous vous êtes réveillé, allongé sur moi, j'ai été tentée de ne rien dire, de vous laisser m'embrasser et de voir ce qui allait m'arriver. Je ne l'ai pas fait, bien sûr, mais je me suis dit que vous étiez... quelqu'un en qui je pouvais avoir confiance.

Elle rougit.

Confiance ? Ce n'était pas ainsi qu'on le définissait habituellement. Les mères le qualifiaient plutôt de dangereux et quant à certaines dames, elles le traitaient même de démon, mais avec un sourire, il est vrai ... Avoir confiance ? Ça aurait pu passer pour une insulte...

— Vous savez, je... j'étais soûl, grommela-t-il, embarrassé.

— Je crois que l'alcool ne fait que révéler la vraie nature des gens. Les brutaux le sont davantage quand ils ont bu et les cruels deviennent violents. Vous, vous étiez gentil, poli et drôle. Vous paraissiez avoir envie de moi et pourtant, vous n'avez pas essayé de me forcer.

— J'avais envie de vous, oui. J'ai toujours envie de vous, d'ailleurs.

A en mourir, s'il ne la prenait pas très vite, chaque mot qu'elle prononçait lui donnait davantage faim d'elle, de lui apprendre combien faire l'amour pouvait être merveilleux. Il y avait tant de choses qu'ils pouvaient explorer ensemble...

Les lèvres de Bel se courbèrent en un charmant sourire.

— Donc, vous voyez, vous êtes digne de confiance. Vous dites que vous êtes un libertin, donc vous comprenez que l'on veuille vivre sans attaches et je n'ai pas à craindre de jouer avec vos sentiments, de vous briser le cœur ou quelque chose de ce genre. Pourtant, vous voulez bien me faire l'amour, enfin, à ce qu'il me semble, même si je comprendrais si ce n'était qu'une seule fois, parce que peut-être que je ne suis bonne à rien dans ce domaine, mais au moins je saurai ce que j'ai manqué.

— Fermez les yeux, murmura Ashley en souriant à son tour. J'essaierai d'être digne de votre confiance. Je vous promets d'être gentil et poli. Ce que je ne peux pas vous promettre c'est d'être toujours drôle. Pas en permanence.

— Très bien.

Rassurée, Bel ferma les yeux en souriant toujours, puis elle attendit, se demandant ce qu'il allait faire. Elle entendit un léger piétinement, puis son pas autour du lit.

— Ferme donc les yeux aussi, Horace, ordonna de nouveau Ashley et Bel eut un petit rire nerveux.

Elle le sentit qui soulevait les couvertures, un peu d'air frais passa sur son corps et le lit se creusa sous le poids d'Ashley. Elle le sentit tout contre elle, chaud et solide.

— Vous pouvez ouvrir les yeux, à présent, lui dit-il en passant un bras sous son épaule pour l'attirer contre lui.

Elle obéit, mais au lieu de la chair nue qu'elle s'attendait à découvrir, elle se trouva devant le lin immaculé de sa chemise.

— Oh, mais je croyais…, balbutia-t-elle.

— Ce que je crois, moi, c'est que vous serez plus à l'aise ainsi, pour un petit moment encore. Et maintenant détendez-vous, mettez votre bras comme ceci et restons tout simplement ainsi. Rien ne nous presse.

Ce n'était pas du tout ce à quoi Bel s'était attendue, mais elle fit comme il le lui disait, posant son bras en travers de la poitrine d'Ashley et le laissant la serrer contre lui.

Il était bien tel que dans son souvenir, large et solide, son épaule ferme et dure sous son épaule. Bel retenait son souffle, alors que celui de son compagnon était profond et apaisé.

Son odeur était la même, aussi, moins celle du brandy et d'un peu de sueur, de l'autre nuit. C'était un subtil mélange de citrus, qui devait provenir de son savon de toilette, de blanchisserie et de fer chaud pour sa chemise avec, par-dessous, la véritable odeur d'Ashley.

Bel frotta sa joue contre le tissu de la chemise, en regrettant de ne pouvoir le faire contre sa peau nue. Leurs jambes se touchèrent et il déplaça sa cheville pour en entourer le pied de Bel. Ce geste tout simple vous procurait une étrange sensation de sécurité, chaude et profonde. Elle ferma les yeux au moment où il commençait à lui caresser les cheveux. Les doigts de cette longue et large main, qui auraient pu aisément lui enserrer le cou, ces doigts qui avaient tenu une arme, qui pouvaient maîtriser un cheval avaient un toucher si doux qu'elle soupirait de plaisir.

La pensée lui traversa l'esprit qu'il avait d'ores et déjà passé plus de temps dans son lit qu'Henry lors de ses visites.

Elle s'était attendue à une infinité d'émotions, de sensations, mais pas à cette paix, à cette chaleur au rythme de la respiration d'Ashley. Si paisible, si rassurante…

8

— Bonjour, milady. A la bonne heure, vous avez bien dormi, cette fois.

Bel ouvrit les yeux sous la lumière du soleil qui envahissait la chambre, tandis que sa femme de chambre passait dans la pièce à côté pour mettre de l'ordre dans la garde-robe.

Elle se redressa en position active et regarda autour d'elle. Où était Ashley ? Le lit était net, bordé de frais. Les oreillers n'étaient pas même écrasés. Il n'y avait aucun vêtement masculin sur la bergère ou au sol, son recueil de poésie était posé sur la table de nuit, là où elle l'avait laissé et les chandelles avaient été soigneusement éteintes, on ne les avait pas laissées brûler toute la nuit.

Tout cela avait-il donc été un rêve ? Sans doute. Aucun homme n'accepterait d'entrer dans le lit d'une femme pour ensuite se contenter de lui caresser doucement les cheveux, puis de refaire le lit et de s'éclipser discrètement tandis qu'elle dormait. Il fallait croire qu'elle avait rêvé jusqu'à la conclusion raisonnable de son fantasme. Avait-elle aussi rêvé sa singulière demande faite à Ashley de devenir son amant ?

Troublée, Bel passa sa main sur l'oreiller. Sur le lin brodé, immaculé, elle découvrit un cheveu blond. Elle s'en saisit et l'enroula autour de son doigt. Ce solide fil d'or était comme un rappel de la magnifique toison d'où il provenait, drue, solaire et étincelante.

« Ashley était bien là, cette nuit. Je n'ai pas rêvé », songea-t-elle.

Et il avait gardé sa chemise au lit, pour ne pas l'effaroucher, l'avait laissée s'endormir dans ses bras parce qu'elle était fatiguée et avait refait le lit silencieusement pour ne pas la réveiller et ne pas laisser de traces embarrassantes de son passage. Bel sentit ses yeux la piquer et les essuya à la dérobée du revers de sa main, au moment même où sa femme de chambre revenait, les bras chargés de vêtements.

— Tout va bien, milady ? Vous avez l'air tout émue.

— Non, ça va. Mes yeux se mouillent, je ne sais pas pourquoi. Cela doit être parce que je me réveille, je suppose.

Ashley avait été terriblement gentil, doux et prévenant. Mais il ne reviendrait pas, c'était certain. La fierté masculine, à ce qu'elle avait pu observer dans son entourage, ne supportait aucune forme de rejet, or c'en était bien un que de s'endormir dans les bras d'un amant au moment où il s'apprêtait à vous faire l'amour.

Elle se sentait tout à la fois nerveuse, triste et troublée, une étrange combinaison d'émotions. Bel songea qu'elle allait devoir écrire à Ashley pour lui présenter ses excuses. Mais quels mots pourrait-elle bien trouver pour expliquer son attitude ? Peut-être y parviendrait-elle un peu plus tard dans la journée. Ce qu'elle garderait toujours, quoi qu'il arrive, c'était le souvenir de cette nuit et de leur baiser.

Bel rejeta ses couvertures et, pieds nus, alla ouvrir son petit secrétaire.

— Je vais mener l'attelage au parc, ce matin, Philpot. Faites porter ce billet chez lady Ravenhurst immédiatement et demandez au valet d'attendre la réponse.

Il n'y avait qu'une seule personne dans tout Londres auprès de qui elle ne risquait pas de trahir son tourment et c'était sa cousine Elinor.

La fille et assistante de sa tante Louisa ne prêterait pas même attention au Grand-Turc si celui-ci prenait la fantaisie de traverser Hyde Parc à dos de chameau et ne s'apercevrait de rien, même si des minarets s'érigeaient au-dessus de la cathédrale Saint-Paul.

Elinor Ravenhurst accepta l'invitation et c'est tout aussi promptement qu'elle jaillit de l'hôtel particulier familial quand la petite calèche découverte, du modèle qu'on appelait une « barouche » s'arrêta devant la porte. Comme Bel la remerciait de ne pas avoir fait attendre l'attelage, sa cousine l'arrêta d'un geste, en secouant la tête sous sa capeline de paille fine.

— Je n'allais pas m'attarder, crois-moi, lui confia-t-elle. Maman n'aurait pas manqué de me trouver une corvée ou une autre et il fait vraiment trop beau, ce matin pour rester enfermée.

— Tu l'aides beaucoup dans ses recherches, j'imagine que ce doit être fascinant, fit observer prudemment Bel, laquelle pensait au contraire que ce devait être plutôt assommant, à moins qu'Elinor fut entièrement dévouée à sa mère.

— C'est intéressant, oui, concéda sa cousine, comme l'est tout sujet que tu commences à bien connaître…

Elle noua sur ses genoux des mains gantées d'un cuir dont la couleur jurait affreusement avec sa robe. Il fallait croire qu'elle était daltonienne, à moins qu'une telle tenue lui ait été imposée précisément dans le but de repousser les mâles, ce qui, connaissant sa tante Louisa, n'était guère étonnant.

— D'ailleurs, ajouta Elinor avec l'air de vouloir clarifier sa position, je souhaite choisir ce que je fais de mon temps. Par bonheur, je n'ai aucune parente âgée qui réclamerait mes soins et grâce au ciel également, ni Simon ni Anne n'ont besoin de moi pour grandir. Je ne comprends rien aux enfants et je suis une épouvantable tante. Je reste peut-être sur la touche, mais grâce au ciel, je ne suis pas une sotte…

C'était le plus long discours que Bel avait jamais entendu sa cousine prononcer et certainement la première fois qu'Elinor s'étendait sur sa propre situation.

— Je ne vois pas pourquoi tu devrais rester sur la touche, objecta Bel, tu es jolie, de bonne famille…

— Je suis trop grande et je suis rousse. Tu as de la chance, cousine Belinda. Tu es une Ravenhurst brune. Moi, je fais partie des rouquins de la famille.

— Tu n'es pas rousse, tu es châtain, corrigea Bel et c'est très joli ; la couleur exacte des marrons de l'automne. Le cousin Theophilus est beaucoup plus roux que toi…

Elinor sourit.

— Tu es gentille, mais je sais que je n'ai aucun charme et c'est essentiel pour attirer les messieurs. Et puis, je suis trop terre à terre. Quant à cousin Theophilus, je ne l'ai pas vu depuis des années. Maman trouve qu'il a une tête de poisson mort…

Elle tourna la tête en tous sens pour voir dans quelle direction Bel dirigeait son attelage.

— Où allons-nous ? Hyde Park ?

— C'est ce que j'ai prévu. Puis je pensais que nous pourrions aller manger des glaces chez Gunter.

Manger de la crème glacée le matin était faire preuve

d'une faiblesse coupable, mais Bel décida qu'elle en avait bien besoin.

Au passage, elle montra à sa cousine une dame qui tenait en laisse deux élégants chiens exotiques à poil long. Elinor se retourna sur son siège, sans se soucier de froisser sa robe.

— Je crois que ce sont des saluki, des lévriers d'Arabie…

Elle fronça les sourcils en se retournant vers sa cousine.

— Il y a un homme qui nous suit, dans un landau.

— Comment le sais-tu, avec cette circulation ?

— Je l'ai vu en montant dans ta barouche, puis je l'ai encore vu quand j'ai regardé où nous étions et il est toujours là. Il conduit deux chevaux gris, je ne peux pas me tromper…

— Eh bien, il doit aller au parc, lui aussi, je suppose, c'est une coïncidence.

Elinor paraissait en douter, mais Bel n'allait tout de même pas se retourner dans la calèche pour dévisager un homme au milieu de la rue.

— Pourquoi donc quelqu'un voudrait nous suivre ? Je crois que tu lis trop de romans gothiques en cachette, cousine, mais je t'assure que je ne suis pas poursuivie par quelque duc débauché voulant me faire subir les derniers outrages. D'ailleurs, c'est peut-être bien toi, qu'il suit.

Elinor avait si intensément rougi quand elle avait parlé de romans que Bel sut, sans l'ombre d'un doute, que non seulement sa cousine dévorait toute la production des éditions Minerva Press, mais aussi qu'elle le faisait en cachette de Tante Louisa qui n'approuverait certainement pas, si d'aventure elle l'apprenait.

— Je viens justement d'emprunter l'*Abbesse de*

Voltierra à la bibliothèque, si tu veux, chaque fois que je finirai un tome, je te le ferai passer, proposa-t-elle, tentatrice. C'est à te glacer le sang…

— Oh, ce serait si gentil à toi, lui répondit Elinor, enthousiaste, tandis que la petite calèche passait les grilles du parc. Regarde, il y a un monsieur à cheval qui nous fait un signe de la main. Tu le vois ? Sur son cheval, sous les châtaigniers…

Ashley ? Bel suivit le regard de sa cousine et découvrit Patrick Layne qui venait vers elles, monté sur un bel alezan. Les battements de son cœur reprirent un rythme normal.

— Un instant, dit-elle à son groom pour qu'il retienne l'attelage. Bonjour, monsieur Layne. Elinor, voici monsieur Parick Layne, le frère de la célèbre poétesse. Ma cousine, miss Ravenhurst.

Patrick poussa son cheval au niveau de la barouche et se pencha pour prendre la main des deux cousines.

— Une bien jolie journée pour une promenade au parc, n'est-ce pas ?

— Délicieuse, répondit Elinor. Etes-vous poète, vous aussi, monsieur Layne ?

— Hélas non, mademoiselle. C'est à peine si je peux faire rimer « amour » avec « toujours »…

Patrick souriait, l'air de se moquer de lui-même.

— Ma sœur a pris tout le talent de la famille. Moi, je gère les affaires de mon oncle.

— Ce qui doit requérir du talent, aussi, observa Elinor.

Mais… il serait parfait pour elle ! songea Bel, surprise de les voir bavarder aussi aisément. Patrick Layne ne semblait spécialement rebuté ni par la robe d'Elinor ni par ses cheveux châtains-roux. Il avait à faire son chemin dans le monde et elle pouvait l'y aider par ses relations familiales et son bon sens. Une parfaite…

— Regarde, cousine Belinda, cet homme qui nous suivait… il vient de nous dépasser.

Patrick Layne se dressa sur ses étriers pour observer l'attelage qui s'éloignait.

— Quelqu'un vous a importunées, mesdames ? Dois-je le rattraper pour lui en demander raison ?

— Non ! Ne vous donnez pas cette peine, monsieur Layne, répondit hâtivement Bel. Je suis sûre qu'il ne s'agit que d'une coïncidence. Voyez, il est passé.

— Eh bien, laissez-moi vous escorter, au cas où il reviendrait…

Il accorda le pas de son cheval à celui de l'attelage, mais, par discrétion, resta suffisamment en arrière de la barouche pour que les apparences fussent sauves.

— Un très aimable gentleman, fit observer Bel, l'air de rien.

— En effet.

Elinor observa discrètement le jeune cavalier sous le rebord de son chapeau.

— Tu as beaucoup de chance, d'avoir un tel admirateur, cousine, soupira-t-elle à mi-voix.

— Dieu du ciel, mais il n'est rien de tel, s'exclama Bel et je suis si fermement opposée à un nouveau mariage que je n'encouragerai personne à entretenir ce genre de souhaits me concernant. Je suis d'ailleurs bien sûre que M. Layne n'y a jamais pensé une seule seconde.

Plus de mari et plus d'amant, non plus. Bel étouffa un soupir résigné. Il ne servait à rien d'avoir des regrets. Elle avait eu l'occasion de saisir sa chance et c'était bien de sa faute si les choses avaient tourné de la manière que l'on sait. Lord Dereham n'aurait pu se conduire de manière plus chevaleresque.

Ils trottèrent jusqu'à la Knightsbridge Gate sans autre incident. Arrivés là, Patrick Layne souleva son chapeau.

— Il semble que votre mystérieux suiveur se soit évanoui, milady.

— C'était certainement une coïncidence, mais merci tout de même de votre escorte, monsieur Layne. Nous comptions nous rendre chez Gunter pour quelques rafraîchissements. Voulez-vous vous joindre à nous ?

Bel eut préféré rester seule avec Elinor, pour retrouver un peu son calme et ses esprits, mais elle avait le sentiment que, peut-être, elle pouvait arranger quelque chose entre ces deux-là. Après tout, c'était bien la première fois que sa cousine émettait une opinion sur un homme.

— Je vous remercie, mais hélas, j'ai un rendez-vous imminent. Que cela ne vous empêche pas d'apprécier les produits de ce talentueux glacier.

Il s'éloigna. Bel regarda Elinor à la dérobée. Son visage ne trahissait aucune émotion particulière. Peut-être était-elle indifférente, après tout.

— Chez Gunter, s'il vous plaît, lança Bel au cocher, puis elle se radossa à la banquette.

Sauver Elinor des griffes de Tante Louisa était un généreux projet ; mais qui comportait ses difficultés. Comment lui faire porter de nouveaux habits, par exemple ? Jamais elle n'attirerait les hommes attifée ainsi, pas même le très aimable monsieur Layne. Cela demandait de la réflexion, voire d'élaborer un plan.

— Cela me fait plaisir de me promener avec toi, dit-elle à sa cousine tandis que l'attelage tournait dans

Charles Street. Crois-tu que Tante Louisa te permettra encore de m'accompagner ?

Un pétillement inattendu passa dans les yeux d'Elinor.

— Je pense que oui. Elle acceptera ce sacrifice parce qu'ainsi, je pourrai te servir de chaperon.

En souriant toujours à cette heureuse perspective, les deux cousines entrèrent chez le glacier et choisirent une table dans un coin, d'où elles pouvaient voir toute la salle. Elinor commanda une glace à la vanille et au chocolat et malgré sa bonne résolution de ne prendre qu'un sorbet au citron et une tasse de thé, Bel finit par demander la même chose.

— C'est délicieux de prendre une cuillerée de vanille avec un soupçon de chocolat, fit remarquer Bel, gourmande.

Mais Elinor ne l'écoutait pas, l'œil rivé sur l'entrée de la salle.

— Le revoilà ! murmura-t-elle d'un air pénétrant, qui rappelait beaucoup sa mère.

— Qui ?

Bel tournait le dos à la porte.

— L'homme qui nous a suivis jusqu'au parc. Il vient vers nous, l'impudent personnage ! Oh mon Dieu et moi qui n'ai pas même une épingle à chapeau pour nous défendre !

— Nous sommes au milieu d'un établissement renommé, voyons ! Que veux-tu qu'il nous arrive ? Nul besoin d'épingler ce…

— Lady Felsham, mes hommages…

Bel laissa retomber un peu bruyamment sa cuillère dans la soucoupe.

— Lord Dereham !

C'était bien Ashley qui se tenait devant elle, un sourire aimable et réservé aux lèvres, comme si rien ne s'était passé depuis leur dernier bal.

Elinor s'éclaircit la gorge et Bel réalisa qu'elle le regardait bouche bée.

« Je vous en prie, mon Dieu, pria-t-elle silencieusement, ne me laissez pas rougir comme une tomate. »

— Comment allez-vous, milord ? Elinor je te présente Ashley Reynard, lord Dereham. Ma cousine, miss Elinor Ravenhurst. Voulez-vous vous joindre à nous ?

« Il est là, songea-t-elle, son cœur battant à tout rompre, il sourit, il m'a pardonné ! »

Elinor leva un sourcil étonné tandis qu'Ashley prenait un siège à leur petite table et faisait signe au garçon. Les lèvres de la jeune fille s'étirèrent en un sourire un peu narquois.

— Vous savez, milord, lui dit-elle, j'ai l'impression de vous avoir déjà vu quelque part… En fait je jurerais vous avoir vu nous suivre jusqu'au parc.

Bel essaya de lui donner un coup de pied sous la table, la manqua et entra en contact avec la cheville d'Ashley. C'était vraiment une toute petite table…

Il accusa presque imperceptiblement le coup et répondit d'une voix suave :

— Oui, en effet, j'étais derrière vous dans Hyde Park. C'est étonnant comme on rencontre toujours des personnes de connaissance en ville, même à cette période de l'année — il sourit. Je me serais volontiers arrêté pour bavarder un peu, mais vous parliez avec M. Layne et je n'ai pas voulu vous déranger.

— Quelle chance alors que vous nous ayez finalement trouvé ici, dit Elinor, un brin ironique.

Visiblement, elle ne croyait pas un mot de son explication. Bel secoua discrètement la tête à son attention. Il ne fallait pas que la jeune fille prenne son rôle de chaperon un peu trop à cœur.

— N'est-ce pas ? répondit Ashley, de plus en plus suave, tandis qu'on déposait devant lui une tasse de café. J'aurais dû envoyer un billet, mais je tenais à m'assurer que le problème de plomberie que rencontrait lady Felsham était finalement résolu. Dans le cas contraire, je me serais fait un devoir d'envoyer mon valet, qui en a une bonne expertise… Voyez-vous, ajouta-t-il à l'attention d'Elinor, qui le regardait toujours avec étonnement, milady a racheté ma maison, ce qui fait que je me sens responsable des désagréments qu'elle peut rencontrer.

— Oh, je comprends.

Elinor porta à sa bouche une cuillérée de chocolat, visiblement déçue par cette explication bien trop terre-à-terre pour ses rêves d'amant ténébreux pourchassant sa proie.

— Ou bien j'aurais pu passer plus tard, reprit Ashley, mais ce soir, justement, je dois rendre visite à M. Horace. Vous le connaissez, je crois, milady ?

M. Horace ? Entendait-il par là… ce qu'il semblait entendre ? Bel ouvrit puis ferma sa bouche de surprise, en essayant de remettre de l'ordre dans ses idées.

— Ce… vieux gentleman du Nord, très blanc de poil et… qui a des problèmes dentaires ?

Ashley acquiesça.

— C'est très aimable à vous, lord Dereham, j'avais cru comprendre que votre précédente expérience auprès de ce monsieur n'avait pas été concluante.

— Disons qu'elle a été… un peu surprenante. M. Horace est plutôt excentrique et… sa conversation est assez pauvre.

Malgré tout, j'ai pris un grand plaisir à sa compagnie et j'aimerais en retirer davantage dans le futur.

Cette fois, il *fallait* qu'elle rougisse. Comment pouvait-il être aussi audacieux ? Mais il semblait bien qu'il ne lui en voulait pas de s'être endormie contre lui. Il fallait juste espérer qu'il ne serait pas déçu cette nuit. Elle en tout cas, elle en était sûre, ne le serait pas.

— La vertu, dit sentencieusement Elinor, est toujours récompensée.

Et elle se trouva fort surprise quand ses deux interlocuteurs, à l'entendre, furent pris d'un soudain accès de fou rire.

Bel brossait ses cheveux devant le miroir de sa coiffeuse. La lumière de la chandelle faisait briller ces fils de cuivre que tous les Ravenhurst possédaient comme signe distinctif, même lorsqu'ils n'étaient pas aussi roux qu'Elinor ou son cousin Theophilus.

Ce soir, elle était plutôt satisfaite de son apparence, qu'elle examinait avec attention dans la glace et heureusement, car elle avait passé la soirée à la peaufiner. Une bonne nuit de sommeil et l'air frais du matin lui avaient redonné des couleurs et les cernes avaient disparu, sous ses yeux. Sur son corps, les plis diaphanes d'une nouvelle chemise de nuit couleur d'aigue-marine tombaient autour de la chauffeuse sur laquelle elle était assise. Avec des rubans aux épaules et une coupe si resserrée à la taille qu'elle hésitait à respirer trop fort. Elle espérait qu'Ashley aimerait cela.

Elle joua un instant avec ses boucles d'oreilles, puis les retira et hésita un instant, la main sur le couvercle de sa boîte à bijoux, avant d'en retirer une longue et fine chainette d'or. Elle la passa autour de son cou, observant la façon dont elle se perdait dans le sillon d'entre ses seins. En faisait-elle un peu trop ? Quels étaient les goûts d'Ashley dans ce domaine ? Quand elle en saurait davantage, elle pourrait se montrer plus audacieuse. La pensée de tout ce qui lui restait à découvrir de lui procura à la jeune femme un délicieux frisson le long de son échine. L'horloge sonna le troisième quart d'heure. Bientôt, il serait là.

Et les minutes passèrent. Elle s'était élégamment assise dans la bergère, son volume de Byron sagement ouvert sur ses genoux. Quand on gratta enfin à la porte, elle sursauta malgré elle et le livre tomba sur le tapis tandis qu'elle se redressait précipitamment, puis se penchait pour le ramasser derrière le lit. La porte s'ouvrit et Ashley entra.

— Bonsoir Horace, vieille branche, lança-t-il. Bel est dans le coin ?

— B... bonsoir, je...

Elle se redressa.

— Je... ramassais mon livre sur le tapis.

C'était malin ! Toute son élégante mise en scène était à l'eau...

— Vous voulez jouer à cache-cache ? s'amusa-t-il. Je dois avouer que j'avais d'autres projets...

Bel se sentit désespérément maladroite. Ashley semblait considérer les relations sexuelles comme un jeu, un simple plaisir, alors qu'elle les envisageait, elle, comme une chose sérieuse.

— Je suis désolée pour la nuit dernière, dit-elle, pressée d'en finir avec ce souvenir. J'étais tellement nerveuse que je n'ai pas dormi de toute la nuit précédente et comme vous étiez tellement gentil, tellement apaisant, je me suis détendue et… voilà. Vous avez dû être très fâché contre moi. C'est vraiment charitable à vous d'être revenu.

— Ne vous excusez donc pas, lui dit-il et quelque chose qui ressemblait à de la colère passa dans ses yeux. Voyons, croyez-vous que j'aurais eu le cœur de vous faire l'amour alors que vous étiez fatiguée et pleine d'appréhension ? Je ne suis pas votre mari et vous ne me devez rien. Nous ne nous donnerons l'un à l'autre que ce que nous pourrons et voudrons donner. Vous comprenez ?

— Oui, mentit Bel.

Elle en était bien incapable. Les hommes exigeaient au lit et les femmes obéissaient, c'était ainsi. La seule différence résidait dans le fait que certains étaient capables de formuler leurs demandes de façon plus agréables et faisaient en sorte que l'expérience soit plaisante pour leur partenaire, mais c'était bien tout.

Il lui sourit chaleureusement, la lueur de colère dans son œil ayant disparu.

— Que voulez-vous que nous fassions ? Voulez-vous que nous lisions de la poésie ensemble ?

— Embrassez-moi, murmura-t-elle, ne pouvant supporter cette tension plus longtemps.

— Très bien, milady, mais je suis un peu trop habillé pour cela…

Il portait une jaquette à queue de pie sur un pantalon. Rapidement, il fit tomber ses chaussures, puis la jaquette alla choir sur une chaise auprès de son gilet et il lui ouvrit les bras.

Bel s'y réfugia, paumes ouvertes sur le torse de marbre d'Ashley, qu'elle pouvait sentir sous le fin coton de sa chemise. Elle leva les yeux vers lui et il referma ses bras autour d'elle.

9

La caresse de la bouche d'Ashley était aussi douce que la fois précédente, mais elle était étonnamment plus chaste. Bel commença peu à peu à s'impatienter devant ces lèvres trop respectueusement closes sur les siennes. Elle voulait sentir de nouveau la chaleur et le goût de sa langue qui brûlait la sienne et la façon affolante qu'il avait de sucer sa lèvre entre les siennes.

Elle les ouvrit et darda sa langue à la rencontre de la sienne. Elle se rendait bien compte qu'il l'avait amenée à prendre l'initiative, mais l'expérience était bien trop excitante pour qu'elle ait l'idée de le lui reprocher.

Elle laissa un instant sa langue nonchalamment contre la sienne, puis s'activa brusquement, l'emmêlant ardemment en savourant à la fois le goût, l'odeur et le toucher d'Ashley, comme s'il entrait déjà en elle et qu'elle se fondait en lui.

De ses mains, il empauma ses fesses et la pressa contre lui, si bien qu'elle put sentir la flèche rigide de son érection contre son ventre. C'était une indéniable preuve de son désir sexuel et l'intensité de la réponse que cela provoqua en elle était bouleversante. Elle le désirait avec toute la fureur du désespoir.

C'était comme une brûlure en elle et elle se pressa

contre lui, trouvant quelque soulagement à l'endroit précis où elle se produisait. L'excitation, le désir, la soif de caresses, toutes ces choses dont elle avait jusque-là ignoré l'existence, ou qu'elle avait à peine soupçonné, lui étaient révélées grâce à cet homme.

Choquée et excitée à la fois, elle sentit le sexe d'Ashley durcir encore tandis qu'elle se serrait davantage et il poussa un grognement rauque contre ses lèvres, une manifestation masculine de désir qui aurait pu l'intimider mais qui, au contraire, lui donnait un étonnant sentiment de puissance, mêlé d'étonnement qu'elle puisse avoir cet effet sur lui, malgré son ignorance et toute l'expérience de son compagnon.

Bel glissa sa main entre leurs deux corps et commença de déboutonner la chemise d'Ashley. Ses doigts s'impatientèrent sur les boutons de nacre qu'elle défit enfin, mais ils se figèrent quand ils atteignirent la peau nue.

— Continue, lui murmura Ashley à l'oreille. Je veux que tu me touches.

— Je ne sais pas quoi faire, répondit-elle sur le même ton.

Mais il semblait que ses mains savaient, elles, car elles écartaient, comme de leur propre autorité, les pans de la chemise. Bel sentit les poils drus du torse sous ses paumes, puis la peau nue sur les côtes, les muscles tendus du ventre. Elle enfonça son pouce dans son nombril, ce qui le fit rire.

Il bougeait doucement ses hanches contre celles de sa compagne, augmentant son désir mais le contrôlant aussi. Il semblait presque impossible que cet homme ardent et puissant la laisse l'explorer ainsi, maîtrisant ses pulsions pour qu'elle puisse progresser à son rythme.

Ashley baissa la tête et sa langue remonta le long

du cou de Bel jusqu'à ce qu'elle trouve le lobe de son oreille. Cette caresse ramena le souvenir de celle qu'il lui avait prodiguée l'autre nuit, sur la peau d'ours, alors qu'il était étendu sur elle, sa bouche chaude et humide à cet endroit même. Bel ne pensait plus à rien d'autre qu'à ce corps tendu contre le sien, ce cœur qui battait contre elle, cette bouche gourmande…

Sa main descendit plus bas, vers la ceinture où les poils frisés se perdaient.

— Oui, Bel, oui, murmura-t-il.

La boucle était difficile à défaire, il retint son souffle pour l'aider et bientôt la douce main de Bel se referma sur sa verge dure, chaude et dressée. Un moment plus tard, elle était allongée sur le lit, Ashley se débarrassait des vêtements qu'il lui restait et elle pouvait contempler un homme nu pour la première fois de toute sa vie.

Et quel homme ! Bel en avait la gorge sèche. Il était magnifique et la lueur des chandelles dorait sa peau, ses muscles gonflés, ses longues jambes et…

Soudain, elle prit peur et ferma les yeux. Elle avait bien conscience de ne porter qu'une chemise de nuit diaphane. Que devait-il penser d'elle, ainsi étendue lascivement sur le lit ?

— Tout va bien, Bel n'aie pas peur…

Son poids creusa le lit à côté d'elle. Il commença de caresser son corps tremblant, ses mains courant sur le satin de sa peau.

— Je ne ferai rien que tu n'aies pas envie que je te fasse, lui murmura-t-il, je te le promets.

— Tout, je veux tout de toi. Mais je ne sais pas moi-même de quoi il s'agit, répondit Bel en rouvrant ses yeux, avec un sourire timide. C'est pourquoi j'ai un peu peur.

— Eh bien, cherchons ensemble…

Il lui sourit en retour, puis se pencha pour l'embrasser au creux des seins, à la bordure de sa chemise de nuit.

— Bel, belle, bellissima, murmura-t-il.

Ses lèvres se refermèrent sur la pointe d'un sein qu'il suça doucement à travers la soie diaphane, faisant naître en elle de délicieuses vagues de sensations. Elle haleta, gémit, s'agrippa aux cheveux d'Ashley, ne sachant plus si elle voulait qu'il s'arrête ou qu'il continue. Mais il semblait bien qu'il ne s'arrêterait jamais. Peut-être allait-elle en mourir. La langue de son amant, ses dents, ses lèvres se liguaient pour allumer en elle une fièvre qui faisait d'elle une sorte de poupée désarticulée qui n'était plus que désir et sensations.

Au moment même où elle crut bien ne plus pouvoir le supporter, elle sentit les doigts d'Ashley passer sous sa chemise de nuit et s'insinuer là où elle brûlait, dans la douceur humide de sa féminité. Elle se cambra sous le choc délicieux et sentit ses muscles se resserrer sur ces doigts intrus et incroyablement précis qui atteignaient le point central de son désir. Puis elle sentit le poids d'Ashley sur elle, sa bouche sur la sienne, poussa un cri d'agonie extasiée et crut bien s'évanouir.

Mais elle ne dut pas perdre tout à fait conscience, toutefois, car elle sentait chaque partie de son propre corps et de celui d'Ashley. Elle se rendait compte aussi qu'elle n'avait plus sa chemise de nuit sur elle et qu'ils étaient peau contre peau, cœur contre cœur.

— Laisse-moi te prendre, murmura-t-il et il entra en elle d'une seule et puissante poussée.

Autant cet acte lui avait toujours été pénible dans le passé, quand elle se raidissait sous les maladroits et brefs coups de reins de son mari, dans lesquels Henry ne recherchait guère que sa propre satisfaction, autant Ashley, lui, était aussi attentif à ménager la montée du plaisir de sa partenaire que le sien. On eut dit que ce corps magnifique au-dessus du sien était capable de lui faire l'amour indéfiniment. Et c'était bien ce qu'elle aurait voulu, en effet, tant c'était bon, tant elle brûlait de partager avec lui, encore et encore, cet océan de sensations.

Elle se sentait emportée vers d'inimaginables hauteurs, c'était comme si son propre corps devenait autre, tandis qu'elle entendait son amant haleter, la voix rauque et qu'elle s'accrochait à lui, les jambes nouées autour de ses hanches, l'attirant toujours plus profondément en elle.

— Oh, Ashley, Ashley, ouiiiiiii !

Il donna encore un coup de reins et ce fut l'explosion en elle. Elle quitta son propre corps et le sentit vaguement se retirer avant de la serrer éperdument contre lui et de sombrer, avec elle, dans de bienheureux ténèbres.

Ashley roula sur le dos, attirant Bel à lui, blottie au creux de son bras. Elle poussa un petit soupir de plaisir et se tapit davantage encore, tandis qu'à tâtons, il cherchait le drap puis le ramenait sur leurs deux corps en sueur.

Il ouvrit les yeux tandis que les dernières ondes de plaisir vibraient encore en lui. Ce qu'il avait ressenti était bien au-delà de ce qu'il avait imaginé et il se demandait pourquoi. Bel était jolie, douce et ardente, mais elle s'était offerte à lui en toute ingénuité, ressemblant certes plus à une vierge qu'à une veuve. Elle n'avait pas une once du savoir-faire des maîtresses qu'il avait pu avoir avant elle et pourtant, la magie de ses mains découvrant son corps, la flamme dans ses yeux, le total abandon avec lequel elle s'était donnée à lui, tout cela était puissamment enivrant et aussi, cela vous rendait humble devant un tel mystère.

— Bel ?

— Mmm ?

Elle frotta un instant sa joue contre son torse, puis trouva un de ses petits tétons d'homme qu'elle entoura de ses lèvres.

— Mmm

— Voulez-vous bien cesser, espèce de petite diablesse ? Laissez-moi reprendre mon souffle, au moins…

Elle s'interrompit et ses oreilles se mirent à rougir devant ce qu'elle avait visiblement pris pour un reproche véritable.

— Non pas que je n'aime pas cela, bien au contraire, s'empressa-t-il de rectifier en maudissant son imbécile de mari qui l'avait visiblement inhibée. Je me demandais si vous… vous étiez bien ?

Il s'attendait à une réponse timide, aussi fut-il bien surpris de la voir se redresser en position assise en souriant, son genou contre sa hanche à lui. Elle rayonnait visiblement, toute rose, ses cheveux tombant sur ses épaules d'une façon très sensuelle, ses yeux fixés sur lui, grands ouverts et comme émerveillés.

— Bien ? répéta-t-elle.

Elle secoua la tête, ses boucles brillant à la lumière des chandelles.

— C'est peu dire… Je n'avais aucune idée de cela. Est-ce que c'est toujours ainsi ?

Bon, elle ne semblait pas déçue. Ashley se détendit. Durant l'acte, il n'avait pas été conscient de sa propre tension, mais à présent, il mesurait la responsabilité qu'il avait accepté de prendre et combien Bel aurait pu souffrir si elle avait choisi un homme qui ne méritait pas sa confiance.

— J'en suis moi-même tout surpris, lui répondit-il honnêtement. Cela peut être aussi bon — et le sera — mais là, c'était vraiment… spécial.

— Oh…

Elle baissa les yeux.

— Alors, pourrions-nous recommencer ? Bientôt ? Je veux dire… un de ces soirs, dès que cela vous sera possible ?

— Cela m'est possible dès à présent, lui dit-il en souriant.

— Mais…

Elle baissa les yeux vers là où le drap s'était écarté et les écarquilla de surprise en découvrant le sexe d'Ashley de nouveau fièrement dressé.

— Voyez-vous l'effet de vos paroles et de vos regards ? lui dit-il, lui prenant la main pour la poser sur son ventre plat. Poursuivez donc votre exploration et la… possibilité en viendra vite…

Bel s'éveilla en sentant la douce pression des lèvres d'Ashley sur sa tempe.

— Je dois partir, maintenant, ma douce. Que dois-je faire, pour le lit ?

Elle dut lutter pour revenir à la conscience en traversant ce qui lui sembla un rideau de pétales de roses, puis de nuages cotonneux et mauves et elle le découvrit, assis tout habillé sur le bord du lit et qui lui souriait.

— Quelle heure est-il ? balbutia-t-elle.

— 4 heures.

Elle n'avait pas rêvé, cette fois. Il était venu, il lui

avait fait l'amour — trois fois ! — Il semblait en être très heureux et quant à elle, elle flottait à cent pieds au-dessus du sol. Trois fois, trois fois uniques et différentes, merveilleuses…

— Le lit…, répéta-t-il en souriant toujours.

Bel écarta ses cheveux de son visage et regarda autour d'elle les draps en désordre et les oreillers écrasés.

— Nous ne pourrons jamais redonner à tout cela le même air qu'auparavant, remarqua-t-elle. Si vous pouviez simplement tirer les couvertures et me passer mon lord Byron…

Elle tapota les oreillers, se souvint opportunément qu'elle était nue, ramassa sa chemise de nuit sur le sol et l'enfila en hâte.

— Voilà, cela fera comme si je m'étais agitée la moitié de la nuit sans trouver le sommeil, puis que je m'étais finalement endormie, mon livre à la main.

Ashley se redressa après avoir remis les couvertures en place et lui sourit.

— Très convaincant, mais la prochaine fois, il faudra que je me réveille à temps pour refaire le lit…

Il se pencha de nouveau vers elle et l'embrassa.

Elle avança sa main pour toucher la joue de son amant. Elle piquait un peu… c'était amusant et pas du tout désagréable.

— Merci, murmura-t-elle.

« La prochaine fois… Il y aura donc une prochaine fois. »

— Non, Bel, merci à vous.

Et puis il était parti, se glissant hors de la chambre, ses chaussures à la main. La porte se referma et elle se retrouva seule. Bel poussa le volume de Byron comme s'il lui était tombé des mains, puis souffla la chandelle et retomba sur son oreiller.

Tout son corps exultait, plus léger que l'air et à la fois si détendu qu'il aurait pu s'enfoncer dans le matelas. Elle se sentait merveilleusement bien, bien qu'elle se doutât qu'au matin il n'en serait sûrement pas de même et qu'elle serait sans doute un peu raide, voire courbaturée. Tout ceci avait été un miracle, Ashley était un miracle. Les paupières de Bel se firent lourdes et le sommeil la prit comme par surprise.

C'était bon… si bon… une vraie perfection.

Bel dormit comme un bébé jusqu'au matin. Les nuages roses l'enveloppaient toujours, le soleil ne brillait que pour elle et les oiseaux chantaient uniquement parce qu'Ashley lui avait fait l'amour. Vers l'heure du déjeuner, elle reçut un bouquet de roses jaunes avec une carte signée d'un A majuscule et portant ces simples mots : « 1 heure ? »

Bel courut acheter deux nouvelles chemises de nuit, de ravissantes mules de boudoir, un vase de cristal taillé pour les roses et des bas de soie. Puis elle dénicha dans la boutique un exemplaire du journal mensuel Ackermann et se plongea dans sa lecture pour y étudier les dernières gravures de mode. Elle en feuilleta les pages jusqu'à ce que sa femme de chambre se mette à dodeliner de la tête et qu'elle puisse rédiger un billet sans être remarquée.

— Assurez-vous que ce soit remis en mains propres, dit-elle au portier d'un ton très naturel en lui glissant une pièce dans la main. J'aurais pu en charger un de mes valets, mais j'ai oublié…

L'homme toucha respectueusement son chapeau et claqua des doigts pour appeler un gamin des rues. Le billet que le garçon emporta rapidement portait ce seul mot : « Oui » et la lettre B comme signature.

Bel Cambourn, lady Felsham, une respectable veuve, avait une liaison. Un amant. Elle vivait son fantasme et c'était outrageusement bon. En entrant dans une boutique des gravures, elle se demanda si elle allait continuer à vivre ainsi sur un nuage rose tout au long de cette histoire ou si elle allait devoir tôt ou tard déchanter. Elle avait un tas de choses à faire, des visites à rendre, des courriers à écrire, mais elle ne parvenait pas à se concentrer sur autre chose que sur l'image d'Ashley, magnifiquement nu.

Il y eut un petit cri de douleur, d'une voix qu'elle connaissait. Elle se tourna et se trouva nez à nez avec sa cousine Elinor, qui tenait plusieurs estampes sous son bras. Bel s'écarta précipitamment (son pied droit étant sur le gauche de la jeune fille) et bredouilla une excuse pour sa distraction.

— J'ai décidé de créer un cabinet d'estampes dans un débarras qui est à côté de ma chambre, expliqua Elinor, quand elles eurent terminé toutes deux de s'excuser de ne pas savoir où elles allaient. Je crois que j'en ai assez, non ? Qu'en dis-tu ?

— Tout dépend de la taille de la pièce, mais il me semble que tu pourrais en prendre un peu plus. Et as-tu pensé à un encadreur ? répondit Bel en se forçant à se concentrer. J'ai fait la même chose à Felsham Hall et j'avais tout pris ici, même les encadrements.

Elle prit une gravure dans le bac et la reposa très vite en voyant que l'artiste avait représenté un athlète grec nu et presque aussi beau qu'Ashley. Mais Ashley, lui, n'avait pas de feuille de vigne.

Entre-temps, Elinor avait trouvé un vendeur qui revenait de la remise avec des baguettes de cadres pour qu'elle puisse choisir.

— Tu as l'air en forme, ce matin, cousine, remarqua

la jeune fille en observant Bel au-dessus d'une gravure représentant le Parthénon. Tu sembles… tout excitée.

— A… ah ?

Bel se mordit la lèvre, elle ne se doutait pas que son état intérieur paraîtrait aussi évident.

— Comment cela ?

— Je ne sais pas très bien comment le décrire… Tu es… resplendissante, comme si tu brillais de l'intérieur, expliqua Elinor, la tête légèrement penchée vers sa cousine.

— Bah, c'est l'effet du beau temps sans doute et puis, cela me fait plaisir d'être à Londres. J'ai fait beaucoup de courses, ce matin…

Mais il était douteux que faire des achats soit une cause d'excitation qu'Elinor puisse comprendre.

— J'aurais bien dû t'accompagner, dit la jeune fille avant de remettre au vendeur les baguettes de cadres sur lesquelles elle avait arrêté son choix.

— Oui ?

Grande nouvelle ! Elinor allait-elle enfin s'intéresser à son apparence ?

— Oui, j'ai besoin de bonnes chaussures de marche, de grands mouchoirs et de poudre dentifrice.

Les frivoles espoirs de Bel s'envolaient…

— Maman m'attend dans la voiture. Veux-tu que l'on te ramène ?

Bel s'assit sur l'un des tabourets de moleskine verte le long du comptoir.

— Non, merci. Je vais marcher. Un peu d'exercice me fera du bien.

Elle était bien un peu courbaturée suite à la nuit précédente et aurait volontiers accepté de rentrer en voiture, mais la perspective de faire face à la soupçonneuse Tante

Louisa n'avait rien pour la séduire. Si Elinor avait pu détecter un changement en elle, Tante Louisa, elle, ne manquerait pas d'en deviner la raison.

Les deux cousines sortirent du magasin, le portier se hâtant derrière elles avec les paquets. La berline de Tante Louisa était garée le long du trottoir et c'est là aussi que, Ashley s'avança vers elle, une dame élancée à son bras.

— Belinda ! appela Tante Louisa de sa voiture.

— Lady Belinda, miss Ravenhurst…

Là, c'était Ashley.

— Lord Dereham…

Maintenant, c'était Elinor.

Sa mère, surprise de voir sa fille s'adresser à un homme en pleine rue, se retourna avec une majestueuse lenteur et chaussa son pince-nez. Ashley s'inclina gracieusement.

— Lady Ravenhurst, lady Belinda, miss Ravenhurst, connaissez-vous lady Pamela Darlington ?

— Non, je n'ai pas ce plaisir, bonjour lady Pamela.

Bel prit la main tendue avec une politesse qu'elle n'éprouvait certes pas. Ce qu'elle ressentait bien plutôt c'était l'irrésistible envie de pousser lady Pamela dans les jambes des chevaux.

Les nuages roses du bonheur venaient de se dissiper.

— Ah oui, je me souviens de vous, dit Tante Louisa en regardant la jeune et jolie femme de toute sa hauteur réprobatrice.

Bel en restait muette. Lady Pamela était ravissante, très élégante et visiblement très sûre d'elle. Elle serra la main de lady Ravenhurst sans paraître prendre garde aux regards assassins de la mégère, sourit à Elinor comme à Bel et bavarda agréablement sans lâcher un instant le bras d'Ashley. De temps en temps, elle le regardait avec un sourire de propriétaire qui s'élargissait quand il le lui rendait. « Il présente tous les signes d'un homme recevant les attentions d'une femme amoureuse, Dieu le maudisse ! » songea Bel, dont le sourire forcé et plaqué commençait à lui faire mal aux joues. Derrière lady Pamela, une servante et un valet portaient les paquets.

Bel ne savait où poser les yeux. Elle n'osait pas croiser le regard d'Ashley, de peur de montrer une quelconque émotion que sa tante pourrait voir. Comme elle bouillait à l'intérieur d'un sentiment jusque-là inconnu, mais qu'elle identifiait sans peine comme étant une brûlante jalousie, elle ne voulait pas non plus regarder lady Pamela et elle restait donc là, immobile et embarrassée, au risque d'attirer les soupçons sur elle.

— Nous avons acheté des gravures… pour un cabinet d'estampes, dit-elle soudain maladroitement et tout à trac, dans un effort désespéré pour animer la conversation.

Lady Pamela parut s'appuyer un peu plus sur le bras d'Ashley. Bel grinça des dents.

— Vous vous intéressez donc à l'art, lady Belinda ? demanda aimablement Ashley.

C'était la première fois qu'il lui adressait directement la parole depuis qu'il l'avait saluée.

— C'est plutôt miss Ravenhurst qui est intéressée, milord, lui répondit-elle, les dents serrées et bien obligée, cette fois, de soutenir son regard. Moi, je me suis contentée de l'aider à choisir quelques images…

Elle ne vit pas, dans ses yeux, le moindre soupçon d'autre chose que le simple intérêt poli d'un homme du monde. Comment cela était-il possible ? Bel avait cru qu'il serait évident à tout le monde et à sa tante plus encore qu'à tout autre, qu'ils étaient amants, mais personne ne semblait s'en douter et quand à sa tante Louisa, toute sa suspicion était visiblement dirigée contre Ashley et lady Pamela.

Mais que faisait cette ravissante jeune femme avec lui et pourquoi se souriaient-ils béatement ainsi ?

Lady Pamela se pendait littéralement à son bras et Ashley ne faisait rien pour garder ses distances. Il semblait bien la connaître. Un peu trop bien.

— Belinda !

Elle sursauta, sa tante lui faisait signe, à la portière de sa berline, tandis que le groom attendait patiemment.

— Non merci, ma tante, j'ai une servante avec moi, je préfère marcher ?

— Venez donc avec nous, lady Belinda, lui suggéra Ashley en lui offrant son bras libre.

Les lèvres de lady Pamela se serrèrent presque imperceptiblement.

— Nous allons à la librairie Hatchard, j'imagine que c'est votre chemin ?

— Merci, milord, lui répondit-elle froidement, mais j'ai eu assez de stupide romance pour aujourd'hui, sans avoir à la chercher dans les romans.

Elle s'inclina légèrement devant lady Pamela, sourit à sa cousine et tourna rapidement les talons.

— Milady ?

Sa servante Millie pressa le pas pour la rejoindre.

— Milady, tout va bien ?

— Mais oui !

Bel levait fièrement le menton, mais elle consentit néanmoins à ralentir son pas pour que la servante puisse la suivre sur ses courtes jambes. Elle se dit qu'il devait y avoir de la fumée et de la poussière dans l'air.

Il n'y avait pas d'autre explication au fait que ses yeux la piquaient ainsi.

Comment Ashley pouvait-il se montrer aussi…

Elle cherchait le mot. Décevant, oui, c'était cela, aussi horrible que ce fût. Il lui avait dit n'avoir aucune attache, aucune obligation et voilà qu'il se promenait avec une beauté à son bras en ayant l'air d'être dans les meilleurs termes avec elle. Cette jeune lady devait être un des plus beaux partis d'Angleterre. C'était là une attitude bien désinvolte, qui risquait de déclencher d'interminables ragots et de le mener tout droit à la confrontation avec un père outragé.

Mais peut-être recherchait-il le mariage ? Si Bel l'avait su, jamais elle n'aurait eu le front de lui proposer de devenir son amant.

Elle y songeait en battant le pavé au rythme martial de ses talons.

Et d'ailleurs, il aurait pu avoir la décence de refuser ou à tout le moins de jouer à celui qui n'a pas compris, comme il l'avait d'abord prétendu. Certes, elle en aurait été très embarrassée au début, mais, à la réflexion elle s'en serait probablement trouvée soulagée, ensuite. Quant à Ashley, il aurait évité d'inextricables complications, du genre de celles que, probablement, il avait souvent rencontré dans le passé.

Mais il ne l'avait pas fait et à présent, elle avait couché avec lui. Bien sûr, songea-t-elle avec amertume, cela ne signifiait probablement rien pour lui mais pour elle, rien ne serait jamais plus pareil.

Et dire qu'une demi-heure auparavant, sa vie était parfaite. Parfaite !

10

— Oui, il est très joli, milady. Voulez-vous que nous entrions pour savoir s'ils en ont d'une autre couleur ?

— Co… comment ?

Bel revint à la conscience devant la vitrine d'une modiste, regardant un chapeau sur un présentoir, Millie attendant patiemment à côté d'elle.

— Vous avez dit qu'il était parfait. Mais d'ordinaire, vous ne portez rien de ce bleu-là, n'est-ce pas ?

Allons bon, voilà qu'elle parlait toute seule, à présent !

Bel prit une profonde inspiration afin de se calmer. Elle était une femme, une adulte, même si elle était naïve et inexpérimentée. A présent qu'elle l'avait vu avec lady Pamela, Ashley ne reviendrait pas, pas après s'être trouvé en public entre sa maîtresse et… l'objet de ses attentions plus constantes. Tout ceci mettait fin, une fois pour toutes à l'expérience. Au moins, elle aurait connu le plaisir physique. Elle pouvait mesurer tout le battage que l'on faisait autour de ce sujet.

A présent, il allait lui falloir cesser de désirer Ashley. Peut-être cela viendrait-il tout seul au bout de quelques jours ? Elle ne pouvait certainement pas continuer à ressentir cela, avec cette force, sans risquer de devenir folle.

Bel poussa la porte vitrée de la boutique. Faire des achats était un bien piètre remède au malheur, mais elle n'avait guère le choix. Demain, elle trouverait quelque chose de plus utile à faire. Mais pour le moment, eh bien, elle allait acheter un chapeau.

La consolation que procure l'acquisition d'un nouveau chapeau, même un très excentrique et frivole comme celui-ci, qu'une femme non encore mariée comme lady Pamela ne pourrait certainement pas porter, n'avait évidemment qu'un temps. Bel savait qu'elle pouvait bien courir les magasins jusqu'à l'épuisement, lire des journaux frivoles jusqu'à s'user les yeux et répéter des potins jusqu'à en perdre la voix, la cruelle blessure serait toujours vive. Et il était bien inutile de se dire que la nature même de leur relation excluait toute implication sentimentale. Ashley n'éprouvait aucun sentiment, c'était bien certain. Mais ce qu'elle ressentait, elle, ne pouvait, l'un comme l'autre, ni les satisfaire ni les apaiser. Sans doute valait-il mieux que cela cesse.

Passé minuit, Bel était toujours incapable de trouver le sommeil. Elle était assise sur son lit, ses bras autour de ses genoux, le livre qu'elle était censée lire abandonné sur la table de nuit et elle essayait de réfléchir.

Elle avait vingt-six ans. Jamais elle ne se remarierait et elle se garderait bien, à l'avenir, de se laisser prendre au piège de ce genre de relations avec un homme. Il allait lui falloir remplir ses journées et ses nuits, durant toutes les années à venir, avec autre chose que la sensualité en plus de ses occupations normales. Bel était intelligente et passablement cultivée, mais elle n'avait goût pour l'étude, contrairement à sa cousine Elinor. Il n'était pas question pour elle de s'adonner à quelques recherches de moine bénédictin. Bien sûr, la vie mondaine, les magasins, tout cela était bien agréable, mais il n'y avait pas de quoi remplir une existence.

Restaient les bonnes œuvres. Bel y songeait sérieusement. Durant son mariage, elle avait entrepris plusieurs activités charitables dans les paroisses voisines des terres de son époux, mais à présent, elle n'avait plus de propriété campagnarde où faire le bien en s'occupant de problèmes d'éducation, de soutien aux pauvres, aux infirmes et aux sans-travail. Il allait lui falloir se trouver « sa » bonne cause à défendre.

Bel rejeta ses couvertures et se dirigea vers son secrétaire, l'ample chemise de nuit de coton toute simple — le temps des dessous affriolants était passé — lui battant les chevilles. Elle prit une plume, une feuille de papier et s'assit pour rédiger une liste de bonnes causes. Il lui fallait quelque chose de prenant et d'utile. Pas question de faire semblant, de militer mollement pour des questions secondaires comme tant d'autres dames de la bonne société.

Elle écrivit : « enfants, veuves, animaux, vieilles personnes... » ; s'interrompit, joua distraitement une seconde avec sa plume, et inscrivit de nouveau les mots « éducation, emploi... »

La porte de sa chambre s'ouvrit et elle se retourna brusquement.

— Ashley ?

— Vous attendiez quelqu'un d'autre, ma douce ?

Il déposa son chapeau et ses gants sur un fauteuil. Ce soir, il portait un très élégant habit de soirée.

— Mon Dieu, soupira-t-il, la soirée de ma grand-tante a été d'un ennui ! Je l'adore, mais son entourage d'insupportables vieux gâteux met toujours mes nerfs à rude épreuve. A un certain moment, je me suis trouvé entouré de six messieurs d'âge canonique qui m'expliquaient comment Wellington aurait dû déployer ses troupes à Waterloo, dont un tellement atteint qu'il croyait avoir été personnellement présent à la bataille de Quatre-Bras.

— Je ne *vous* attendais pas, répondit Bel en reposant si nerveusement sa plume dans l'encrier que quelques taches d'encre éclaboussèrent sa liste.

— Non ?

Ashley avait déjà déposé sa queue de pie et son gilet, il s'affairait à défaire son très élaboré nœud de cravate.

— Vous avez envoyé une réponse positive à mon billet, pourtant… Il fit encore un pas vers elle, puis s'arrêta net, les sourcils froncés.

— Que se passe-t-il, ma douce ? Vous n'êtes pas bien, avez-vous la migraine, voulez-vous que je…

— Non, je n'ai pas la migraine, je vais très bien et ce n'est pas la peine de m'appeler votre « douce ».

Elle se leva pour lui faire face et l'expression d'Ashley changea quand il découvrit sa chaste chemise de nuit et qu'il entendit son ton peu amène.

— J'ai répondu à votre billet, mais c'était avant de découvrir lady Pamela à votre bras. Si j'avais eu le moindre soupçon que vous ayez pu être engagé dans une autre relation, je ne me serais pas lancée dans… une liaison avec vous, je vous prie de le croire !

Il était aussi séduisant, aussi tentateur que le péché lui-même, planté là à la fixer de ses yeux bleus si perçants, ses cheveux blonds légèrement décoiffés, le col de sa chemise juste assez ouvert pour laisser entrevoir un peu de son torse. C'était bien cela qu'il était : le péché. Dans toute sa puissance et sa totale absence de scrupules.

— Lady Pamela ? Vous croyez que… j'entretiens ce type de relation avec lady Pamela Darlington ?

— Oui, lady Pamela. Pourquoi ? Il y en a d'autres, à qui je n'ai pas encore eu le plaisir d'être présentée ? Pour l'instant c'est la seule que j'ai surprise pendue à votre bras, échangeant des petits sourires et se conduisant d'une manière générale comme si vous étiez sa chose, toute votre attitude à vous-même semblant d'ailleurs le confirmer. Et comme lady Pamela est célibataire, de bonne famille et occupe une place enviée sur la liste des jeunes filles à marier, votre comportement, justement, ne peut avoir qu'une seule explication.

— Mais… vous êtes jalouse, s'étonna Ashley avec un demi-sourire, qui s'éteignit bien vite quand elle le fusilla du regard en réponse. Voyons, Bel, mais c'est ridicule.

La jeune femme marcha vers lui et ne s'arrêta qu'à quelques centimètres de sa poitrine, le menton levé.

— Parfaitement, je suis jalouse et ne prenez pas la peine de me dire que je n'en ai pas le droit, parce que je le sais ! Mais je ne vous permets pas de m'accuser d'être ridicule. Vous m'avez dit vous-même que vous n'aviez pas d'attachement ou de serment à respecter. Et je n'aurais pas… enfin, fait tout cela si j'avais su…

— Ah…

Bel le regarda attentivement, il ne paraissait pas le moins du monde intimidé et moins encore repentant, bien entendu.

— Je connais lady Pamela depuis ses six ans, répondit-il tranquillement. C'est une jeune fille aussi volontaire et audacieuse qu'on peut l'être dans son milieu et bien que son père refuse obstinément d'en entendre parler, il se trouve qu'elle est éperdument amoureuse d'un très bon ami à moi.

— C'est encore pire !

— J'ai bien dit : éperdument.

Ashley s'écarta un peu et s'approcha de la cheminée.

— En ce moment, elle essaie de me persuader de donner une réception…

— Une réception ?

— Oui, dans le seul but de lui permettre de retrouver son George sans témoin et surtout sans chaperon dans la cabane du jardin de ma résidence familiale…

— Dans ce cas, pourquoi se répand-elle sur vous comme du beurre fondu, lorsqu'elle est à votre bras ?

A entendre cette comparaison, Ashley ne put s'empêcher de sourire.

— Parce qu'elle est certainement l'une des plus belles filles de Londres. Comme n'importe laquelle des étoiles au firmament, chaque fois qu'elle rencontre une très jolie femme, une possible concurrente, elle se croit obligé de proclamer son ascendant sur tout mâle de seize à soixante-seize ans présent dans les parages. Il se trouve que j'étais là et voilà tout.

Bel avala sa salive avec difficulté. Une très jolie femme ? C'était d'elle qu'il parlait ainsi ?

— Je… je suppose que je viens de me rendre très ridicule, n'est-ce pas ?

— Non, juste un tout petit peu.

Il sourit affectueusement.

— Et je crois que je suis à blâmer, moi aussi. Mais sous le regard venimeux de votre tante Ravenhurst, j'ai voulu vous protéger en jouant le jeu de Pamela et en feignant de vous traiter avec une indifférence polie.

Bel mordit sa lèvre et fixa son regard sur le col ouvert d'Ashley, par lequel elle pouvait voir un peu de sa peau dorée.

— Etiez-vous vraiment jalouse ? demanda-t-il. C'est extrêmement flatteur.

— Flatteur ? C'est horrible, oui ! D'abord, la jalousie est un sentiment très répréhensible et je sais que je n'ai aucunement le droit de l'éprouver. Je me sens coupable et misérable…

Bel essaya de maîtriser un peu son émotion, puis elle ajouta, avec honnêteté.

— Mais cela fait aussi très mal et je n'aime pas que vous me disiez que je suis ridicule.

— Je suis désolé.

Ashley fit deux pas vers elle, en marchant sur Horace et il la prit dans ses bras. Bel poussa un douloureux soupir et se blottit contre lui.

— J'avais oublié que vous n'êtes pas accoutumée à ce genre d'intrigues, continua-t-il. Il n'est pas dans votre nature de dissimuler, non plus que dans la mienne, mais nous ne pouvons exposer notre intimité au grand jour, vous le comprenez bien…

— Oui, je le sais, murmura Bel en frottant sa joue contre le tissu soyeux de sa chemise. C'est fini à présent.

Durant toutes ces années de mariage, elle avait feint la soumission et l'acceptation de son sort. Mais c'était une tout autre chose que de dissimuler son désir et son intimité fusionnelle avec un homme.

— Fini ? Je n'en suis pas bien sûr, dit-il doucement en faisant courir ses mains sur le dos de Bel. Mais dites-moi, que diable portez-vous là ? On dirait l'aube d'une nonne.

— Je ne pensais pas que vous reviendriez et c'est la

chemise de nuit la plus sage que je possède. Je ne voulais pas penser à vous, vous comprenez ?

Il eut un rire bref, recula d'un pas pour mieux la regarder et fronça les sourcils.

— Nous avons un problème. Nous voudrions faire l'amour mais j'ai bien peur que cette chemise de nuit ait passablement refroidi mes ardeurs, pour le moment, ce qui semble d'ailleurs avoir été le but poursuivi par son créateur. Il n'y a plus qu'une chose à faire, à moins que vous souhaitiez que nous passions le reste de la nuit à lire des poèmes ensemble...

— C... comment ?

Une douce chaleur envahit Bel. La culotte ajustée qu'il portait contredisait absolument ses paroles. Il pouvait difficilement prétendre ne pas être excité.

— Il va donc vous falloir me séduire..., lui dit-il avec un soupir de regret.

— Séduire ? répéta-t-elle en s'étranglant à demi. « Moi ? Mais comment ? »

— Oui, me séduire, sur la peau d'ours, tenez... cette petite mise en scène pourra, peut-être, redonner un peu de vigueur à mes ardeurs défaillantes.

Ashley s'appuya négligemment à la tête du lit et attendit la suite.

Défaillantes, vraiment ? Ceci était donc un jeu ? Bel refréna son premier mouvement, qui aurait été de balbutier en rougissant qu'elle ne savait comment s'y prendre. C'était peut-être ce qu'il attendait, mais il n'aurait pas la satisfaction de lui faire perdre la face. A le voir ainsi, élégant, magnifique... et excité... son propre corps s'éveillait et son souffle devenait plus court. Elle avait envie de lui à en mourir, voulait apprendre tous les secrets du plaisir pour le contenter et en jouir elle aussi.

— Très bien, mais il faut me promettre de faire ce que je vous dis, lui dit-elle avec une autorité qui la surprit elle-même.

Elle attendit un signe d'assentiment, notant avec intérêt l'effet que lui faisait sa déclaration. Elle voyait battre un muscle sur sa mâchoire carrée, sa peau rougissait à la base de sa gorge et ses pupilles se dilataient, faisant du bleu de ses yeux deux profonds lacs pourpres.

Lentement, délibérément, elle défit les deux premiers boutons de sa chemise de nuit, puis elle s'interrompit et croisa les bras, sachant fort bien que ce geste rehaussait ses seins. Puis elle attendit. Si Ashley croyait qu'elle allait se frotter à lui comme un chat quémandant des caresses, il se trompait.

— Enlevez votre chemise, lui ordonna-t-elle.

Il la fit passer par-dessus sa tête, lui permettant d'admirer les muscles magnifiques de son torse, puis il s'étira, merveilleusement inconscient de sa beauté. Elle le regarda, observant la façon dont ils jouaient sous sa peau et dont la fine toison de sa poitrine finissait en une ligne qui descendait vers son nombril. Quelle impression de puissance il dégageait !

— Et maintenant, le reste de vos vêtements, lança-t-elle en se forçant à garder un ton de voix calme et dépassionné.

Il ne la quitta pas des yeux tandis qu'il se déshabillait. Elle, pendant ce temps, jouait négligemment avec un bouton de sa chemise de nuit. Il était si désespérément beau qu'elle avait bien du mal à s'empêcher de porter les mains sur lui. Elle sentait ses seins pointer presque douloureusement contre l'épais coton de sa chemise de nuit. Ils étaient lourds et l'intensité du regard d'Ashley la brûlait comme un fer rouge.

— Couchez-vous, à présent, lui ordonna-t-elle en montrant l'épaisse fourrure d'Horace.

« Le séduire ! songea-t-elle, il n'en a guère besoin. A le voir, je jurerais qu'il n'est pas possible d'avoir… enfin… d'être plus dur que cela. »

Ashley s'étendit sur la peau d'ours et Bel savoura la vision de sa beauté presque sauvage. On eut dit un guerrier barbare, viril et sans honte. Tous ses mouvements étaient empreints d'une affolante sensualité, du mouvement de ses épaules contre la fourrure blanche, jusqu'à celui de ses hanches.

— Est-ce que j'éveille votre intérêt, à présent ? demanda-t-elle la voix rauque.

— Ce vieil Horace est très confortable, je crois que je vais m'endormir.

Mais en fait, il l'observait comme un oiseau de proie sous ses paupières à demi closes.

Bel s'approcha de lui et laissa errer son regard sur toute la longueur du corps d'Ashley, sur ses longues jambes, ses cuisses musclées et plus haut, entre ses hanches étroites… Elle passa sa langue sur sa lèvre en regardant fixement la flèche turgescente de son désir puis elle s'avança encore, l'enjamba, posant ses pieds de chaque côté des genoux de son amant et défit les autres boutons de sa chemise.

Malgré son air de nonchalant désintérêt, il ne la quittait pas des yeux, suivant chaque mouvement de ses mains. Bel devait lutter pour modérer sa propre impatience tandis qu'elle dégageait lentement chacun des boutons jusqu'à ce que la chemise soit ouverte jusqu'à la taille. Puis elle dégagea une épaule. Elle vit la langue d'Ashley pointer entre ses lèvres et ses mains agripper la fourrure d'Horace. Une autre épaule dégagée d'un mouvement désinvolte et le sage vêtement de nuit tomba au sol. Elle l'enjamba et le poussa négligemment de côté, tandis qu'Ashley se redressait sur ses coudes.

— Non, milord, lui dit-elle, désolée si vous vous ennuyez, mais il faut rester allongé. Vous n'avez qu'à dormir, si vous voulez…

Il se laissa retomber avec un grognement impatient, tandis que Bel s'agenouillait, les jambes de part et d'autre des hanches de son amant. Le pouvoir qu'elle semblait avoir sur lui était incroyable. On eut dit qu'elle s'apprêtait à chevaucher un étalon, dont elle aurait senti la force sauvage, incontrôlable entre ses cuisses, comme une énergie qu'elle n'aurait pu maitriser, mais qu'il acceptait de plier à sa volonté.

La main de Bel se perdit entre ses propres jambes et elle « le » saisit, dur, chaud, dressé, incroyablement tendu. Puis elle se mit en position et s'empala lentement, caressant la flèche ardente de chaque millimètre de sa chaleur humide.

Il poussa un grognement rauque et se cambra. Elle le saisit aux poignets pour le clouer au sol, ses seins lourds frottant de leurs pointes le torse dur d'Ashley.

— Oui, chevauche-moi, gronda-t-il, la voix rauque et il se cambra de nouveau à sa rencontre.

Bel s'entendit crier de plaisir. Tout son corps n'était plus que sensations brûlantes, faim dévorante, plaisir. Puis tout se brouilla, un brouillard chaud où rien n'existait plus que les lacs d'eau profonde des yeux d'Ashley rivés aux siens, sa peau vibrante sous ses doigts et son odeur musquée qui l'enivrait.

Il ruait, se cabrait sous elle comme un cheval sauvage, mais c'était elle qui le chevauchait et le maintenait au sol, cloué entre ses cuisses, les bras maintenus de ses deux mains. Elle cria, cria encore et fut entraînée avec lui dans un maelström de volupté où ils se perdirent.

Beaucoup plus tard, Bel sentit Ashley se retirer et rouler sur le côté. Il se leva et revint un instant plus tard, avec les oreillers et le couvre-lit.

— On est bien, non, sur cette fourrure ? Mais avec ça, ce sera plus confortable et votre lit restera vierge de tous reproches.

Bel se blottit contre sa poitrine de nouveau. Le poil d'Horace doux et dru sous elle et la peau d'Ashley encore brûlante sous ses doigts.

— Oui, on est bien…

On était même au paradis.

— Vous êtes comme une drogue, lui murmura-t-il. Une fois que l'on vous a goûté, on a bien du mal à se passer de vous…

Ashley soupira d'aise. Beaucoup de femmes s'étaient ainsi serrées contre son corps, par le passé mais aucune ne s'était accordée aussi bien avec lui.

— Pourtant je vais devoir vous quitter quelques jours…

— Vous partez ? Mais… pourquoi ? s'écria Bel en se redressant.

Tout de suite elle se reprit, manifestement confuse de sa véhémence.

— Je… je suis désolée, je ne voudrais paraître exiger quoi que ce soit… Serez-vous absent longtemps ?

— Une dizaine de jours, peut-être…

Il leva une main pour caresser doucement du doigt la joue de Bel, simplement heureux de la voir incliner la tête pour venir à sa rencontre et mieux profiter de ce frôlement. Elle était si douce… et si formelle, à la fois, quand elle n'était pas sous l'empire de la passion. Elle avait même exprimé sa jalousie d'une façon polie et réservée. Ashley se souvenait de certaines maîtresses qui, dans la même situation, n'auraient pas hésité à lui lancer à la tête tout ce qu'elles auraient trouvé sous la main, et pour beaucoup moins que ce qu'il lui avait fait, ce matin.

— Je rentre chez moi. J'aurais dû le faire, déjà, mais…

Ah, comment lui expliquer ?

— Mais ce que vous avez vécu à l'étranger était trop lourd ? suggéra-t-elle doucement.

— Oui.

Ainsi, elle comprenait ce qu'il avait parfois du mal à bien formuler lui-même. Ashley lui prit la main et la porta à ses lèvres, puis y posa sa joue.

— C'est exactement cela. Mais si j'attends plus longtemps, ma famille va croire que je me cache ou pire, que je leur cache quelque chose.

— Et puis comme cela vous pourrez prendre des arrangements pour cette réception que vous comptez donner, ajouta-t-elle timidement.

— La réception que Pamela m'a demandée ? Il n'en est pas question ! A moins que vous vouliez y assister, auquel cas je reconsidérerai la question.

Bel parut délicieusement émoustillée par sa proposition.

— Oh, je crois que je ne pourrais supporter de vous savoir si proche et de me conduire décemment toute la soirée.

— Qui parle de se conduire décemment ? Ce genre de

réception n'est qu'un camouflage pour se mal conduire, ne le savez-vous pas ?

— Je… je suis choquée de l'apprendre, dit-elle en rougissant.

Puis elle secoua la tête, en réponse à sa propre réaction.

— Voilà qui est bien hypocrite de ma part, je suppose…

— C'est que vous n'êtes pas la seule pécheresse au monde, lui répondit-il en riant. D'autres ont une liaison…

Et pourtant elle était unique. Il était certain qu'elle n'aurait pas d'autre amant, lorsque ce serait fini. Ce serait certainement une expérience unique, dont elle avait eu un besoin impérieux, pour connaître enfin le plaisir, mais qu'elle ne renouvèlerait probablement pas.

— Vous avez l'air bien grave, tout à coup, lui dit-elle en lui massant délicatement le front avec deux doigts.

Il ferma les yeux, mais sourit pour ne pas qu'elle s'angoisse. Il ne voulait pas envisager la vie sans Bel, pas plus qu'il ne voulait l'imaginer seule et chaste par force, sans baisers ni caresses. Il ne voulait pas non plus penser un instant qu'il pourrait y avoir un jour une autre femme à sa place, entre ses bras. Mais il savait qu'une liaison, comme toute chose, avait un début et une fin. Cela passerait, comme le reste.

— Parlez-moi de l'endroit… où vous allez, de votre maison de famille, lui demanda-t-elle tout en passant sa main doucement sur le torse d'Ashley, de haut en bas, ce qui pouvait laisser présager que la conversation serait brève et tournerait court.

— Coppergate ? Eh bien, c'est dans le Hertfordshire, non loin de St. Albans, dans les collines. Le manoir a été bâti au XVIIe siècle par un certain M. Copper, un marchand à qui la fortune avait souri. Il l'a vendu à l'un de mes ancêtres quand elle cessa de lui sourire et la propriété est dans ma famille depuis. Il y a un lac…

11

Le lac était un miroir d'argent sous le soleil d'août. Ashley engagea son attelage dans l'allée qui le longeait, en direction du vieux manoir.

Il était chez lui… et il y rentrait entier, intact sans même une romantique balafre qui aurait fait s'extasier ses sœurs. Bien sûr il avait des cicatrices intérieures, bien peu romantiques. Mais depuis quelque temps, les terribles cauchemars s'estompaient et il ne s'éveillait plus en sueur, confus, ne sachant plus où il était et avec au ventre, la peur de s'être endormi durant le service. Bel, il le comprenait, l'avait beaucoup aidé à surmonter tout cela. Il n'avait pas même eu besoin de lui parler de ses tourments, elle semblait les avoir devinés et cela suffisait à l'apaiser.

Ashley fit jouer ses épaules pour les détendre de la fatigue du voyage. Penser à Bel le calmait, du moins mentalement, car physiquement, cela lui procurait plutôt des réactions embarrassantes. Elle allait lui manquer et de plus d'une façon. La calèche contourna un bosquet de hêtres et le manoir se découvrit à sa vue : large, peu élevé, à la façade assez originale (grâce aux goûts excentriques de M. Copper et aux nombreux ajouts de ses successeurs) mais d'un intérêt architectural somme toute limité.

Cependant, Ashley aimait la vieille maison, même s'il ne supportait guère d'y demeurer trop longtemps.

La porte s'ouvrit alors que la calèche roulait sur le gravier de la cour et Ashley aperçut une sorte d'éclair blanc qui fonçait vers lui. Un instant, il crut que c'était Bel qui lui ouvrait les bras. Puis sa vision se précisa et il reconnut Katy, la plus jeune de ses sœurs, qui descendait les marches du perron pour venir à sa rencontre, toutes boucles blondes dehors et sa robe d'été immaculée flottant sur ses chevilles.

— Ashley ! Tu es là !

— Comme tu peux le voir…

Il lui sourit et sauta hors de la calèche pour la serrer dans ses bras. C'était bien déconcertant que d'avoir plaqué l'image de Bel sur sa sœur, mais il préférait ne pas s'interroger trop longuement là-dessus, ni se demander pourquoi son inconscient lui jouait de tels tours.

Des pas crissèrent sur le gravier et il se retourna, un bras autour des épaules de Katy. Alors, il oublia tout : sa mère, Frederica et Anna les rejoignaient.

— Mais bien sûr que je suis sain et sauf, s'écria-t-il en riant tandis qu'elles n'en finissaient pas de l'embrasser et de le toucher, comme pour vérifier qu'il était bien vivant. Vous avez eu toutes mes lettres, ajouta-t-il, parlant fort pour passer par-dessus le babil suraigu de leurs voix excitées, je le sais, puisque vous y avez répondu.

— Oui, mon chéri, lui répondit lady Dereham. Merci d'avoir pris le temps de les écrire. Ainsi, nous avons pu savoir que tu étais vivant au moment même où les journaux annonçaient l'issue de la bataille, ainsi nous avons été rassurées avant bien d'autres familles. Ainsi que toutes les suivantes qui nous annonçaient ton rapatriement et ton retour parmi nous.

— Pourquoi n'es-tu pas rentré tout de suite ? demanda Katy comme ils montaient tous les marches du perron, ses deux autres sœurs lui caressant les épaules comme pour se rassurer sur la réalité de sa présence.

— Parce que Ashley avait des choses à faire à Londres, on te l'a déjà dit, la rabroua son aînée Frederica et qu'il avait bien besoin d'un peu de repos, avant qu'on le bombarde de questions. Regarde le pauvre Philip Clarr de Langmere Hall : il a dû retourner à Londres en toute hâte, sous le prétexte de voir un médecin, mais en fait pour échapper à sa famille qui le soumettait à un feu roulant de questions.

— Pourquoi, s'inquiéta Ashley, il a été blessé ? Je l'ignorais.

« Non ! pas lui, pas un autre ami passé au hachoir infernal de la guerre ! »

— Ce n'est qu'une déchirure à la cuisse…

Lady Dereham l'entraîna dans le grand hall.

— Il aurait dû rester à Londres, d'ailleurs, mais sa mère l'y a rejoint et elle l'a assommé de questions, tout en se demandant pourquoi il était si taciturne. Il est guéri, maintenant, mais il boîte beaucoup.

— Milord, permettez-moi au nom de tout le personnel de vous exprimer notre joie de vous revoir en bonne santé.

C'était Wrighton, le majordome, qui l'accueillait avec l'un de ses rares sourires en prenant ses gants et son chapeau.

— Nous sommes tous très fiers de servir l'un des héros de Waterloo, ajouta-t-il à ses mots de bienvenue.

Ashley retint la réplique qui lui venait aux lèvres ; il n'était pas un fichu héros et il avait simplement eu la chance de s'en sortir vivant, contrairement à tant d'autres qui auraient été plus dignes que lui de recevoir ce genre d'hommage et qui gisaient là-bas, fauchés en pleine vie. Mais ce n'était pas une chose que l'on pouvait dire aux gens. Mieux valait prendre un air de pudeur virile, en espérant que l'on comprendrait et que l'on cesserait de lui parler de cette fichue bataille.

— Merci, Wrighton, je suis bien heureux d'être là, moi aussi.

L'arrivée de Race avec le chariot de bagages occupa suffisamment le majordome et les valets pour qu'Ashley puisse se réfugier dans le salon. Il eut juste le temps d'entendre sa mère demander qu'on serve le thé, avec « ces gâteaux au citron que milord aime tant ».

— Je vais grossir, protesta-t-il tandis que ses sœurs l'entraînaient vers son fauteuil favori, comme si c'était lui et non l'infortuné Philipp Clarr, qui avait été blessé.

— Nous voulons te gâter un peu, dit Anna, l'aînée et la plus raisonnable de ses sœurs, en lui souriant chaleureusement tandis qu'il s'asseyait. Tu peux bien nous passer cette petite faiblesse, en échange nous promettons de ne pas t'accabler de questions sur l'armée.

— Bon, bon, je consens à être gâté.

Il lui paraissait étrange d'être ainsi l'objet de l'attention des femmes. D'abord à travers celle que lui et les autres officiers de retour du continent recevaient des dames de la bonne société, puis dans son histoire avec Bel et enfin, voilà qu'il était chouchouté par sa mère et ses sœurs.

— Il va falloir me re-civiliser, j'en ai peur, soupira-t-il, j'ai été en rude compagnie pendant trop longtemps.

Elles s'assirent en un demi-cercle attentif autour de lui et il se prit à chercher quel sujet de conversation pourrait bien leur faire plaisir. Lui, il voulait avant tout les entendre parler d'elles, de leur vie tandis qu'il était au loin.

— Dites-moi un peu ce que vous devenez…

— J'ai une nouvelle gouvernante…

Katy, comme l'on pouvait s'y attendre, fut la première à répondre. A douze ans, elle croyait volontiers qu'elle en avait vingt, comme ses sœurs le faisaient remarquer avec une certaine exaspération et n'avait peur de rien ni de personne.

C'était aussi la plus jolie des trois, avec des cheveux aussi blonds, des yeux aussi bleus que ceux de son frère. Ashley redoutait déjà le moment où il faudrait introduire dans la compétition une beauté aussi farouchement libre que ce qu'elle promettait d'être.

— Elle s'appelle Miss Lucas et elle est très gentille…

Il fallait sans doute comprendre qu'elle laissait Katy libre de faire ce qu'elle voulait.

— J'ai besoin d'un nouveau poney, parce que je suis trop grande maintenant pour le pauvre vieux Bunting, alors maman l'attelle à son landau.

— Moi, j'ai pris des leçons de danse avec les filles du vicaire, intervint Frederica, du haut de ses dix-sept ans.

Elle avait un visage que tous s'accordaient à trouver très doux, encadré par des cheveux châtains.

— J'ai aussi aidé M. Barrington à tenir les comptes. C'est très intéressant et il dit que mes calculs sont toujours justes.

Barrington était le nouveau régisseur du domaine, qu'Ashley avait engagé lors de sa dernière permission. Jeune, sympathique, travailleur et bien tourné, il lui avait paru être le candidat idéal pour ce poste. Il était également le cadet d'une très respectable famille de l'aristocratie campagnarde.

Mais Ashley surprit un léger froncement de sourcils sur le visage de sa mère et il regarda Frederica avec plus d'attention. Avait-il pris un risque en introduisant un trop jeune et trop séduisant employé dans cette maisonnée de femmes ?

— Moi, je fais mon entrée dans le monde la saison prochaine, mais tu sais cela, naturellement, dit Ann.

Elle était calme, élégante et tous la disaient très jolie, avec des cheveux qui avaient la couleur du miel et des yeux très bleus. Ann sourit à sa mère d'un air complice.

— Et je crois que je vais te coûter très cher, Ashley, car maman et moi avons fait une très longue liste d'achats.

— Je suppose qu'il va falloir tenir prête la maison de ville, alors, dit-il en s'amusant à prendre un air interrogatif, alors qu'il savait depuis longtemps que ça allait être le cas. Vous ai-je dit que j'avais vendu la petite maison de Half Moon Street ? ajouta-t-il d'un ton badin.

C'était un indécent appel du pied. En fait, il mourait d'envie qu'on lui demande à qui afin de pouvoir leur parler de Bel.

— Oui, mon chéri, tu nous l'as dit. Es-tu bien installé à l'Albany ?

C'était raté…

— Tout à fait, merci. Quand voulez-vous que la maison soit prête ?

— Ce n'est pas la peine de t'en préoccuper, mon chéri, dit lady Dereham en versant le thé. Nous viendrons en janvier et commencerons à tout planifier à ce moment-là. Je vais emmener une grande partie du personnel d'ici, si cela ne t'ennuie pas.

— Comme il vous plaira. Mais la maison a bien besoin d'être rafraîchie… Je vais demander à Grinball de faire un état des lieux et de faire les réparations. Si vous passez par Londres avant d'aller à Brighton, ce mois-ci, vous pourrez décider de la nouvelle décoration et les travaux seront finis pour Noël.

— Une nouvelle décoration ? Mais n'est-ce pas une dépense extravagante ?

Ashley sourit.

— Avec trois jeunes filles à présenter successivement dans le monde ? Je parlerais plutôt d'un investissement raisonné.

Ses trois sœurs le regardèrent avec ravissement et reconnaissance. Même la sage Ann battit des mains.

— Nous sommes la première semaine d'août, calcula Frederica. Nous serons à Londres dans deux ou trois semaines.

Ashley la vit instantanément s'assombrir. Sans doute venait-elle de comprendre qu'elle allait être séparée de Barrington. Jusqu'où cette histoire était-elle déjà allée ?

— Moi je voudrais une robe de bal de soie bleue pour aller avec mes yeux, soupira Katy et puis il faut de nouveaux rideaux à ma chambre.

— Laisse donc Ashley tranquille avec tes sottises, la sermonna Frederica. Le bleu sera passé d'ici que tu aies l'âge de paraître dans le monde, enfant précoce !

— Je me demandais…

Lady Dereham laissa sa phrase en suspens. Sans se préoccuper du babil de ses filles, elle s'affairait à couper des parts du gâteau et de la tarte aux amandes.

— Oui, maman ?

Ashley faillit reprendre un troisième gâteau au citron, mais il se retint.

— Je me demandais si nous ne devrions pas mettre en vente la maison de ta grand-mère…

— Pourquoi est-ce que l'une ou l'autre des tantes ne pourrait pas en avoir besoin ?

Sur le fond, elle n'avait pas tort, il était toujours dommage de laisser une maison vide et négligée, or c'était le cas depuis la mort de son aïeule, il y avait trois ans déjà de cela.

— Nous pourrions la remettre en état et proposer à l'une d'entre elles de s'y installer, suggéra-t-il.

— Ce n'est pas aux tantes que je pensais, lui répliqua lady Dereham. Je crois qu'elles sont très bien où elles sont et tout à fait satisfaites. Non je me demandais… maintenant que tu es rentré et que tu as quitté l'armée… si tu n'allais pas te chercher une épouse.

— Une épouse ?

Ashley regarda fixement sa mère.

Bien souvent dans son enfance et sa jeunesse, il avait l'expérience du mystérieux pouvoir qu'elle avait de deviner exactement ce que vous aviez sur la conscience. Un don qu'elle semblait posséder toujours, à l'évidence.

— Comment sav… je veux dire ; pourquoi diable voudriez-vous que je me cherche une épouse ?

Toutes se mirent à rire, même la très sage Ann.

— Pour toutes les raisons habituelles, Ashley, répondit-elle calmement. Je te rappelle que tu es lord Dereham.

Diable, la chose était sérieuse, si elle faisait allusion à son titre.

« Qu'ai-je failli dire ? songea-t-il. Comment le savez vous ? Sont-ce bien là les mots qui ont commencé à sortir de ma bouche, sans seulement être passés par mon cerveau ? »

Ashley ferma les yeux. L'image de Bel assise près de la cheminée, exactement comme sa mère l'était en ce moment, s'imposa à son esprit. L'apparition souleva la théière, lui sourit et commença de verser le thé. Il se frotta les yeux.

« Non, je ne veux pas me marier et Bel ne le veut pas non plus. Pas davantage avec moi qu'avec quiconque. Et je ne suis pas amoureux d'elle. Elle est ma maîtresse. Est-ce que l'on épouse sa maîtresse ? »

Il essaya de mettre sa langue en concordance avec son esprit.

— Je veux dire ; pourquoi prendrais-je femme dès maintenant ?

Bon sang, il avait commandé un escadron, combattu les armées de Napoléon, il était même capable de diriger un grand domaine, quand il s'en sentait d'humeur. Pourquoi fallait-il donc qu'il se trouble ainsi parce que les femmes de sa famille le regardaient droit dans les yeux ?

— Il te faut un héritier, à moins que tu ne préfères voir le cousin Adrian, qui a la cervelle d'un moineau, chausser un jour tes bottes, lui rétorqua sa mère. Etablir tes sœurs promet d'être une rude affaire et j'aurai bien besoin de l'aide d'une femme avisée. D'ailleurs, il serait bien temps que tu t'intéresses un peu à ce domaine et que tu y imprimes ta marque. Une épouse t'y aiderait. Tu n'es plus si jeune que cela, tu sais…

Pour atténuer peut-être, ce coup de grâce, elle lui tendit une tranche de gâteau.

— J'ai trente ans, protesta Ashley.

— C'est bien ce que je dis…

Les mots vinrent, de nouveau, de quelque recoin mystérieux de sa conscience.

— Je me marierai lorsque je serai amoureux, pas avant.

— Amoureux ?

Lady Dereham regarda son fils avec une sorte d'horreur et d'indignation polie.

— L'amour n'est certes pas un critère pour un mariage réussi, Ashley. Dieu sait de qui tu pourrais tomber amoureux... Les hommes s'entichent volontiers d'une fille de ferme, ils ne les épousent pas pour autant... Pas les pairs du royaume, en tout cas.

— Je considère, moi que c'est un excellent critère, au contraire, rétorqua fermement Ashley qui ne se souvenait pas particulièrement d'avoir jamais éprouvé de tendres sentiments envers une fille de ferme. Un instant auparavant, il aurait même été tout à fait d'accord avec sa mère.

Un bon mariage était celui qui vous liait à une jeune femme de bonne famille, intelligente et en bonne santé avec une dot conséquente et des goûts raisonnables. Les plus recherchées parmi les jeunes filles à marier répondaient à cette norme.

— Que ferais-tu, reprit sa mère, si l'une de tes sœurs venait te présenter un homme indigne d'elle et exigerait de l'épouser sous prétexte qu'elle en est amoureuse, veux-tu me le dire ?

— Je me fierai à son jugement, répondit Ashley, bien conscient que trois paires de jolis yeux le regardaient, écarquillés de surprise.

— Oh, Ashley, soupira béatement Frederica.

« Oh, Ashley ! C'est bien ça, elle est amoureuse de ce Barrington et te voilà piégé, imbécile ! »

— Mais encore faudrait-il qu'elle ait atteint vingt et un ans et que l'homme qu'elle aime remplisse les conditions habituelles de respectabilité.

— Ah..., soupira Frederica, momentanément domptée.

— C'est très bien, parce que moi, je compte tomber

amoureuse d'un duc, annonça Katy tout à trac. Tu approuveras, n'est-ce pas, Ashley ?

— Un duc ? s'amusa son frère. Je ne crois pas qu'il y en ait un de disponible…

— J'ai le temps, répliqua Katy avec candeur. L'un d'eux peut mourir et avoir un jeune héritier, ou bien devenir veuf…

— Mais pourquoi un duc ?

Katy énuméra en comptant sur ses doigts :

— Ils sont riches, j'aimerais bien qu'on m'appelle « Votre Grâce » et comme ça, je serai plus titrée que Lucy Thorage.

— Sauf si elle en épouse un, elle aussi, fit remarquer Ashley, un peu déstabilisé par un tel aplomb.

— Je suis beaucoup plus jolie qu'elle, répliqua Katy, évidente et péremptoire.

— Si tu ne veux pas aller te coucher sans dîner, Katherine Henrietta Reynard, tu ferais bien de te calmer et de te conduire comme une future lady.

— Oui, maman, répondit docilement Katy.

Ashley se sentit de nouveau l'objet de l'attention générale, ce qui était bien inconfortable.

— Et où trouveras-tu la dame de tes pensées ? l'interrogea lady Dereham. Tu attends son apparition, telle une princesse de conte de fées ?

« Une princesse sur un ours blanc, qui m'emporterait au paradis… »

Non, cela, c'était Bel, cela n'arrivait pas deux fois dans une vie…

— Mon devoir étant de vous escorter dans les soirées, lors de la prochaine saison, je la trouverai peut-être à cette occasion ?

— Je l'espère sincèrement.

Lady Dereham regarda son fils avec une certaine inquiétude.

— Je me fais du souci pour toi. Tu sembles… différent.

Ann vola à son secours.

— Le pauvre Ashley a traversé de terribles expériences. Bien sûr, il semble un peu… éprouvé. Quelques semaines ici, avec nous, lui feront grand bien.

Plusieurs semaines, à la campagne ? Pas question ! Dix jours, tout au plus et il rentrerait à Londres, vers Bel et vers moins de complications.

Ashley passa le jour suivant à parcourir le domaine à cheval, en compagnie de Barrington, pour essayer de prendre la mesure de l'homme, non pas tant comme régisseur, tâche pour laquelle il donnait toute satisfaction, mais comme mari possible pour sa sœur. Or le jeune cadet avait de vrais atouts et Ashley devait le reconnaître honnêtement. Il n'était pas riche mais il serait certainement un époux tendre, aimant et fidèle pour la sensible Frederica, ce qui était tout de même plus important que tous les rigides critères d'éligibilité mis en place par la société.

Frederica aurait une dot confortable, sur laquelle un homme intelligent et travailleur comme Barrington pourrait s'appuyer pour s'établir avec elle dans une bonne et confortable vie. Du reste, Ashley avait quelques années de répit avant de devoir s'inquiéter de cela. Un temps plus que suffisant pour lui permettre de vérifier que l'attachement de ces deux-là était bien sincère, solide et mutuel.

— Que pensez-vous de la propriété Wilstone ? demanda-t-il tout à trac au jeune régisseur, en tirant sur ses rênes pour observer les effets du chaulage sur un champ obstinément improductif.

— C'était certainement une bonne acquisition, milord, répondit Barrington. Il va falloir du travail pour la mettre en valeur, car elle a été longtemps négligée, mais à moyen terme, elle devrait se révéler très productive. Il y a de belles parcelles de bois et les terres bornent le nouveau canal. En fait je pensais que nous pourrions faire construire un quai d'embarquement pour les grumes. L'exploitation du bois devrait rapidement en rembourser l'investissement, avec tous ces nouveaux bâtiments que l'on construit à Londres. Mais je croyais que vous vouliez la revendre ?

— Non, je pense que nous allons la garder…

La conversation avec le jeune régisseur rendait le projet soudain plus concret.

— Mettez cela au point, voulez-vous, Barrington ? Donnons-nous trois ans pour mener l'affaire à bien, puis nous verrons si ça marche.

— Et la maison ? demanda le régisseur, visiblement intéressé. L'ancien propriétaire l'a vraiment laissée à l'abandon, à cause de toutes ses dettes mais elle est saine. Faut-il cependant la vendre et garder les terres ?

— Non, nous ne vendons pas. Remettez-la en état, je vous donne carte blanche, pourvu que le montant des travaux ne dépasse pas ce que nous pouvons nous permettre.

Ils poursuivirent leur chemin, Barrington réfléchissant au projet de faire revivre cette propriété qu'Ashley avait rachetée l'année précédente.

Celui-ci attendit quelques secondes, puis il dit, comme si l'idée venait de lui traverser l'esprit :

— Pour la maison, voyez si ma sœur peut vous aider.

— Miss Frederica ?

— Frederica, oui.

Si tout se passait comme il le prévoyait, Ashley mettrait la propriété dans la corbeille de mariage et si Barrington n'était pas capable de bâtir sa fortune sur ce point de départ, alors c'est qu'il se serait trompé sur son compte.

— Merci, milord, je vais m'en occuper le plus vite possible.

— Appelez-moi donc Reynard, Barrington…

Il avait soudain chaud au cœur à l'idée que son petit plan pourrait réussir. Toutes ces histoires d'amour… il fallait croire qu'il s'attendrissait.

— Mais ne négligez pas tout le reste, évidemment, dit-il d'un ton plus sec, qui effaça le sourire du jeune homme.

— Bien sûr, mil… euh, Reynard.

Avec un peu de chance, Frederica serait ainsi bientôt casée. Anna, plus sociable, n'aurait certainement pas besoin de lui pour dénicher un prétendant adéquat. Quant à Katy, eh bien… il restait au moins quatre ans à Ashley pour faire face au problème, qui s'avérerait probablement un véritable cauchemar. Il avait du mal à imaginer qui aurait une assez forte personnalité et une vigilance assez affûtée pour servir de chaperon, le temps venu, à la benjamine de la famille, à moins qu'un agent de la sureté accepte de s'en charger !

Bel serait sûrement de bon conseil et c'est avec plaisir qu'il lui parlerait de ses sœurs. Il ne doutait pas que le sujet l'intéresserait. Il voyait déjà les beaux yeux gris pétiller de plaisir devant tout ce qui fascinait toujours tant les femmes : les achats, les potins, les mariages…

Il n'était pas le dernier, lui non plus, à faire des couples… Que lui arrivait-il ?

— … continue ?

— Hmm ?

Bon sang, voilà qu'il rêvait tout éveillé à présent ! Barrington attendait visiblement la réponse à une question qu'il venait de lui poser. Mais laquelle ? A priori, il parlait de ce bosquet d'arbres là-bas…

— Absolument, dit-il avec assurance, c'est la meilleure chose à faire.

— Oui, mais par plantation en bouquet d'arbres ou bien continue ?

Tudieu, que voulait-il qu'il en sache ?

— En bouquet, répondit-il à tout hasard.

Les yeux écarquillés, il regardait le bosquet. En d'autre temps, il aurait pu y dissimuler des tireurs embusqués, ainsi que deux obusiers de campagnes, là et là, pour couvrir tout le vallon. Il frissonna. Non, c'était fini tout cela. Plus de violence, plus de combat. Plus de poing serré sur la garde d'un sabre ou la crosse d'un pistolet, à attendre la mort. La paix, la vie, l'amour. On avait soif de tout cela, après toute cette horreur, toutes ces destructions.

12

— Et maintenant, où allons-nous ?

Ashley se dressa sur ses étriers, soudain conscient de la chaleur du soleil sur son dos, de l'odeur de l'herbe et des fleurs des champs, bref, du charme de la campagne anglaise en été. Pour la première fois depuis longtemps, si l'on exceptait les moments où il faisait l'amour à Bel, il sentait les réactions de son corps et son plaisir aux choses simples de la vie.

— La ferme du manoir ? suggéra Barrington. Je voudrais vous montrer la grange, son toit a besoin d'être réparé.

— Une petite course, jusque-là ?

Ashley n'attendit pas la réponse et piqua des deux vers la ferme, savourant la puissance animale du vigoureux hongre entre ses cuisses et le fracas de tonnerre de ses sabots, avec en écho celui du cheval gris du jeune régisseur, derrière lui. Il se demandait si Bel apprécierait tout ceci, si elle aimerait la campagne.

Peut-être allait-il donner après tout, une réception ici et l'inviter.

Il battit son régisseur d'une courte longueur en arrivant dans la cour de la ferme et tira sur ses rênes en riant.

— Je pense à organiser une réception au manoir, Barrington, qu'en pensez-vous ?

— Lady Dereham en sera ravie, j'imagine, répondit le jeune homme en sautant à terre pour attacher son cheval à un anneau scellé dans le mur.

C'était bien là que résidait le problème. C'était folie que croire qu'il allait pouvoir inviter Bel ici. Jamais il ne pourrait dissimuler à sa famille la vraie nature de leurs relations et surtout pas à sa mère, qui verrait immédiatement en elle une candidate au mariage. D'ailleurs, toute la famille allait bientôt partir pour son séjour annuel à Brighton. Cela créerait bien des soupçons, s'il retardait le départ.

Les mains derrière le dos, il se força à revenir à l'instant présent et à examiner le faîtage affaissé du toit de la grange.

— Hmm… avant Noël, il vaudra mieux… Et puis non, mieux vaut réparer tout de suite, pour ne pas devoir laisser les récoltes dehors durant l'hiver.

Bel serait bien surprise si elle pouvait le voir ainsi, dans une cour de ferme, s'inquiétant du toit d'une grange et des récoltes. Que faisait-elle donc, en ce moment ?

En cet instant précis et pour une fois, Bel ne pensait guère à Ashley. Au milieu de la très élégante boutique de Madame Laurent, elle laissait échapper un petit soupir d'exaspération.

— Enfin, Elinor, tu n'as pas envie d'une nouvelle robe ?

— Je n'en ai pas besoin, répétait obstinément sa cousine. Nous sommes venues ici pour toi et non pour moi. Que ferais-je d'une robe du soir ? Je ne suis jamais invitée nulle part, de toute façon.

— Eh bien, choisis une robe d'après-midi ! Quelque chose qui ne soit ni brun, ni beige, ni gris, pour changer.

— Ce sont des couleurs pratiques, répondit calmement Elinor.

— Pas pour le soir.

— Je ne sors pas le soir.

On tournait en rond. Madame Laurent avait diplomatiquement rappelé ses vendeuses dans l'arrière-boutique, dès qu'il lui était apparu qu'un débat faisait rage entre l'une de ses meilleures, quoique nouvelle, clientes et la compagne de celle-ci, étrangement vêtue.

— Comment veux-tu rencontrer des hommes si tu restes cloitrée chez toi ? murmura Bel, acculée à une franchise qu'elle eut préférer garder pour elle.

— J'en rencontre durant la journée, à des conférences, par exemple. Et c'est bien assez pour les affaires où ils peuvent m'être utiles… et qui n'incluent pas le mariage.

— Mais enfin, ne veux-tu donc pas te marier ? demanda, excédée, Bel qui avait bien du mal à s'empêcher d'élever la voix.

— Non et toi non plus, d'ailleurs, à ce que je sais. Alors pourquoi voudrais-tu que moi, je change d'avis ?

— Parce que je ne crois pas que tu sois heureuse sous la férule de ta mère et que le fait que mon mariage m'ait rendue peu encline à souhaiter renouveler l'expérience n'implique pas que toi, tu ne puisses te marier et connaître le bonheur.

« Mais que m'arrive-t-il, songea-t-elle. Pourquoi vouloir ainsi marier les gens contre leur gré ? » En tout cas, Elinor avait bien raison sur un point : elle ne voulait pas se marier. Elle était trop heureuse de profiter à la fois de sa liberté de veuve et des attentions d'un amant.

— Je suis désolée, dit-elle, conciliante, je me suis sans doute laissé entraîner trop loin. Il n'est peut-être pas temps de te trouver un mari. Mais je t'aime beaucoup et je déteste te voir t'enlaidir ainsi. Pourquoi ne pas porter des couleurs qui t'iraient mieux ? Des verts clairs des jaunes ambrés, des teintes marron glacé, même et pourquoi pas du rouge, après tout ?

Bel se sentait presque outragée de voir sa cousine se négliger ainsi.

— Madame Laurent ?

La marchande de nouveautés surgit du fond du magasin.

— Milady ?

— Auriez-vous quelque chose d'élégant, dans des tons qui plairaient à ma cousine et qui soit confortable pour la marche ?

— Je crois que j'ai justement ce qu'il vous faut : Paulette, le sergé rubis et le drap émeraude, s'il vous plaît…

Elinor roula des yeux courroucés.

— J'ai mieux à faire de mon argent.

— Même pour me faire plaisir ? insista Bel.

Et pour faire plaisir à M. Layne, peut-être.

Elle ne baissait pas les bras. Patrick Layne était tout sauf ennuyeux, son caractère semblait enjoué, il était intelligent et travailleur. Parfait.

Tellement parfait, même et Bel en était bien consciente que, n'eut été Ashley, elle aurait fort bien pu avoir un penchant pour lui. Quoi qu'il en soit, elle pouvait bien essayer d'arranger une idylle entre Elinor et lui, même si cela ne menait à rien et profiter elle aussi de sa compagnie.

Bel put persuader sa cousine de faire l'emplette de deux robes de voyage et d'une pelisse assortie pour chacune. Les deux, désespérément sévères et strictement fonctionnelles, mais au moins, dans de jolies teintes.

— Et maintenant ? demanda la jeune fille en montant en calèche, résignée par avance à de nouveaux achats.

— A la librairie *Hookham*, lança Bel au cocher qui leva son fouet pour faire signe qu'il avait compris, avant de se caler avec un soupir d'aise sur les banquettes de cuir crème.

— J'espère que cela ne t'ennuie pas ? demanda-t-elle à sa cousine, laquelle secoua vivement la tête, sans doute soulagée de revenir en terrain familier. Je voudrais y prendre quelques romans, mais surtout me documenter sur les institutions charitables.

— Tu veux apporter ta contribution ?

— Financière, tu veux dire ? Oui, mais je voudrais faire plus que cela. Je veux aider vraiment, en pratique. J'ai l'impression que ma vie est tellement frivole, depuis que je n'ai plus à m'occuper d'un domaine familial. Le dilemme est que j'ai du mal à choisir la cause dont je vais m'occuper. Cela semble facile, mais il y en a tant que j'hésite, d'autant plus que beaucoup ont autant d'intérêt les unes que les autres.

Les deux cousines débattaient toujours des mérites comparés de différentes causes charitables quand leur barouche entra dans Bond Street, puis se gara devant la librairie. La foule paraissait étrangement animée, sur le trottoir du magasin. Alors qu'elle allait descendre de voiture, Bel vit les portiers écarter les passants et jeter dehors deux hommes aux uniformes élimés. C'étaient deux infirmes, dont l'un avait une jambe de pantalon vide, repliée et retenue par une épingle et le deuxième, une jambe complètement raide.

— Allez ouste, leur lança le chef portier, c'est un établissement respectable, ici. Nous ne voulons pas que des racailles comme vous viennent y mendier.

— C'est une honte !

Bel sauta littéralement hors de sa voiture, sans même attendre que son groom lui eut déplié le marchepied et marcha droit sur le portier.

— C'est bien ce que je disais, madame, dit celui-ci en se retournant vers elle, apparemment heureux de ce soutien inattendu. Entrez vite, nous allons les faire déguerpir, soyez sans crainte.

— Mais non ! C'est ce que vous faites qui est une honte, espèce de brute stupide ! Vous traitez de racailles des hommes qui se sont battus pour leur pays. Comment osez-vous les insulter et les maltraiter ainsi ?

L'homme, grand, large et rougeaud, la regarda, les yeux écarquillés et faillit en laisser tomber son impeccable chapeau haut-de-forme.

— Mais... madame, balbutia-t-il... nous sommes à Bond Street.

— En effet. Et si vous pouvez y gagner votre vie, c'est parce que ces hommes ont risqué la leur pour vous, imbécile !

— Vous devriez avoir honte ! surenchérit Elinor en brandissant son ombrelle d'un air belliqueux.

Bel tourna dédaigneusement le dos au portier interloqué et sourit aux deux soldats.

— S'il vous plaît, acceptez ceci.

Elle tira de son réticule un billet de cinq livres et le tendit à l'homme à la jambe coupée.

— Avez-vous... un abri ?

L'homme à la jambe raide produisit un son rauque et Bel comprit qu'il avait dû recevoir une mauvaise blessure au cou, qui avait affecté sa gorge ou bien sa bouche.

— Non, non, n'essayez pas de parler, le coupa-t-elle. Elinor, combien d'argent as-tu sur toi ? Il faut qu'ils voient un docteur d'urgence.

Déjà, sa cousine tendait à son tour un billet. L'homme retrouva un peu de voix pour les remercier.

— Où dormez-vous habituellement ? répéta Bel.

— Où on peut, m'dame. Souvent à Seven Dials, y a des galetas qu'on peut se payer pour quelques centimes.

Bel n'avait pas vraiment idée de ce que pouvait être un galetas, mais elle savait que Seven Dials abritait les pires taudis de Londres. Ce n'était certes pas le lieu le plus indiqué pour des hommes dans leur état.

Il ne lui fallut pas plus d'une seconde pour prendre sa décision.

— Montez dans ma voiture.

— Mais, Bel..., intervint Elinor.

— Ah oui, bien sûr, j'aurais dû y penser. Tante Louisa n'approuverait pas... eh bien, prends la barouche pour rentrer, je vais demander qu'on me hèle un fiacre.

— Peu importe ce que dira maman, mais que vas-tu faire d'eux ?

— Les abriter, déjà.

Bel se tourna vers les deux hommes, qui la regardaient les yeux écarquillés, semblables, dans leur détresse, à deux grotesques et touchantes figures de carnaval.

— Je peux vous loger au-dessus de mon écurie, leur expliqua-t-elle. C'est propre, sec et il y a de la place. Vous pourrez vous laver, manger et mon médecin s'occupera de vous. Vous voulez bien me suivre ?

— Bel, protesta faiblement Elinor. Fais attention, tout de même… Tu ne connais pas ces hommes.

— James est avec moi, répondit sa cousine en montrant son groom qui essayait vainement de lui faire valoir que le majordome, son chef direct, n'allait pas apprécier du tout cette initiative.

— M. Hedges va m'arracher les yeux, milady, protesta le jeune domestique.

Les deux dames l'ignorèrent.

— Si tu le laisses avec la barouche, tu n'auras plus personne pour te défendre, fit observer Elinor, toujours pratique. Il faut donc que je vienne avec toi.

Sans un regard pour le pauvre groom ; Elinor monta prestement dans la petite calèche et fit signe aux deux ex-soldats de la rejoindre.

— Allons, les pressa Bel. Vous n'avez pas eu peur de Napoléon, vous n'allez pas trembler devant deux dames anglaises ?

— Euh… non m'dame !

Elle reçut un salut des plus règlementaires et celui des deux qui pouvait parler l'informa qu'ils s'appelaient Jem Brown et Charlie Lewin, et qu'ils avaient appartenu au 14e bataillon du Buckinghamshire. Lewin avait été blessé au cou à la bataille de Quatre-bras, la veille de Waterloo, mais sa blessure n'avait pas été jugée trop grave alors et il avait reçu l'autre le lendemain, lors de l'affrontement principal.

— Il est resté toute la journée dans la boue, la jambe fracassée, m'dame, expliqua son compagnon. Moi, j'ai eu plus de chance. Un boulet me l'a enlevée net.

Bel frémit, se demandant comment sa tante Louisa réagirait si elle lui ramenait sa fille évanouie. Mais Elinor était d'une étoffe plus solide que cela.

— Il faut appeler le docteur en priorité, dit-elle fermement et aussi envoyer chercher de quoi faire des pansements et des compresses.

Arrivés à Half Moon Street, ils contournèrent la maison vers les communs et Bel envoya James chercher Hedges ainsi qu'un valet, tandis qu'elle aidait les deux hommes à descendre de voiture. Elle s'était attendue à rencontrer de l'opposition de la part de son majordome, or Hedges traversa la cour, le visage sévère, s'arrêta devant les blessés et les examina un instant. Les deux soldats supportèrent cet examen avec plus de calme que Bel ne l'aurait cru. Enfin le majordome grogna :

— Je m'en occupe, milady. Installez-vous là-haut, vous deux.

Puis il les regarda monter l'escalier et se tourna vers Bel.

— J'ai eu un neveu gravement blessé à la bataille de Salamanque, milady, lui dit-il doucement. Il a fini par en mourir, une fois rentré en Angleterre. Mais au moins, il est parti dans les bras de sa mère et entouré de ceux qu'il aimait. S'il n'avait pas eu de famille, il aurait fini comme ces deux-là et je ne veux même pas y penser.

Il eut l'air un instant de vouloir ajouter quelque chose, puis son visage reprit son masque d'impassibilité professionnelle.

Bel resta en arrière, tandis que Hedges répartissait les tâches, envoyait chercher le médecin et ordonnait qu'on apporte deux baignoires et de l'eau chaude.

— Il faut vous laver, expliqua-t-il. Vous ne pouvez pas rester chez milady dans cet état, même en dormant dans le grenier. Après, vous verrez le médecin, puis on vous donnera à manger.

Hedges redescendit l'escalier pour la rejoindre.

— Si milady me le permet, je dirai que la façon dont l'armée traite ceux qui la quittent est une honte pour notre pays. La marine fait mieux, je dois le dire.

Hedges se retourna pour regarder pensivement le grenier, puis revint à Bel.

— Combien milady et mademoiselle ont-elles ramené de ces malheureux ?

— Mais… ces deux-là seulement, répondit Elinor d'une voix faible, tandis que Mme Hedges arrivait en renfort, avec une fille de cuisine.

— Combien croyez-vous que nous pouvons en prendre encore, Hedges ? demanda Bel.

— Là-haut, milady ? Je dirais six ou sept.

— Vois-tu Elinor, dit Bel en se tournant vers sa cousine avec un petit sourire. Je n'avais pas à chercher bien loin pour trouver ma bonne cause, c'est elle qui m'a trouvée toute seule.

Ashley resta dix jours dans le Hertfordshire, surpris lui-même du plaisir qu'il y éprouva, à s'intéresser à l'économie de son domaine familial plus qu'il ne l'avait jamais fait du vivant de son père, ou depuis, alors que le vieux Simmons, le précédent régisseur était en fonction.

John Barrington était un très stimulant compagnon de travail, sa mère et ses sœurs avaient cessé au bout de deux ou trois jours de le couvrir d'attentions embarrassantes et le soleil brillait. Si Bel ne lui avait pas tant manqué, il aurait pu rester là et continuer ses activités rustiques jusqu'à la saison de la chasse.

Mais elle lui manquait et pas seulement dans son lit, comme il l'aurait cru, quoique la faim qu'il avait d'elle parût inextinguible. Maintes fois, il s'était tourné et retourné sur sa couche, cherchant vainement le sommeil, jusqu'au moment où, jetant l'éponge, il sortait plonger dans le lac, ce qui ne le calmait que momentanément, car ce bain nocturne éveillait dans son imagination des images de Bel, son corps nu couleur de perle sous l'argent du clair de lune, glissant comme un poisson dans l'eau fraîche et entre ses mains avides.

Sa conversation lui manquait et c'était cela, surtout, qui le surprenait. Jusque-là, il n'avait pas réalisé pleinement à quel point il prenait plaisir à leurs discussions si ouvertes, quand ils échangeaient opinions et confidences sans même vraiment s'en apercevoir. Il savait par exemple qu'elle n'aimait pas les tissus rayés et que l'engouement de l'époque pour tout ce qui pouvait rappeler l'Egypte ancienne n'était pas vraiment de son goût. Il n'ignorait pas non plus qu'elle préférait l'opéra au théâtre parlé et la musique de chambre aux orchestres symphoniques, point sur lequel ils étaient en désaccord. Il savait qu'elle aurait voulu avoir un chien, non un chat et qu'elle adorait monter à cheval. Or, s'il était lui aussi un cavalier enthousiaste, il aimait voir des chats dans la maison.

Bel se déclarait *whig*, plutôt que *tory*, mais se méfiait de la plupart des politiciens en place et elle ne faisait pas mystère de détester les sermons trop longs aux offices religieux, ce qui ne manquerait pas, pour le premier point, de la faire s'opposer à plusieurs de ses voisins et, pour le second, de la faire s'ennuyer mortellement aux messes dites par le recteur local. C'est d'ailleurs en formulant cette pensée qu'Ashley avait compris qu'il l'imaginait sans cesse auprès de lui, ici, à Coppergate, lui donnant la réplique et donnant au porcher de la ferme du manoir de judicieux conseils sur l'élevage de ses cochons.

Malgré tous ses efforts pour demeurer calme, Ashley

sentit son cœur battre beaucoup plus vite quand il s'attaqua à la pile de lettres et de billets que son valet Race lui monta de la réception de l'hôtel Albany, à leur retour à Londres.

Il avait écrit trois jours avant pour demander qu'on ne lui fasse plus suivre aucun courrier dans le Hertfordshire et il y en avait donc beaucoup.

Mais il n'y avait aucun petit billet signé d'un « B », pour lui souhaiter bon retour, ni pour fixer un rendez-vous, bien qu'il lui eût envoyé une lettre dans laquelle il s'enquérait ostensiblement de ses besoins et lui proposait de passer dès qu'il serait rentré à Londres. Déçu, Ashley se versa un verre de madère et se mit à feuilleter la pile, mettant les factures de côté pour plus tard. Il avait passé deux semaines à en examiner à la campagne, celles-ci pouvaient bien attendre un peu.

Invitations, réclames, sollicitations diverses, encore des invitations… Il ouvrit une enveloppe, dont l'élégante écriture à l'encre noire lui parut vaguement familière et s'aperçut que la lettre venait de Bel. Il ne s'agissait pas d'un billet intime mais d'une invitation très formelle à venir prendre le thé le lendemain à 15 heures.

Ashley replia la feuille de papier et s'assit, la tapotant pensivement sur ses lèvres en essayant de deviner ce que cela pouvait bien signifier. Lui donnait-elle son congé ou bien s'enhardissait-elle jusqu'à vouloir s'afficher avec lui devant ses domestiques ? Ou bien… quoi d'autre encore ?

Il déplia de nouveau la lettre et la relut. Non, elle ne devait pas avoir l'intention de le quitter. Le ton, quoique formel, sans doute par précaution, était chaleureux. Il ressentait bien la même chaleur que d'habitude dans son bas-ventre quand il pensait à elle, mais par-dessus cela, il ressentait le besoin lancinant de la voir, de lui parler et de la tenir dans ses bras. Qu'avait-elle fait durant son absence ? Que penserait-elle de la façon dont il avait occupé son temps à la campagne ? Il était impatient d'avoir son avis sur tout ce qu'il avait fait pour aider sa sœur Frederica à vivre son histoire d'amour et aussi pour tous ses projets concernant la vieille maison.

— Milord ?

— Mmm, oui ?

Race se tenait près de lui, un air souffrant sur le visage. Cela faisait sans doute plusieurs secondes qu'il essayait d'attirer l'attention de son maître.

— Je suis désolé, Race. Vous me parliez ?

— Je demandais quels vêtements vous souhaiteriez porter ce soir, milord ?

— Je pense me rendre chez White, donc quelque chose qui convienne… et pour demain après-midi, ma fine jaquette bleu sombre avec la culotte coquille d'œuf, s'il vous plaît…

— Bien milord, tout à fait approprié à la circonstance, si je puis me permettre…

Race eut un sourire discrètement complice et s'en fut avant qu'Ashley eût pu réagir. Décidément, il était bien difficile de cacher quoi que ce soit à son valet.

13

A 15 heures précises, ce mardi après-midi, Ashley gravissait les marches du perron de son ancienne maison et frappait à la porte, que Hedges lui ouvrit. Le majordome l'accueillit avec un respect que leur dernière rencontre, la fameuse fois où il avait passé la nuit dans un lit qui n'était pas le sien et où il tenait une gueule de bois de tous les diables, ne justifiait pas.

— Bonjour, milord. Milady vous attend dans le salon.

Ashley tendit son chapeau et ses gants à un valet, tandis qu'Hedges ouvrait une porte et annonçait :

— Lord Dereham, milady.

Il l'introduisit et referma la porte avec discrétion.

Bel vint vers lui, la main tendue, les lèvres entrouvertes comme si elle allait parler.

Il ne lui en laissa pas le temps. Il retira sa jaquette en un éclair. En deux enjambées il fut auprès d'elle et elle fut dans ses bras. Il prit sa bouche, ses tendres formes pressées contre son corps et s'abreuva de son goût et de son odeur, comme un homme mourant de soif.

Elle frémit dans ses bras et à son tour, elle s'enflamma. Elle s'agrippa à sa poitrine, son cœur battant aussi follement que le sien. En l'embrassant à pleine bouche, il la poussa à travers la pièce, au-delà des fauteuils placés devant la cheminée et vers le sofa. Et encore, il résistait à l'envie de la renverser, là, sur le tapis.

Une main serrée sur la délicieuse courbe de ses fesses, il la sentait brûler d'un désir au moins aussi ardent que le sien. Ils y étaient presque, à moins d'un mètre du canapé. Du coin de l'œil, Ashley aperçut un plateau d'argent sur une table basse, commença à manœuvrer pour l'éviter, tout en goûtant éperdument le miel humide et chaud de la langue de Bel, puis il s'immobilisa. Le plateau était chargé de tasses, de soucoupes et d'assiettes contenant plus de gâteaux que deux personnes auraient pu en manger durant toute une semaine. Et soudain, Bel eut un sursaut effrayé et elle lui mordit cruellement la langue. Effaré, il poussa un grognement de douleur. C'est alors que retentit une voix de tonnerre.

— Voulez-vous bien la lâcher, espèce de débauché ?

Bel s'écarta vivement des bras d'Ashley. Son expression épouvantée contrastait avec le masque outragé de lady Ravenhurst, qui venait de surgir des profondeurs d'un fauteuil Voltaire pour délivrer sa nièce des assauts furieux d'un ignoble mâle en rut.

Aux yeux d'un observateur étranger à la scène, celle-ci, il est vrai, ne devait pas manquer de sel. Une farce de première grandeur. Mais Bel, elle, la voyait se dérouler avec une grande appréhension. Il n'y avait rien là qu'elle puisse raisonnablement expliquer et encore moins justifier. A présent, aux yeux de sa tante et du monde, sa réputation était perdue.

— Eh bien, monsieur, qu'avez-vous à dire ?

Ashley se tourna lentement vers la tante Louisa. Le visage de la digne lady, lorsqu'elle le reconnut, était l'image même de la surprise horrifiée.

— Lord Dereham ? Mais que signifie…

— Lady Ravenhurst, je puis tout expliquer…

— Mais j'y compte bien !

Bel s'appuya contre un accoudoir du sofa pour ne pas défaillir. Expliquer ? Mais comment le pourrait-il ? Comment diable, d'ailleurs, cela était-il arrivé ? Elle était si heureuse, si satisfaite de son existence et voilà que tout s'écroulait autour d'elle !

Elle vacilla, sûre que tout son sang s'était retiré de son visage. La nuque d'Ashley était très rouge mais sa voix demeura ferme pour affronter la terrible veuve.

— La force de ma passion…

— Ah ! C'est ainsi que vous appelez cela, espèce de débauché ! Libertin ! le coupa Tante Louisa.

— … pour lady Belinda m'a aveuglé et porté à croire que mes sentiments étaient réciproques. Je suis venu ici aujourd'hui dans l'intention de lui proposer le mariage et…

— Comment ?

Le mot franchit les lèvres de Belinda sans qu'elle puisse le retenir. Ni l'un ni l'autre ne lui répondit. Ils n'avaient pas l'air seulement conscient de sa présence.

— En résumé, milady, le fait, nouveau pour moi, de me trouver seul avec elle a enflammé mes sens et fait perdre toute prudence… C'est pourquoi j'ai… plaidé ma cause avec, je le reconnais, plus de zèle que de correction.

— C'est le moins qu'on puisse dire ! Vous vous apprêtiez à violenter cette pauvre enfant sur le canapé, monsieur ! Il n'y a là ni zèle ni passion, mais bien plutôt les bas instincts de quelque animal. Regardez-vous ! Vous n'êtes qu'à demi vêtu…

— Est-ce que quelqu'un va m'écouter, à présent ?

Désespérant de se faire entendre, Bel donna un coup

de poing dans les côtes d'Ashley, le forçant à se tourner vers elle. Il était en manche de chemise, un pan de celle-ci hors de sa culotte et sa cravate était dénouée.

— Lord Dereham, lui dit-elle aussi posément qu'elle le pouvait, le choc consécutif aux paroles de son amant secret étant plus grand encore que celui provoqué par sa tempétueuse arrivée, je ne crois pas vous avoir encouragé, dans les quelques occasions où nous nous sommes rencontrés, à entretenir de tels espoirs.

— En effet, milady, répondit-il sans s'émouvoir. Rien de ce que vous m'avez dit n'a pu m'autoriser, plus qu'un autre, à demander votre main.

— Pourquoi, dans ce cas… ?

— Vous devez pardonner à un homme dont les sentiments sont trop impérieux pour rester plus longtemps dissimulés. Je n'ai pu faire autrement… que de vous les démontrer.

Il était tourné vers elle, de telle façon que Tante Louisa ne pouvait le voir. L'expression de son visage semblait l'implorer d'accepter son étrange proposition. Il bougea les lèvres et Bel put y lire, comme dans un livre ouvert : « dites oui, je vous en prie. »

L'épouser ? Bel sentit sa bouche s'ouvrir et se refermer, comme une carpe dans un bassin, mais aucun son n'en sortit.

— Eh bien, vous avez atteint votre but, jeune homme, intervint Tante Louisa, toujours vibrante de colère. Car il va certainement vous falloir en effet épouser ma nièce, après cette dégoûtante démonstration de lubricité.

— Non !

Cette fois, Bel était parvenue à tirer un son de sa gorge serrée.

— Non, je ne l'épouserai pas.

— Tu le dois, espèce d'écervelée, gronda sa tante. Il y va de ta réputation.

— Bel… lady Belinda… il le faut, songez au scandale.

— Etant donné que ma tante est la seule personne à avoir été témoin de cette scène affligeante et sachant qu'elle ne veut que mon bien, je ne vois pas comment ce scandale pourrait sortir d'ici, milord, répondit Bel d'un ton glacial.

En tournant un peu la tête, elle vit son propre reflet dans le miroir. Sa bouche était rouge et gonflée des baisers d'Ashley, sa coiffure à demi défaite et le joli fichu qu'elle avait noué autour de son cou était une loque.

— Oh mon Dieu, comme me voilà mise !

Ashley essaya de passer par-dessus les cris d'horreur de Bel et les murmures furieux de lady Ravenhurst.

— Lady Belinda, je vous en prie écoutez-moi…

Bel le gifla en pleine face.

Elle l'avait fait sans le préméditer, sa main s'élevant par un réflexe qui la surprit autant que lui.

— Comment osez-vous ? murmura-t-elle. Comment osez-vous prétendre me forcer à quelque chose que je refuse absolument, que jamais je n'accepterai de nouveau ?

Il y eut un silence. Ils se fixaient, les yeux dans les yeux. Bel sentit monter les larmes et les refoula. Les iris d'Ashley étaient très sombres, sans doute de colère contre elle et contre ce à quoi son code de l'honneur l'obligeait. Il avait l'empreinte rougie des doigts de Bel sur ses joues, comme une marque d'infamie. Mais la honte était plutôt pour elle.

Des murmures leur parvinrent du couloir et ils se regardèrent tous trois, en alerte, tandis que la clenche jouait dans la serrure. Bel n'eut que le temps de bondir et de se glisser par l'autre porte, celle qui donnait sur l'escalier de service. Déjà, Hedges annonçait :

— Lady Wallace, lady Maude Templeton, miss Ravenhurst et le révérend Makepeace, milady.

Comment Tante Louisa et Ashley allaient pouvoir expliquer la présence de celui-ci en manches de chemises dans son salon, Bel n'en avait aucune idée. Elle poussa la porte qui donnait sur le petit jardin en se disant, furieuse, que cela lui était après tout bien égal.

C'était plutôt une cour qu'un jardin, aussi large que la maison, mais à peine profonde de quelques mètres, un espace pavé, garni de jardinières et de plantes en pot. Malgré sa taille modeste, c'était toutefois un endroit où il était plaisant de s'asseoir pour y prendre le soleil, par un bel après-midi comme celui-ci. En descendant les quelques marches qui y menaient, Bel se souvint, mais un peu tard, qu'elle avait prié les anciens soldats qu'elle abritait dans son grenier de l'utiliser aussi souvent qu'il leur plairait. Aujourd'hui, ils l'avaient prise au mot.

Ils étaient cinq, sur ses huit pensionnaires actuels, ramenés par les soins diligents de l'un des deux premiers, Brown, qu'elle avait chargé de patrouiller les rues en fiacre. Grâce aux soins et à la bonne nourriture, il avait vite repris des forces, ce qui n'était malheureusement pas encore le cas de son ami Lewin, toujours confiné dans son lit.

Ils essayèrent tous vaillamment de se lever à son arrivée, avec plus ou moins d'effort et la regardèrent en silence. Seul Brown s'avança vers elle.

— Qu'est-ce qui vous arrive, m'dame ? Est-ce qu'un gars vous aurait touchée ?

Ses gros poings se serrèrent.

— Faut me le dire, pis je m'occuperai de lui…

D'une main tremblante, Bel remit en place comme elle le put quelques-unes de ses épingles à cheveux.

— Non, non, personne, s'empressa-t-elle de répondre. C'est juste que… je viens d'avoir une dispute stupide avec un ami… Je… je suis désolée, j'avais oublié que vous étiez là.

— On va vous laisser, m'dame, vous pourrez être tranquille, vous en faites pas…

S'apercevant qu'elle n'était pas dans son état normal et visiblement à bout de nerfs, ils commencèrent à se diriger vers la porte. Bel se dit qu'ils devaient avoir peur qu'elle n'éclate en sanglots.

— Non, je vous en prie, ne partez pas, leur dit-elle. Restez, je vais m'asseoir un moment avec vous. Et d'abord, dites-moi, comment allez-vous, tous ?

Elle se força à sourire et les vit qui commençaient à se détendre.

— Bien, m'dame. Lewin, il s'assied dans son lit et il commence à retrouver l'appétit, avec la bonne soupe de Mme Hedges. Jock, ici…

Il montra d'un signe de tête un taciturne écossais avec un bandeau sur l'œil, qui semblait résigné à ce qu'on ne l'appelât plus autrement que par le surnom habituel que l'on donne en Angleterre aux gens de sa région.

— … son pied va bien mieux. Et j'ai trouvé deux autres gars ce matin. Le docteur, il les voit en ce moment.

Il continua, s'expliquant avec une relative aisance et une réelle autorité. Bel se demanda pourquoi on n'avait pas pensé à en faire un sergent. Il semblait avoir les qualités requises. Il faudrait qu'elle demande à Ashley comment on choisissait et nommait les sous-officiers. Si du moins, ils se reparlaient jamais…

*
* *

Ashley jeta un coup d'œil à travers la pièce, vers sa jaquette, abandonnée dans le fauteuil où il l'avait laissée. Déjà la porte s'ouvrait. Jamais il ne pourrait l'enfiler à temps et de plus, la marque écarlate des doigts de Bel sur sa joue l'accusait indubitablement.

Tout cela prenait la forme d'une farce grinçante et il faillit un instant baisser les bras, avant que les réflexes militaires ne reprennent le dessus. Réfléchir, improviser, survivre. C'était les préceptes qu'on lui avait appris. Si c'était une farce, alors le salut viendrait peut-être d'une comédie plus grossière encore.

— Criez ! ordonna-t-il brusquement en soulevant soudain lady Ravenhurst de terre et en la déposant sur une chaise. Et restez là-haut.

La digne lady poussa un cri étranglé et balança les bras pour assurer son équilibre. En entendant les voix des invités qui entraient dans le salon, Ashley plongea sous la chaise longue, un tisonnier à la main, pris au passage dans la cheminée.

Il entendit la porte se refermer et les conversations s'arrêtèrent brusquement. A l'évidence, les nouveaux arrivants venaient d'entrer en scène.

— Sacrebleu ! s'exclama-t-il, en ressortant et en se remettant sur ses pieds devant deux jeunes dames, une formidable matrone et un vicaire.

— Je vous demande pardon, leur dit-il d'un air confus, veuillez excuser, je vous en prie, mon langage.

— Lord Dereham, lança, superbe, lady Ravenhurst sur son perchoir instable, ceci est un outrage caractérisé !

— Je suis désolé, milady, répondit Ashley, mais il a filé dans un trou du mur. Trop rapide pour moi… Vous n'aviez pas besoin de me gifler, ajouta-t-il d'un air de reproche, je ne vous ai mise dans ce fauteuil que parce que je craignais qu'il ne se réfugie sous vos jupes.

Il se tourna vers les autres invités.

— Un rat, expliqua-t-il. Un très gros.

Ceux-ci, médusés, le virent replacer son tisonnier dans la cheminée puis il tendit sa main à lady Ravenhurst, qui l'accepta d'un air hautain, afin de l'aider à descendre de son perchoir.

— Vous êtes très ingénieux, jeune homme, laissa-t-elle tomber à mi-voix d'un air entendu, en se rasseyant avec dignité dans un fauteuil.

— … de lui jeter ma jaquette pour tenter de le capturer, voulez-vous dire ? enchaîna-t-il, sautant sur l'occasion pour expliquer le désordre de sa tenue. Ingénieux, peut-être, mais bien maladroit, j'en ai peur. Je l'ai manqué de vingt bons centimètres.

— Si milord veut bien me permettre, dit Hedges en s'approchant, le vêtement vigoureusement épousseté à la main. Je vais tout de suite faire appeler un dératiseur.

Il se tourna vers lady Ravenhurst.

— Milady veut-elle que je serve le thé, ou dois-je attendre le retour de lady Belinda ?

La digne dame fusilla de nouveau Ashley du regard et parut hésiter un instant. Mais elle dut reconnaître que pour le bien de Bel, elle devait coopérer avec lui.

— Servez, s'il vous plaît, Hedges, répondit-elle, les lèvres pincées.

Elle se tourna vers les invités.

— Ma nièce a renversé du lait sur sa robe et elle s'est retirée un peu précipitamment pour se changer. Mais je vous en prie, asseyez-vous, je suis sûre qu'elle ne sera pas longue…

Elle montra les sièges autour de la table.

— Lady Wallace, quelle chance que vous ayez pu être des nôtres, je craignais que vous ne soyez pas rentrée à temps d'Exeter...

— Si vous voulez bien m'excuser, dit Ashley, je vais me laver les mains.

Il passa dans le corridor tandis que l'on commentait, en prenant place, l'aventure de lady Ravenhurst, avec force exclamations.

— Où est lady Belinda ? demanda-t-il à Hedges, dès qu'il eut refermé la porte.

— Dans le jardin, je crois, milord.

Le majordome le regarda de son éternel air de détachement professionnel.

— Si vous voulez bien passer dans la salle à manger, milord, je vais vous apporter de l'eau chaude et une serviette. Milord voudra peut-être également rajuster sa cravate, qui est légèrement dénouée...

Il réapparut quelques instants plus tard, toujours aussi impassible.

— Dois-je demander au dératiseur de passer, milord ?

— Non, Hedges et vous savez fort bien pourquoi.

Envoyer plus sèchement encore le digne et discrètement réprobateur majordome s'occuper de ses propres affaires était certes tentant, mais n'avancerait à rien et pourrait même faire empirer les choses.

Ashley se savonna vigoureusement les mains, toutes ses émotions se bousculant en lui.

« Je lui ai demandé de m'épouser. Pourquoi m'a-t-elle giflé ? Croit-elle que je ne suis pas sincère ? Il est vrai que je paraissais y être obligé. »

Il s'essuya, puis remit sa cravate à peu près en ordre.

Brummel eut sans doute froncé le nez devant le piètre résultat obtenu.

— Bien, milord. Puis-je signaler à milord que lady Belinda paraissait quelque peu… troublée, quand je l'ai croisée ?

Encore un délicat euphémisme, probablement. La joue d'Ashley lui brûlait encore, comme du feu.

— Eh bien, elle n'est pas la seule.

— Il faut que milord sache… le jardin…

— Plus tard, Hedges, lança-t-il par-dessus son épaule en se dirigeant vers la porte.

« J'ai une demande en mariage à refaire, d'abord. »

Ashley ouvrit la petite porte et s'arrêta net. Il s'était attendu à trouver Bel faisant les cent pas, ou bien en larmes dans un coin. Quelle ne fut pas sa surprise de la trouver assise au milieu d'une bande d'individus dépenaillés, en lambeaux d'uniformes, vision tout à fait incongrue au milieu des topiaires et des pots de fleurs.

— Qu'est-ce que… ?

S'étaient-ils introduits là par effraction et y avaient trouvé Bel, seule et sans défense ?

Il les évalua d'un rapide coup d'œil. Ils étaient cinq, la serrant de près. Mais non seulement Bel n'en paraissait pas le moins du monde alarmée, mais c'était Ashley qu'elle regardait avec méfiance, comme si c'était lui et non eux, qui représentait une menace.

Le grand flandrin qui était juste à côté d'elle le regarda, puis se tourna de nouveau vers Bel comme pour l'interroger.

— C'est lui, l'ami qui vous a embêtée, m'dame ? demanda-t-il. Voulez-vous qu'on le fasse sortir ?

— C'est lord Dereham, répondit-elle en hâte. Le

major Dereham. Je n'ai pas besoin d'être protégée de lui, je vous assure.

— Major ? Gaaaaaaaaarde à vous !

Tout le groupe se leva pour rectifier la position et Ashley put voir qu'ils avaient tous été blessés, à des degrés divers et que leurs uniformes, quoiqu'en loques, étaient propres et rapiécés.

— Repos, repos, leur dit-il en descendant les quelques marches. Je suis civil à présent, comme vous.

Il continua à les évaluer de l'œil, malgré tout toujours sur ses gardes.

— Vous êtes tous des connaissances de lady Belinda ?

— Oui, mon commandant. Et je vous connais, moi aussi. Je vous ai vu à Waterloo, juste avant la fin…

Le rocailleux accent écossais attira l'attention d'Ashley

— Ah oui ?

— Oui et je suis bien surpris de vous revoir en un seul morceau, après ce que vous avez fait. Un vrai brave, les gars, que le major, ça oui !

Ashley ne tenait pas à s'étendre sur les détails de cette dernière charge et surtout pas maintenant.

— J'ai eu plus de chance que vous et vos amis, on dirait… et vous êtes tous là… pour quelle raison ?

— Ils habitent ici, répondit fermement Bel en s'avançant d'un pas.

Beaucoup n'y aurait rien vu d'anormal, mais Ashley pouvait lire clairement la tension en elle, à ses épaules raidies et ses yeux blessés. Il avait improvisé comme il l'avait pu, mais elle ne s'en sortait visiblement pas indemne. Qu'allait faire son vieux dragon de tante, à présent ?

Il réalisa qu'elle parlait toujours des soldats et se força à mieux l'écouter.

— …dans les communs. Ils sont huit, en ce moment.

— C'est pour cela que vous m'avez invité ?

Il commençait à comprendre. Bel avait rassemblé des anciens combattants un peu partout et voulait des conseils pour savoir que faire d'eux.

— Exactement.

Elle se tourna de nouveau vers le petit groupe.

— Il faut que je retourne à l'intérieur. Si vous avez besoin de quoi que ce soit, n'hésitez pas à le demander à Mme Hedges. Je repasserai vous voir un peu plus tard.

Ils la traitent avec respect, songea Ashley en étudiant leurs visages à la dérobée, tandis qu'elle revenait vers la porte. D'où qu'ils vinssent et quels que fussent leurs histoires personnelles, ils ne paraissaient pas vouloir profiter d'elle.

Il les salua d'un bref signe de tête et la suivit, fermant la porte derrière eux pour se retrouver seul avec elle dans le couloir vide.

— Bel, je…

— Comment avez-vous pu, Ashley ? lui demanda-t-elle, d'une voix vibrante de colère difficilement retenue.

— Je ne savais pas qu'il y avait quelqu'un avec vous…

Elle le coupa en secouant impatiemment la tête.

— J'ai bien vu que vous me croyiez seule, ce n'est pas cela. Pourquoi m'avez-vous demandé de vous épouser ? Je croyais que je pouvais vous faire confiance.

— Bon sang, Belinda ! Bien sûr que vous pouvez me faire confiance…

L'effort qu'il devait déployer pour ne pas élever la voix lui faisait mal à la gorge.

— … Et croyez bien aussi que j'agirai pour le mieux, je…

— Balivernes ! Vous êtes comme les autres !

Stupéfait, abasourdi, Ashley lui barra le passage alors qu'elle voulait rejoindre le salon.

— Bel, mon honneur exige que je vous épouse.

— Ah, nous y voilà ! Il faut nous marier pour que votre honneur soit satisfait, c'est cela ?

— Oui.

— Eh bien non, non et mille fois non ! Il faut être deux pour cela, milord et si jamais je me remarie — ce dont je doute absolument — cela ne sera certainement pas pour sauver l'honneur d'un homme !

— Je vois, je suis seulement « un » homme parmi d'autres, pour vous, c'est bien cela ?

Pendant un instant Ashley crut bien qu'elle allait le gifler de nouveau. Elle le regarda fixement, les sourcils levés.

— Non, lui répondit-elle, vous n'êtes pas « un homme parmi d'autres ». Vous êtes celui avec qui j'ai une liaison et franchement, pour le moment, je ne sais pas ce que je vais faire de vous.

14

Mais ils ne pouvaient rester ainsi, dans ce couloir, à se fixer comme des chiens de faïence. Il y avait plus urgent à faire.

Bel poussa Ashley vers la porte la plus proche, celle de la salle à manger, où ils entrèrent.

— Que s'est-il passé, après mon départ et comment avez-vous expliqué que vous étiez en chemise ? demanda-t-elle.

Sa réputation était-elle détruite ? Bel referma la porte et s'y adossa. Qu'est-ce que les invités avaient pu voir et au nom du ciel, qu'avait dit Tante Louisa ?

Ashley la regarda un instant, puis il lui répondit de façon aussi précise et concise que s'il présentait un rapport à un supérieur.

— J'ai prétendu qu'un gros rat était soudainement apparu et que, de surprise, vous aviez renversé du lait sur votre robe, ce qui vous avait obligée à aller vous changer. J'ai soulevé votre tante et l'ai posée debout sur un fauteuil, pour expliquer la trace de gifle sur ma joue. Puis j'ai prétendu avoir lancé ma jaquette sur le rat et l'avoir manqué. Entre-temps, je me suis jeté sous la chaise longue, un tisonnier à la main, dès que j'ai entendu les invités entrer.

— Vous avez une belle imagination ! lui lança-t-elle, le choc commençant, en elle, à faire place à la colère.

Elle aurait dû lui être reconnaissante de son ingéniosité, mais n'y parvenait pas.

— Cela m'a semblé expliquer toute la situation. Je n'avais guère de temps pour y réfléchir.

— Et votre explication à ma tante, croyez-vous qu'elle ait été aussi satisfaisante ?

Ashley sourit brièvement en touchant sa joue endolorie.

— Apparemment pas…

— Non, en effet ! Je ne peux pas vous parler pour le moment. Je dois y retourner et vous pourrez me rejoindre dans quelques minutes. J'ai besoin de l'assurance que vous vous conduirez devant mes invités comme si nous étions de simples connaissances. Est-ce trop vous demander ?

— Non, je pense pouvoir faire cela.

Sa voix était froide, ses yeux durs.

« Que le diable l'emporte ! songea Bel en sortant de la salle à manger pour passer dans le salon. Il me met dans une situation impossible, puis il est en colère parce que je ne lui suis pas reconnaissante de son offre de mariage. »

— Bonsoir ! Je suis désolée d'avoir été absente au moment de votre arrivée, quel événement absolument ridicule !

Bel plaqua un sourire mondain sur ses lèvres pour serrer la main de lady Wallace et du révérend Makepeace.

— Tante Louisa, je suis désolée de vous avoir abandonnée, mais j'ai une véritable phobie de ces créatures et je cède à la panique dès que j'en vois une… Lady Maude, cousine Elinor…

Tous se rassirent et on lui fit place auprès de lady

Maude qui, d'après la rumeur, allait être bientôt fiancée à l'un des cousins de Bel et Elinor, Gareth Morant, comte de Standon. Si c'était vrai, les intéressés ne semblaient guère pressés d'en faire l'annonce. Lady Maude était intelligente, riche et avait de nombreuses relations.

— Où donc est lord Dereham ? demanda-t-elle d'une voix qu'elle espérait légère, tandis que sa tante lui passait une tasse de tasse de thé.

— Il est allé se rajuster un peu, après avoir plongé sous la chaise longue à la poursuite d'un rat.

L'expression du visage de lady Ravenhurst décourageait quiconque d'épiloguer sur le sujet. Mais lady Maude qui avait la réputation d'une originale, ne parut s'apercevoir de rien, à moins qu'elle fît exprès de mettre les pieds dans le plat. Bel n'était pas bien sûre de laquelle des deux explications il lui fallait privilégier.

— Lord Dereham pourchassant courageusement cette créature, et à demi dévêtu, j'avoue que j'aurais aimé assister plus longtemps à cela. Quand il a surgi de sous la chaise longue, en manches de chemise et le tisonnier à la main, j'en ai été comme tétanisée.

— Très divertissant, en effet, coupa Elinor, à qui n'avait échappé ni le visage réprobateur de sa mère ni le sourire crispé de Bel. J'espère que milord nous rejoindra bien vite. Je suis très curieuse d'entendre les avis qu'il ne manquera certainement pas de nous donner quant aux soldats dont nous nous occupons.

— Le révérend Makepeace ne manque pas d'expérience à ce sujet, lui non plus, dit lady Wallace avec une gracieuse inclinaison de la tête en direction du vicaire entre-deux âges qui grignotait un toast dans son coin. C'est pourquoi je lui ai demandé de se joindre à notre petit groupe.

— Merci, milady…

L'intéressé reposa son bout de toast et regarda ces dames d'un air un peu narquois.

— J'ai en effet quelque expertise dans le domaine des œuvres charitables, comme vous me faites l'honneur de l'indiquer et je dois dire à mon grand regret que les anciens combattants ne sont pas toujours les plus dignes d'attention parmi les miséreux. La plupart sont ignorants et font preuve d'un regrettable esprit d'indépendance.

— N'est-ce pas plutôt une vertu ? intervint Bel et d'ailleurs, il ne s'agit pas seulement de charité. Ces hommes, ou du moins beaucoup d'entre eux, sont tout à fait capables de travailler pour subvenir à leurs besoins, lorsque leurs blessures auront été guéries. Je veux leur fournir une assistance médicale et un hébergement sûr et décent, durant le temps où ils chercheront du travail. Je n'appelle pas cela de la charité, mais simplement une aide, en reconnaissance de ce qu'ils ont fait pour nous. Mais comment voudriez-vous qu'ils trouvent du travail, alors qu'ils sont en haillons, malades et misérables ?

— Bravo, lady Felsham, comment, en effet ?

C'était Ashley, qui était revenu sans que Bel ne le remarque.

— Ce qu'il leur faudrait, je crois, enchaîna-t-il, c'est une sorte de pension, où l'on pourrait les accueillir et leur offrir les services dont milady a parlé. Ainsi, on pourrait déterminer qui d'entre eux est apte à retrouver un travail.

— Cela serait l'idéal…

Bel lui sourit avec une vraie gratitude, mais elle se figea quand elle croisa son regard.

— Connaîtriez-vous un endroit, milord ?

— Je possède un entrepôt, derrière Oxford Street,

répondit-il. Il faudra bien sûr l'aménager et le meubler mais c'est central et je serais très heureux de l'apporter en donation à cette cause.

— Quelle offre généreuse, lord Dereham, s'extasia lady Wallace. Je prendrai en charge les lits et les matelas.

— Je connais justement un fabriquant de bois de lits, intervint le révérend, apparemment peu disposé à la rancune, bien que ses avis aient été écartés dès le départ.

— Moi, je paierai le nettoyage et la rénovation, trancha Bel, en essayant de ne pas trop penser à l'affolante présence d'Ashley, tout près d'elle.

Mais c'était son projet d'assistance aux soldats qui comptait et non ses émois personnels, elle s'en persuada avec fermeté. Sa vie à elle pouvait bien attendre.

— Il faudra aussi installer des cuisines et nous aurons besoin d'aide supplémentaire dans tous les domaines, si ce projet doit grandir et aider plus qu'une poignée d'hommes.

— Nous pourrions dresser une liste de donateurs potentiels et je leur écrirai une lettre, suggéra Elinor en tirant son calepin de son réticule. Je pourrais commencer par faire une lettre-type, que vous pourriez approuver.

— Moi, je pense que nous pourrions organiser un bal de charité, pour lever des fonds, intervint lady Maude, qui jusque-là avait écouté en silence. Papa a fait redécorer notre salle de bal, je suis sûre qu'il n'y verra aucun inconvénient. Je pourrais l'organiser, je suis très forte, à cela.

Elle tourna vers Ashley ses yeux de biche aux longs cils.

— Vous viendriez à mon bal, n'est-ce pas, lord Dereham ?

— Mais certainement, lady Maude, si je pouvais

espérer y avoir le bonheur de danser avec vous, lui répondit-il avec un sourire enjôleur et en décochant à Bel un regard glacial.

Ils passèrent l'heure suivante à échanger des idées qu'Elinor prenait en note avec efficacité et compétence, en promettant de les leurs communiquer. Bel s'efforça de maintenir une façade de sérénité, sous la surveillance méfiante de sa tante et le regard de plus en plus distant d'Ashley. Elle aurait voulu pouvoir crier et lui lancer des objets à la tête, ce qui était une pulsion tout à fait nouvelle pour elle, mais aussi, paradoxalement, se jeter dans ses bras et le supplier de la prendre.

Pourtant, dans sa demande en mariage, il s'était bien gardé de prononcer le seul mot qui eut été susceptible de lui faire reconsidérer sa position. Ce mot était : l'amour. Bien sûr, il ne l'aimait pas et était trop honnête pour le prétendre, même si, l'eut-il fait, c'eut été le point d'orgue de son discours à Tante Louisa.

Bel regarda les feuilles de thé au fond de sa tasse et regretta de ne pouvoir y lire l'avenir. Que lui importait, d'ailleurs, qu'Ashley l'aimât, ou non ? Elle ne souhaitait pas être aimée et ne voulait pas non plus aimer en retour.

Ses invités s'en allèrent, ensuite, à l'exception de Tante Louisa, d'Elinor et d'Ashley, qui restait dans le couloir à discuter avec Hedges et prévoyait d'aller ensuite rendre visite aux soldats dans leur soupente.

— Belinda, un mot en particulier, je te prie, lança la terrible lady en refermant son pince-nez d'un coup sec. Elinor, va m'attendre dans la voiture, s'il te plaît et referme la porte derrière toi au passage.

— Bien, maman.

La jeune fille lança un regard étonné à sa cousine,

se demandant visiblement pourquoi Bel paraissait en disgrâce, mais elle obéit sans discuter.

— La vérité, à présent, exigea sa tante, quand elles se retrouvèrent seules, en s'asseyant dans le fauteuil préférée de Bel comme on prend possession d'une terre conquise. J'ai bien dit la vérité et non les contes à dormir debout de ce beau parleur de Dereham. Quelles sont exactement tes relations avec lui ?

— Je ne souhaite pas en discuter, ma tante, répondit Bel en s'asseyant dans le fauteuil en face du sien. Vous m'avez entendue repousser son offre ? Je n'ai rien de plus à ajouter.

— Mais qu'est-ce qui te prend de la rejeter, espèce de tête de linotte ? Cet homme à tout ce que tu peux espérer : un titre, une fortune, des relations, de glorieux états de service et les plus larges épaules de toute la Chambre des lords !

— Je ne veux pas me remarier, ma tante. S'il me le propose encore, je refuserai de nouveau.

Lady Ravenhurst la regarda droit dans les yeux.

— Etes-vous amants ?

Bel savait qu'elle rougissait comme une pivoine, mais quelle dame respectable ne rougirait pas, si on l'accusait d'avoir une liaison ?

— Comme je l'ai dit, je ne souhaite pas parler de ces choses, ma tante.

Sa terrible parente la regarda avec, dans l'œil, quelque chose qui ressemblait à du respect.

— Hmm… eh bien je ne peux pas t'en blâmer, c'est un bien bel homme et il doit certainement te procurer plus de frisson, entre les draps, que l'espèce d'ectoplasme que tu avais épousé. Mais c'est chose risquée que de prendre un amant. Le mariage est bien préférable, si tu veux un galant dans ton lit…

Elle ignora la réaction de sa nièce, qui la regardait bouche bée et enchaîna :

— Il t'aime ?

— Certainement pas. Et je ne le veux pas, non plus que je ne désire être aimée.

« Je me suis simplement laissé entraîner dans un ridicule conte de fées pour défier les conventions et avoir un bel amant pour moi toute seule, songea-t-elle. Et je croyais pouvoir m'en tirer comme cela, mais on ne m'y prendra plus. »

Les nuages roses de ses rêves n'étaient plus que des lambeaux déchirés, emportés par le vent.

— Fais bien attention à toi, mon petit, car si tu perds ta bonne réputation, peu importe qu'il soit réellement passé dans ton lit ou pas. On te traitera comme si c'était le cas…

— Oui, Tante Louisa.

C'était un excellent conseil et Bel le savait. Mieux valait mettre fin à toute cette fantaisie et elle devait s'assurer qu'Ashley le comprenne bien.

— Où est lord Dereham ? demanda-t-elle à Hedges après avoir raccompagné sa tante à la porte.

— Au grenier, avec les soldats, milady.

— Demandez-lui de me rejoindre au jardin quand il en aura terminé, je vous prie.

Bel s'assit sous la tonnelle, près du puits et commença d'attendre.

Elle avait cru qu'un temps de réflexion, au calme, lui permettrait de se recomposer une contenance, laquelle lui permettrait de discuter avec Ashley d'une façon raisonnée et dépassionnée. Mais quand il apparut enfin, au bout de vingt bonnes minutes, elle sut qu'il n'en était rien.

— Bel…

Il se tenait devant elle, avec un sourire timide.

— Quel après-midi nous avons eu, n'est-ce pas ?

— Est-ce ainsi que vous souhaitez en parler ? Comment avez-vous pu, Ashley ?

— Je vous l'ai dit, je vous croyais seule, je ne vous avais pas vue depuis des jours et… vous me manquiez.

Il posa une main sur un pilier de la tonnelle, sans cesser un instant de la regarder.

— Puis-je m'asseoir ?

— J'aimerais mieux que vous vous en absteniez, si vous le voulez bien. Et vous savez pertinemment que je ne parle pas de votre baiser, mais de votre proposition.

— Que pouvais-je faire ? Je vous avais compromise devant vos invités.

— Vous avez réagi rapidement, il faut le reconnaître. Mais après mon refus, après avoir débité à ma tante cette histoire de passion qui vous aurait emporté — balivernes dont elle n'a pas cru un mot, soit dit en passant — pourquoi avoir persisté ? Vous connaissez mes sentiments sur le mariage.

Ashley la regardait intensément.

— Je n'avais pas le choix, étant donné les circonstances. Je vous avais compromise et la seule action honorable que je pouvais entreprendre ne faisait aucun doute, même si je ne l'approuvais pas.

Ses yeux bleus s'étrécirent. Il devait s'étonner, du moins elle le supposait, de ce qu'elle fût encore en colère, alors que le choc était passé.

Il paraissait plus dur, plus dangereux, plus âgé aussi que l'homme sensuel et séduisant dont elle avait l'habitude.

Elle avait entrevu cet aspect-là de lui en de rares occasions, avec les anciens combattants, aujourd'hui même, par exemple. Le regard impérieux, l'autorité…

— Mais vous n'étiez pas sérieux, n'est-ce pas ? Vous ne souhaitez pas vraiment m'épouser ? Ce n'est pas comme si vous étiez amoureux de moi ?

Il était dangereux de prononcer ce mot, mais la question lui avait échappé.

S'il répondait oui, elle ne le croirait pas. Mais elle n'était pas au bout de ses surprises.

— Je ne sais pas…, répondit-il, hésitant. Je n'y avais jamais songé encore, mais puisque vous me le demandez… Je dois admettre que je trouve… très excitante l'idée de vous épouser.

Ignorant son avis, il s'assit dans un fauteuil de jardin à côté d'elle et Bel se trouva prise au piège entre lui et la végétation qui pendait aux poutres de la tonnelle. Il lui prit la main gauche et se mit à jouer avec ses doigts, exercice sur lequel il paraissait se concentrer.

— Vous m'avez beaucoup manqué.

Il eut été stupide de le nier. Bel sentait son cœur battre un peu trop vite et cela la mettait mal à l'aise. De plus, la caresse de ses doigts la troublait.

— Mais cela ne signifie pas nécessairement que je vous aime.

Ashley lâcha soudain sa main et la regarda droit dans les yeux.

— Pourquoi cela vous met-il en colère que je m'interroge à ce sujet ?

C'était une question que Bel se posait elle-même et elle n'était pas bien sûre d'avoir la bonne réponse.

— Parce que cela ressemble… à du chantage affectif, répondit-elle après un instant d'hésitation.

— Je vois.

— Et parce que je vous ai dit que je ne me remarierai jamais. Quand je vous ai demandé de devenir mon amant, vous saviez qu'il n'y aurait rien de plus entre nous.

— C'est vrai, je le reconnais.

Il reprit sa main dans la sienne et caressa de son pouce la tendre chair de sa paume.

— Vous me faites me sentir comme si j'étais responsable d'une situation où votre honneur vous commande de me proposer le mariage. Comme si, moi, j'avais essayé de vous tendre un piège. J'ai été bien sotte de parler d'amour, à l'instant. Je ne suis pas amoureuse de vous et ne vous l'ai pas demandé pour que vous me disiez l'être.

— Ah…

La pression de son pouce se fit plus précise et elle referma ses doigts dessus par réflexe.

— Je préférerais vous entendre me répondre des choses plus précises que « ah » « je vois » ou « je sais ».

Bel savait que sa voix sonnait désagréablement, que la colère y était encore trop évidente, qu'elle aurait voulu que les nuages se dissipent, qu'Ashley la prenne dans ses bras pour lui dire que rien n'était changé, qu'ils pouvaient continuer à être amants, libres et sans attache.

— Très bien…

Il lâcha sa main et se mit debout.

— Pendant que j'étais parti, je n'ai cessé de penser à vous, vous imaginant chez moi, me demandant ce que vous penseriez de telle ou telle chose, ce que vous diriez de mes décisions ou de tel problème du quotidien. Je crois qu'alors, je vous imaginais être mon épouse. Est-ce cela l'amour ? Je l'ignore, ne l'ayant jamais éprouvé. J'essaie d'être honnête avec vous.

— Ah…

— Et je n'avais jamais pensé au mariage. Pas de façon positive, en tout cas. Si vous voulez la vérité, l'idée m'en a toujours paru plutôt désagréable.

La vérité, oui. Il n'était plus temps de se laisser aller au rêve ou à la flatterie.

— Moi aussi, tout comme vous, je chéris mon indépendance.

— Bien sûr !

C'était exactement ce qu'elle voulait lui entendre dire.

— Mais il y a cette image de vous dans ma maison, qui ne me quitte pas.

Il caressait à présent, froissait plutôt entre ses doigts, un inoffensif bouton de rose.

— Je me sens… différent et je ne comprends pas pourquoi. Et puis, je vous ai prise impulsivement dans mes bras et… lorsque j'ai réalisé que j'étais en train de vous compromettre, je me suis senti… soulagé. Nous n'avions plus de choix à faire ou de décision à prendre. Il allait falloir nous marier.

Il était indéniablement honnête… et combien décevant. Bel savait qu'elle était quelque peu hypocrite. Elle eut été flattée d'apprendre qu'Ashley était amoureux d'elle, même si elle ne souhaitait pas vraiment qu'il le soit.

— Eh bien, non nous n'y sommes pas obligés, répondit-elle. Tante Louisa m'a simplement recommandé la prudence. J'en ai été bien surprise, d'ailleurs. J'aurais cru qu'elle allait m'annoncer qu'elle écrivait sur-le-champ à mes frères.

Ashley haussa les épaules.

— Très bien, soupira-t-il, nous serons prudents. Plus de baisers, sauf derrière une porte close. Je vous le promets.

— Non, plus de baisers du tout.

Bel se leva, s'aperçut qu'elle tremblait sur ses jambes et dut s'appuyer à un pilier de la tonnelle.

— Nous devons mettre un terme à notre liaison, maintenant.

— Vous me punissez pour mon manque d'égard ? lui demanda-t-il lentement. Il n'y a aucune raison pour que nous cessions d'être amants, Bel.

— Je me punis moi-même.

Bel sentit un grand froid s'insinuer en elle, mais elle continua.

— J'ai été naïve et stupide. J'ai cru que je pourrais prendre un amant, vivre mon fantasme et qu'il n'y aurait ni risque ni conséquences. Mais il y a bien eu l'un et l'autre. Vous avez parlé d'amour et d'indécision.

— J'ai parlé de la vraie vie et des émotions réelles.

Il paraissait presque détaché. Bel songea que jamais, peut-être, il n'avait été aussi beau, avec cet air sévère, impressionnant.

— La réalité est incertaine, complexe et mouvante, ma douce.

— Je suppose que vous avez raison.

— Nous ne sommes que des êtres humains, Bel. Il y a toujours un risque que les choses changent et que ce qui paraissait sûr ne le soit plus.

— Je ne prendrai pas ce risque. Il n'est pas dans ma nature d'être aussi audacieuse, je le vois bien, à présent. Ashley, je vous suis reconnaissante !

— Ah, non !

La colère, une de ses très rares colères, flamboya soudain en lui comme un violent orage. Un instant auparavant, il semblait détaché, vaguement ironique et se tenait à un mètre d'elle. A présent, il l'avait prise par le poignet et projetée contre lui, à quelques centimètres de ses yeux de glace et de feu tout ensemble, de la ligne dure de ses lèvres.

— Ne vous avisez pas de m'être reconnaissante, Bel Cambourn. Ne vous avisez pas non plus d'être de celles qui quémandent. Vous avez pris une décision — scandaleuse — et avez eu le courage, le front d'aller jusqu'au bout. Nous sommes des égaux en cela, vous et moi. Je vous ai appris ce que vous ne connaissiez pas, mais vous, vous m'avez offert le privilège de votre confiance. Vous ne me devez rien et moi non plus. Est-ce bien clair ?

— Oui, Ashley.

Il la lâcha et elle vacilla, si bien qu'elle dut avancer sa main et se raccrocher à son bras. C'était comme du fer sous ses doigts, tant il était tendu.

— Vous… vous continuerez à m'aider pour les soldats ?

Il eut un bref sourire désabusé.

— La Brigade de Bel ? Bien sûr. Croyez-vous donc que je vais vous laisser en plan ? J'ai commandé de tels hommes, je me sens toujours redevable envers eux et je vous remercie de me permettre d'accomplir mon devoir.

Soulagée, Bel lui tendit sa main.

— Ecoutez, lui dit-il, nous avons eu une très rude alerte, vous êtes choquée et en colère. Ne prenons aucune décision définitive aujourd'hui, mais ne nous voyons plus seul à seule d'ici… disons, deux semaines. Cela va nous permettre de nous calmer et de ne pas prendre de décision irréfléchie. Au bout de ce temps, si vous voulez toujours mettre fin à notre liaison, nous romprons.

— D'accord, répondit-elle, très ébranlée. Mais promettez-moi de ne plus me parler d'amour et de mariage, durant cette période. Je ne veux ni l'un ni l'autre.

— Je vous le promets.

Ashley prit sa main et embrassa doucement le bout de ses doigts.

— Mais un mot, encore : vous ne me repoussez pas pour un autre homme, n'est-ce pas ?

— Mais non !

Elle le regarda perplexe.

— Je jure qu'il n'y a personne d'autre. Je ne souhaite pas me marier, c'est tout ; ni avec vous ni avec personne.

15

« Pourquoi lui avoir demandé cela ? » s'interrogeait vainement Ashley, en fixant les grands yeux interrogateurs de Bel.

Aurait-il donc été plus facile d'accepter son refus, si elle avait aimé un autre homme ? Cela n'avait aucun sens. Elle était ainsi : douloureusement honnête, franche et honorable. Elle n'aurait pas manqué de le lui dire, si elle en avait aimé un autre, tout comme elle ne lui avait pas caché ne pas vouloir se remarier.

Mais pourquoi alors son refus lui faisait-il si mal ? Sa fierté et son amour-propre devaient en être froissés et voilà tout. Il s'était pourtant dit maintes fois, durant son séjour à Coppergate, qu'il ne souhaitait pas se marier pour l'instant. Mais elle était si différente de toutes les femmes qu'il avait connues ! Son innocence vous donnait envie de la protéger, sans doute était-ce cela, qu'il avait pris pour un plus tendre sentiment.

— L'amour n'est pas quelque chose dont on puisse douter, quand on l'éprouve, n'est-ce pas ? demanda-t-il d'un ton léger.

— Je suppose que non…

Elle essayait de prendre tout cela aussi légèrement que lui.

— … A ce qu'on dit, cela commence par un coup de foudre. On ne peut pas le manquer, je pense ?

— Non sûrement pas, répondit Ashley qui se sentit étrangement rassuré.

C'était, en somme, le caractère « à contresens » de leur relation qui le troublait. Normalement, quand on rencontrait une femme respectable comme Bel, on en tombait amoureux, on l'épousait, puis on lui faisait l'amour et c'était alors le point culminant de toute l'affaire. Comme elle n'était certainement pas une femme légère, il s'était, inconsciemment, attendu à ce qu'elle l'aimât.

Oui, ce raisonnement le rassurait. Il lui sourit et vit ses lèvres se relever, en réponse. Mais il y avait une ombre de tristesse dans ses yeux et il sentait la même, qui passait sur son cœur. Il n'y aurait plus jamais, dans sa vie, personne comme Bel et cette fin, si c'en était bien une, venait beaucoup trop tôt et trop soudainement pour qu'il puisse l'accepter tout à fait.

— Pensez-vous que tout ira bien ? lui demanda-t-il doucement.

— Mais oui !

Instinctivement, elle releva la tête et redressa son dos, les épaules de nouveau bien droites.

— Je suppose que cela sera bien un peu bizarre quand nous nous rencontrerons en société, mais je pense pouvoir m'en accommoder. Resterez-vous longtemps en ville, cette fois ?

— Assez longtemps pour voir « vos » soldats s'installer dans leur nouvelle résidence. Ma famille arrive un peu plus tard dans le mois pour décider des travaux qu'il faudra faire effectuer dans notre hôtel particulier avant l'entrée dans le monde de ma sœur cadette, à la saison prochaine, puis j'espère les accompagner à Brighton.

Ashley dut se gendarmer pour ne pas se rasseoir auprès de Bel et lui parler de ses sœurs : ses soupçons quant aux sentiments de Frederica pour Barrington, ses inquiétudes au sujet de Katy, ses espoirs pour Anna. Il allait lui falloir apprendre à garder ses distances, émotionnellement aussi bien que physiquement, le temps qu'elle puisse elle-même faire le point sur leur relation.

— Vous devez être un très bon frère, lui dit-elle d'un ton léger, en le raccompagnant vers la porte.

Elle lui tendit sa main.

— Puisque vous comptez aller à Brighton, nous serons séparés de toute façon. Au revoir, Ashley.

— Au revoir, Bel.

C'était plus qu'une simple formule. Cela sonnait comme un adieu et ils le savaient. La prochaine fois qu'ils se verraient, ils seraient l'un pour l'autre « Lord Dereham » et « Lady Belinda » de nouveau et peut-être bien définitivement.

Il prit ses deux mains dans les siennes, sentant ses longs doigts délicats sous les siens, leur chaleur, le pouls qui battait à son poignet. Il les tint ainsi un long moment, puis se pencha pour effleurer ses lèvres des siennes. Malgré la légèreté, la furtivité du contact, il lui sembla qu'elles refusaient de se séparer. Il entendit le souffle de la jeune femme s'accélérer et la relâcha.

— Au revoir, Bel, répéta-t-il.

Puis très vite, il monta les marches qui menaient à la maison et disparut derrière la porte.

Il ne se retourna pas pour la regarder. Pas une seule fois.

C'était fini. Bel ne pouvait pas croire que, dans un peu plus d'une semaine, tout pourrait recommencer comme avant et qu'ils pourraient redevenir amants, de nouveau.

Il y avait eu tant d'innocence, tant de simplicité et de confiance dans leur relation qu'il était bien improbable qu'ils pussent revivre tout cela un jour.

Oui, c'était terminé. Bel regarda longuement la porte qui s'était refermée sur Ashley, puis elle se reprit du mieux qu'elle le put. Allons, il valait mieux cela. Elle se sortait à peu près sans dommage de sa scandaleuse expérience et savait tout de l'amour physique, à présent. Grâce à la complicité bien imprévue de Tante Louisa, elle échappait aux conséquences de sa conduite et ils se séparaient bons amis.

Son deuil était terminé, ses fantasmes avaient été plus qu'exaucés et elle avait trouvé une cause qui donnait un sens à sa vie. Vraiment on ne saurait être plus heureuse, se dit-elle en montant les marches pour rentrer. Elle était exactement ce qu'elle avait toujours voulu être : une femme indépendante en charge de son destin.

Hedges sortit des ombres du couloir.

— Puis-je demander à milady si tout va bien ?

— Tout à fait !

Elle lui sourit pour le rassurer.

— On ne peut mieux…

— Bien, milady.

Quelque chose comme de la sympathie flotta un instant sur le visage impassible du majordome et Bel en ressentit un désagréable pincement au cœur. Comme si un rideau s'était ouvert sur quelque chose de fort déplaisant. Une sorte d'apitoiement qu'elle ne voulait pas rencontrer autour d'elle.

— Comment vont nos soldats ? demanda-t-elle d'une voix raffermie.

— Aussi bien que possible, milady. Et je suppose que nous allons pouvoir en aider d'autres, puisque, à ce que j'ai cru comprendre, milord va mettre un entrepôt à leur disposition.

— En effet.

Elle se dirigea vers le salon.

— J'ai du courrier et des listes à faire, Hedges, que l'on ne me dérange pas.

— Bien, milady.

Il y avait une pile d'invitations posée près de son agenda, que Bel ouvrit, d'instinct, à la page où elle avait glissé la carte de visite d'Ashley, arrivée avec son premier bouquet de roses, le lendemain de leur rencontre. Elle s'en saisit, passa un instant le doigt sur la gravure en relief, puis soudain la déchira en plusieurs morceaux qu'elle jeta dans sa corbeille à papier.

Elle reprit la pile de cartons, plongea sa plume dans l'encrier et commença à écrire. Il était temps de tourner la page.

« Lady Belinda Felsham remercie Lady Cardew de son aimable invitation… » Une larme tomba sur le premier mot, brouillant l'encre. Bel froissa la feuille, tira son mouchoir et souffla avec plus de force que d'élégance.

« Lady Belinda Felsham remercie… »

La soirée musicale de lady Cardew était un pur délice. Bel circulait de groupe en groupe, échangeant des potins sur fond de musique de chambre. Chaque fois qu'elle le pouvait, elle amenait la conversation sur le terrain de ses protégés et de leurs besoins, notant sur ses tablettes la plus infime promesse de don.

— Merci infiniment de votre générosité, dont je n'ai jamais douté, lord Stonehaven, disait-elle par exemple à un vieil aristocrate, qui venait de lui promettre une contribution mensuelle en nourriture et en combustible.

Elle lui sourit malicieusement, sachant bien l'effet que pouvait produire un léger flirt sur les messieurs d'un certain âge.

Et il se rengorgea, en effet, tandis que Bel se retournait pour se retrouver nez à nez avec Patrick Layne.

— Oh bonsoir ! s'exclama-t-elle. Il y avait longtemps que nous ne nous étions vus. Votre sœur est-elle là, elle aussi ?

Bel songea qu'elle avait, ces derniers temps, beaucoup négligé ses amis et connaissances, ce dont elle avait un peu honte.

— Elle est en train de mettre un compositeur sur le grill au sujet de l'écriture de livrets d'opéra, grimaça Patrick Layne, j'ai préféré m'éclipser. Mais puis-je demander pour quelle raison nous avons été si longtemps privés de votre présence ? Vous vous êtes faite bien rare, ces derniers jours.

— J'ai un grand projet, il faut que je vous en parle…

Elle glissa son bras sous le sien et il l'entraîna vers le buffet. Là, elle lui expliqua toute l'affaire, avec un plus grand luxe de détails qu'elle ne l'avait fait pour quiconque et il l'écouta patiemment, avec beaucoup d'attention et de concentration, l'amenant à expliquer toujours davantage.

Il éclata de rire lorsque d'un ample geste des bras, Bel tenta de lui décrire la taille de l'entrepôt offert par Ashley.

— On dirait qu'il va vous falloir du bois d'œuvre, pour cloisonner un aussi vaste espace. Puis-je contribuer à vous en fournir ?

— Mais certainement ! Bel exultait. Comme c'est généreux à vous… Voudriez-vous aussi entrer dans notre comité ?

— J'en serai très honoré.

Il prit deux flûtes de champagne sur le plateau que lui tendait un laquais en livrée et en présenta une à Bel. Puis il leva la sienne en souriant, pour un toast prononcé sur un ton humoristique :

— A cette bonne action que vous entreprenez et à son comité, qui va devoir travailler, dur, je le crains…

Elle leva son verre en riant.

— Si dur, monsieur Layne, croyez-vous ?

— Il me semble que vous devez être une donneuse d'ordres très exigeante, lady Belinda, je me trompe ?

— Vous vous moquez. Je n'oserai jamais… Mon principal défaut est, je crois, un manque d'audace chronique.

« Je n'en manquais pourtant pas, lorsque je désirais Ashley, songea-t-elle. » A présent que c'était fini, elle avait un peu de mal à réaliser à quel point la proposition qu'elle lui avait faite avait été hardie et éhontée. C'était comme s'il l'avait ensorcelée et elle se demandait avec un peu d'angoisse quand le charme prendrait fin.

— J'aimerais que vous m'appeliez Patrick, dit M. Layne, tirant Bel de sa rêverie.

Il était très gentil. Tout à fait ce qu'il fallait à Elinor.

— Et je suis sûr que vous pouvez être une vraie Jeanne d'Arc dans la poursuite d'une juste cause, aussi réticente que vous puissiez être, par ailleurs, à exposer vos propres désirs.

Bel se sentit rougir jusqu'aux oreilles en entendant cette remarque probablement très innocente, mais qui venait singulièrement faire écho à ses propres reproches quant à son indécente conduite passée. Son compagnon la regarda, l'air surpris, se demandant visiblement ce qui avait pu la choquer autant dans ses propos.

— Patrick, je…

Ne trouvant plus ses mots, elle posa sa main libre sur son avant-bras.

— Bonsoir, lady Belinda… monsieur Layne…

C'était Ashley. Il remarqua le geste de Bel et son regard flamboya un instant. Elle retira sa main et esquissa une révérence.

— Vous êtes resté en ville, cet été, Layne ? demanda-t-il nonchalamment.

— Comme vous voyez, Reynard. A la disposition de lady Belinda.

— M. Layne a aimablement offert de contribuer à aménager l'entrepôt, expliqua précipitamment Bel, avant que Patrick n'aggrave le malentendu. Je lui ai proposé de rejoindre le comité.

— Nous serons donc appelés à nous revoir, dit lentement Ashley, réussissant à instiller une note subtilement menaçante dans un discours apparemment serein et cordial. Ce devait être un talent typiquement masculin. Patrick lui sourit avec la même redoutable suavité.

— J'en serai absolument ravi.

Bel se dit qu'elle aurait dû se sentir flattée de voir ces deux beaux mâles s'affronter pour elle, si du moins c'était bien le cas. Mais comme Ashley n'était plus son amant et que Patrick n'avait aucune raison de prétendre à des droits sur elle, elle assistait à la passe d'armes avec un peu d'appréhension.

— Miss Layne est là, elle aussi, lança-t-elle pour détendre l'atmosphère en changeant de sujet. Lord Dereham admire beaucoup le talent littéraire de votre sœur, ajouta-t-elle à l'attention de Patrick. Je crois qu'elle discute livret d'opéra avec un compositeur.

— Je vais voir si je la trouve.

Ashley s'inclina et tourna les talons, apparemment sans se soucier des deux paires d'yeux qui le fixaient toujours.

— Ma cousine, miss Ravenhurst fait elle aussi partie du comité, dit-elle à Patrick sans avoir l'air d'y toucher, en s'obligeant à quitter des yeux les larges épaules d'Ashley, pour l'heure revêtues d'un élégant habit de soirée, mais dont elle ne pouvait oublier les muscles saillants, jouant sous la peau nue. Vous savez, vous l'avez vue au parc, avec moi, l'autre semaine…

— En effet et je serai ravi de la revoir.

Bon, la nouvelle semblait lui faire plaisir ! Bel avait espéré éveiller une étincelle d'intérêt et elle semblait y avoir réussi. Maintenant, il allait falloir s'assurer que sa cousine vienne à leur prochain rendez-vous dans l'une de ses nouvelles robes. Il était bien triste que le charme et l'intelligence d'Elinor ne suffissent, à eux seuls, à lui attirer l'attention des messieurs, mais Bel soupçonnait que même les plus perspicaces d'entre eux avaient besoin d'un peu d'aide pour deviner ses attraits au travers ces robes brunâtres et ces horribles chapeaux qu'elle affectionnait.

— Allez-vous bien, lord Dereham ?

Ashley regarda miss Layne d'un air surpris. C'était une étrange et bien directe question, de la part d'une lady, à un gentleman. Mais la poétesse attendait sa réponse en lui souriant d'un air complice.

— Mais… tout à fait, mademoiselle.

Elle pinça les lèvres en le regardant cette fois d'un air sceptique.

— Pourquoi ? Me trouveriez-vous l'air maladif ?

— Je pense que vous ressemblez à quelqu'un qui ne dort pas beaucoup.

La poétesse lui sourit de nouveau.

— Pardonnez-moi, mais lorsqu'un monsieur arbore de sombres cernes sous ses yeux et passe la soirée à discuter poésie avec une vieille fille de dix ans son aînée, alors que l'endroit où il se trouve grouille de ravissantes jeunes femmes, on peut se demander si le pauvre n'est pas souffrant…

Ashley songea que miss Layne s'entendrait sans doute fort bien avec sa mère, à qui elle n'avait rien à envier en fait de clairvoyance.

— J'ai bien peur d'avoir brûlé la chandelle par les deux bouts, ces temps-ci, ce qui explique les cernes. Quant aux jeunes dames, eh bien… me croirez-vous si je vous dis que je préfère une conversation intelligente et une élégante sophistication à des gloussements énamourés et à de naïves banalités ?

— Vous me flattez, milord, mais je connais au moins une jeune lady dans cette assistance, qui allie l'élégance à une intelligence fort éveillée.

D'un signe de tête, elle montra Bel et son frère, qui se tenaient non loin de l'orchestre de chambre. Layne se penchait pour mieux écouter ce que lui disait la jeune femme.

Pour la deuxième fois de la soirée, Ashley s'efforça de se souvenir qu'il n'avait aucun droit sur Bel et encore moins celui de se montrer possessif, que Patrick Layne semblait un parfait honnête homme et qu'elle aurait pu trouver bien pire en fait d'ami, voire d'amant. Mais toutes ces raisonnables pensées, surtout la dernière, ne parvenait pas à réprimer son envie de coller au susdit son poing en pleine face.

— Lady Belinda a l'air tout à fait satisfaite de son interlocuteur du moment, dit-il en s'efforçant de masquer son amertume par une attitude nonchalante et ironique.

Mais à cet instant précis, Bel posa en riant sa main sur le bras de Layne, comme elle l'avait fait un peu plus tôt et le sourire d'Ashley se figea sur son visage.

— Oui, ils forment un beau couple, dit doucement la poétesse, mais je soupçonne lady Belinda d'être un peu trop compliquée pour pouvoir bien s'entendre avec mon frère.

— Compliquée, Bel ? En quoi ?

Il se mordit la lèvre ? Peste, il en avait trop dit.

Mais miss Layne ne releva pas l'affectueux diminutif.

— Voyez-vous, expliqua-t-elle, Patrick a besoin d'une gentille petite femme qui l'adore sans se — et surtout sans *lui* — poser de questions. Il est, à cet égard, plutôt conventionnel, le cher garçon. Alors qu'il faut à lady Belinda un partenaire, qui l'aimera sans vouloir lui rogner ses ailes. Un homme qui réfléchit et ne se laisse pas aveugler par les conventions.

— Ses ailes ?

Ashley regardait Bel entraîner Patrick Layne vers trois dames d'âge respectable qui le regardaient avec un sourire gourmand. Il soupçonnait Bel de vouloir utiliser l'effet qu'il produisait sur elles afin de mieux leur soutirer subsides et appuis pour ses protégés.

— Oui, ses ailes. Elle les a déployées et ne les rentrera plus, remarqua simplement la poétesse. Quelque chose a changé en elle ces dernières semaines. Je crois que nous sommes en train d'assister à l'éclosion de la véritable Belinda Cambourn, véritable métamorphose, qui avait été retardée par son mariage.

« Un homme qui réfléchit et ne se laisse pas aveugler par les conventions. »

Ashley réfléchissait aux paroles de miss Layne, tandis que celle-ci griffonnait une de ses sempiternelles notes d'observation sur son carnet.

Il n'était pas bien sûr de vraiment correspondre à cette description. Aveuglé, il l'était et comment ! Mais pas par les conventions. Il ne voyait que Bel, par elle et pour elle. Ils s'étaient tous deux donnés deux semaines pour faire le point sur leur liaison. Mais il redoutait de plus en plus nettement que Bel n'ait déjà irrévocablement décidé d'y mettre fin.

Tout en sachant qu'il n'aurait pas dû le faire, il jeta un coup d'œil sur le carnet de notes de miss Layne, tandis qu'elle s'interrompait un instant pour réfléchir, les yeux levés vers le plafond.

« Ailes, lut-il. Oiseaux ? Non, mauvais : cliché, trop évident. Icare ? Le vol ou bien la chute ? »

Pour la première fois de sa vie, Ashley savait qu'il allait sortir d'une liaison avec de cuisantes cicatrices. Icare, c'était lui, ses ailes brûlées tandis que Bel, au contraire, allait prendre joyeusement son envol, les siennes étincelant dans la lumière.

Mais pourquoi se sentait-il brisé ? Il n'était tout de même pas amoureux d'elle ? Il le saurait, non, si c'était le cas ? Enfer ! Sa mère rirait bien si elle pouvait voir son irréductible fils hanté jusqu'à l'obsession par un visage féminin : celui d'une veuve qui rejetait avec mépris l'idée même de convoler avec le parti très convoité qu'était lord Dereham. Bon Dieu ! Ce qu'il lui fallait, c'était une heure en compagnie d'une jolie et compréhensive professionnelle, afin d'extirper cette folie de son cœur et de ses reins.

— Ashley ?

La voix le fit se retourner lentement. Ce n'était pas possible… et pourtant si.

— Mère ? Et Anna ?

Il avait une certaine réputation de sang-froid à maintenir, mais sa famille ne lui facilitait pas les choses.

— Je suis ravi de vous voir, bien sûr (menteur !) Mais que diab… je veux dire : que faites-vous là ? Je ne vous attendais pas en ville avant deux semaines, au moins.

— J'avais écrit à tous mes amis que nous ne serions pas là avant la fin du mois, mais Laeticia Cardew a insisté, en disant que nous allions rater sa soirée musicale, alors nous voilà. Je n'ai pas voulu te causer de soucis avec l'hôtel particulier, alors j'ai emmené la plus grande partie du personnel…

Lady Dereham sourit tendrement à son fils.

— Et toi, que fais-tu là, figé comme une statue de sel ?

« Je pense à l'amour, au sexe et au mariage », songea-t-il.

— Je discute poésie.

Il regrettait un peu la vieille coutume médiévale qui permettait d'envoyer au couvent une mère trop curieuse. Quelques-uns de ses plus éminents — et lointains ancêtres n'y avaient pas manqués.

— Mère, puis-je vous présenter miss Layne ? Voici lady Dereham et Anna, ma sœur cadette.

La poétesse qui, depuis un moment, fixait rêveusement une frise de chérubins au plafond, revint sur terre et les trois femmes se saluèrent.

— J'admire votre œuvre, dit chaleureusement Anna. Puis-je vous demander où vous avez trouvé l'inspiration pour votre élégie *Halliers et pâturages* ?

Lady Dereham se pencha à l'oreille de son fils et lui chuchota :

— J'ai amené ta sœur ici pour l'habituer dès maintenant à rencontrer de fringants jeunes hommes, pas pour parler poésie avec une vieille fille…, lui chuchota-t-elle.

— Miss Layne a un frère cadet, qui est très bien…, répondit Ashley avec un détachement affecté.

— Excellent !

Sa mère déplia son éventail et l'agita vigoureusement.

— Je n'aurai pas besoin de toi, mon chéri, pas pour les quelques semaines que nous passerons en ville. Je n'accepterai que les invitations où je peux emmener Anna et dans une moindre mesure, Frederica.

— Je ne suis pas sûr qu'il y en aura beaucoup en cette saison, quoiqu'il reste plus de monde à Londres que d'habitude, cette année, c'est vrai…

Ashley chercha Bel du regard dans la foule et la trouva en grande conversation avec un officier en tenue. Il entraîna sa mère dans la direction opposée, vers le buffet.

— Frederica, aussi ?

— Oui, j'ai préféré l'emmener loin de Coppergate durant quelque temps, répondit lady Dereham avec une nuance particulièrement ferme dans la voix. Il devenait nécessaire de lui changer les idées.

— A quel propos ?

— A propos de notre régisseur. Voyons, Ashley, je sais que les hommes ne prêtent guère attention à ces choses, mais tu as pratiquement jeté ce garçon à la tête de ta sœur, avec la conséquence prévisible qu'à présent, elle s'en croit amoureuse.

— Et alors ? Quel mal y a-t-il à cela ? répliqua-t-il, délibérément provocateur.

— Je veux pour elle un meilleur parti.

— Moi, je veux qu'elle soit heureuse.

— Mon fils, si je ne te connaissais pas, je dirais que quelqu'un t'a brisé le cœur et qu'en une sorte de réaction romantique, tu essaies de favoriser les romances que tu peux découvrir autour de toi.

— Quelle idée ! s'écria-t-il, piqué au vif. Mais si se marier doit entraîner autant de calculs mesquins, j'avoue que je vois d'un meilleur œil la perspective que le cousin Adrian devienne mon héritier ! Je passerai vous voir dans la matinée, maman, pour discuter de la façon dont vous voudriez que je vous aide. Pour le moment, vous voudrez bien m'excuser, j'ai affaire ailleurs.

Il tourna les talons et fendit la foule pour aller s'excuser auprès de son hôtesse.

Ensuite, il partirait d'ici, pour rejoindre le boudoir de l'une ou l'autre des courtisanes les plus en vue du moment. Là, à la lueur des chandelles et dans le pétillement du champagne, il prendrait son plaisir et effacerait de son esprit toute trace de ces sottises romantiques.

16

Jamais, auparavant, Bel n'avait eu vraiment conscience de son corps. Pas aussi précisément que ces temps-ci, en tout cas. Tout en se promenant dans les allées de Green Park, sous les ormes agités par le vent, elle songeait qu'autrefois, elle savait bien entendu quand elle se sentait mal, quand ses chaussures étaient trop serrées ou qu'elle avait un peu trop mangé. Bref, son corps existait certes, mais presque en dehors d'elle. Or à présent, il faisait partie intégrante de sa conscience. Elle était beaucoup plus sensible au chaud, au froid, aux différents tissus sur sa peau, à la caresse du soleil et du vent sur ses joues.

Elle ressentait continuellement l'envie de retirer ses gants, de passer sa main sur l'écorce des arbres, de caresser le pelage soyeux d'un chat ou de brosser interminablement ses cheveux à l'heure du coucher.

Et les odeurs ! Même celles qui n'étaient pas tellement plaisantes. Elle était certaine d'y être beaucoup plus sensible qu'auparavant. Au bout d'une dizaine de jours, elle avait appris à ne plus autant se morfondre en pensant à Ashley, à ne plus ressasser des bribes de souvenirs ou des petits riens qu'elle aurait aimé partager avec lui.

Elle pouvait désormais passer toute une journée — si elle ne le rencontrait pas à une soirée ou ailleurs — sans trop ressentir ce grand vide en elle, qu'il aurait pu si aisément combler.

Mais toutes les nuits, quoi qu'il arrivât, elle rêvait de lui, des rêves brûlants, humides et tendres à la fois, qui la laissaient au matin les nerfs à vif et pantelante de désir. Et même plus tard, lorsque les activités de sa journée l'obligeaient à reprendre un certain contrôle sur elle-même, elle ressentait toujours cette étrange sensualité lancinante, comme un rappel de lui qui ne s'effaçait pas.

C'était bien un souvenir, en effet et elle commençait à l'accepter comme tel. Elle ne lui en avait encore rien dit, mais elle était à peu près sûre qu'elle ne reprendrait pas leur liaison. C'était comme si l'audace extraordinaire qu'elle avait su trouver en elle, pour lui demander de devenir son amant était désormais tarie. Ou bien était-ce son bon sens, sa raison qui avait repris le dessus ? On pouvait se le demander, car si la certitude que leur histoire s'arrêterait là lui procurait une sorte de lâche soulagement, elle n'en éprouvait pas moins un immense sentiment de perte et de vide.

Bel marchait lentement, observant la façon dont l'herbe poussait drue dans les coins d'ombre, détaillant chaque fleur, de chaque plate-bande. Elle était si absorbée, qu'elle ne regardait pas vraiment où elle allait, non plus d'ailleurs que la fillette qui venait en sens inverse dans l'allée, la tête tournée pour parler à ceux qui la suivaient à quelques mètres en arrière. Elles se heurtèrent toutes deux si violemment que l'enfant chuta sur ses fesses.

Inquiète, Bel lui tendit la main.

— Vous êtes-vous fait mal ?

Deux yeux d'un bleu d'océan, encadrés d'une masse de cheveux blonds, se levèrent vers elle et le visage de la fillette s'illumina d'un sourire aussi irrésistible que familier. Bel en eut le souffle coupé. Elle avait devant elle une version féminine et miniature d'Ashley. L'enfant était-elle sa fille ? Mais en lui tendant la main pour l'aider à se relever, elle comprit que c'était impossible. Cette jeune personne avait bien douze ans et peut-être même un peu plus ; elle devait plutôt être sa petite sœur.

— Merci, madame et euh… je suis désolée, lui dit-elle. Je ne regardais pas où j'allais. J'espère que je ne vous ai pas fait mal…

Tandis que les deux jeunes filles qui la suivaient se précipitaient vers elle, elle ajouta :

— Je m'appelle Katherine Reynard.

— Katy !

La plus grande les avait rejointes, distançant sa compagne, un peu plus jeune, de quelques pas.

— Madame, lui dit-elle, je vous en prie, veuillez excuser mon infernale petite sœur. J'espère que vous n'êtes pas blessée et que votre robe n'a subi aucun dommage ?

Malgré l'inquiétude qui se peignait sur son visage, Bel pouvait voir qu'elle était très jolie.

— Pas du tout, c'est plutôt miss Katherine, je crois, qui risque de s'en tirer avec quelques bleus… Je crains bien que ni l'une ni l'autre, nous n'ayons fait attention où nous allions.

La troisième sœur les rejoignit à son tour et sourit timidement. Elle n'était pas aussi jolie que les deux autres, avec ses cheveux châtains et ses traits un peu indécis. Mais elle avait un air très doux et la façon dont elle palpait précautionneusement sa jeune sœur pour vérifier que celle-ci n'était pas blessée était touchante.

Bel tendit sa main à l'aînée des jeunes filles.

— Je suis lady Belinda Felsham.

Ashley ne lui avait jamais beaucoup parlé de sa famille

et elle n'avait pas tenté d'en savoir plus, craignant de l'indisposer par une trop grande curiosité, mais il lui avait bien dit qu'il avait trois sœurs, en effet.

— Je suis Anna Reynard, voici Frederica et… vous avez déjà fait la connaissance de notre Katy…

Tout en parlant, elle vérifiait que la fillette avait bien épousseté sa robe et redressé sa capeline.

— … Nous ne sommes que depuis quelques jours à Londres et j'ai bien peur que nous donnions l'impression de n'être que des provinciales mal dégrossies…

— Vous devez être des parentes de lord Dereham, dit Bel en leur emboîtant le pas, tandis que Frederica reprenait fermement la main de Katy dans la sienne.

— Vous connaissez notre frère ?

— Nous faisons partie du même comité caritatif.

Il était agréable de parler d'Ashley. Dangereusement agréable…

— J'ai créé une œuvre qui s'occupe de procurer un abri et une assistance médicale à des soldats démobilisés qui n'ont nulle part où aller.

— Ah oui, je comprends qu'Ashley ait voulu s'y investir, remarqua Anna. Mais si vous me permettez une question, que deviennent ces hommes quand ils quittent votre institution ?

— Nous venons à peine de débuter notre action. Un ou deux d'entre eux qui avaient un métier avant d'être enrôlés et qui ne sont que légèrement blessés ont pu retrouver un emploi, mais je crains que ce ne soit pas aussi facile pour les autres…

C'était sa plus grande crainte, en effet. Elle ne pouvait leur procurer elle-même du travail, et ne voulait pas leur donner de faux espoirs à ce sujet.

— … J'espère seulement qu'en reprenant des forces,

ils retrouveront aussi le courage de faire face et d'affronter leur destin.

— Ashley dit toujours que l'armée est comme une famille, dit pensivement Anna. Il a eu du mal, lui aussi, à retrouver la vie civile. Mais ce doit être bien plus terrible pour ces hommes qui n'avaient rien.

— Ashley n'est plus pareil, intervint la benjamine. Maman dit qu'elle ne sait pas ce qui lui arrive.

— Katy ! s'écrièrent ses deux sœurs, horrifiées.

Bel eut le sentiment qu'il n'était pas rare que la fillette mette ainsi les pieds dans le plat, pour la plus grande confusion de ses aînés.

— Mais c'est vrai ! Regarde la façon dont il a poussé Frederica dans les bras de M. Barrington…

Instantanément, l'intéressée devint plus rouge qu'une pivoine.

— Katy, intervint sévèrement Anna, les petites écervelées qui se mêlent de ce qui ne les regarde pas restent consignées dans leur chambre et ne sont pas admises dans la compagnie des adultes. Tu n'as pas à t'exprimer sur ces sujets, est-ce clair ?

La jeune fille se tourna vers Bel avec un sourire d'excuse.

— Peut-être avez-vous de jeunes frères et sœurs, lady Belinda ?

— Eh bien non, répondit Bel en riant mais je trouve la franchise de la vôtre très rafraîchissante, miss Reynard.

— Merci de votre indulgence…

— Restez-vous en ville quelque temps ?

Il lui semblait qu'Ashley avait parlé d'un séjour de sa famille à Brighton, mais elle était si émue à ce moment-là qu'elle n'en gardait pas un souvenir très précis.

— Nous partirons sur la côte dans une semaine ou deux, lorsque maman aura décidé quels travaux doivent être entrepris dans notre maison de ville, expliqua Anna. Vous comprenez, je fais mes débuts dans le monde, la saison prochaine.

— Ah oui ?

Bel en fut surprise. Mais sans doute l'air sérieux de la jeune fille lui donnait-il l'apparence d'être un peu plus âgée qu'elle ne l'était en fait.

— Maman nous permet déjà d'assister à de petites réceptions, Frederica et moi, ajouta Anna.

— Peut-être alors pourriez-vous venir à un pique-nique de bienfaisance que j'organise mardi prochain au profit de mes protégés ?

Bel s'aperçut avec une certaine surprise qu'elle avait très envie de revoir les sœurs Reynard.

— Votre frère sera là aussi, alors j'espère que votre mère n'y trouvera rien à redire. En fait, sans doute même a-t-il déjà prévu de vous y emmener. Et je suis sûre aussi que cela plaira beaucoup à miss Katherine. Il y aura d'autres très jeunes gens et ce ne sera pas vraiment formel. Nous demandons simplement un petit don pour nos soldats.

Bel déplia son ombrelle, car elle et ses nouvelles amies sortaient à présent de l'ombre des arbres.

— … Je crois que ce sera une très agréable journée. Lady Rushbrook nous prête son parc ornemental, près de Richmond. Il y a un étang, des allées fleuries, un jeu de boules, un terrain d'archerie et on dirait que le temps va rester au beau.

Les sœurs acceptèrent avec enthousiasme. Anna, toujours très organisée, avait sur elle des cartes de visite de sa mère. Elle put en échanger une avec Bel et tout le monde se sépara en se promettant beaucoup de plaisir à l'occasion du pique-nique.

Bel regarda les trois sœurs s'éloigner en direction de Picadilly, Katy gambadant en avant, comme s'il ne s'était rien passé. Qu'elles étaient jolies, toutes les trois, si gentilles et si visiblement attachées les unes aux autres ! Et comme elles ressemblaient à Ashley ! Katy, en particulier. Bel songeait à ce que serait que d'avoir une enfant comme elle. Une enfant d'Ashley.

— Une enfant ? Des… des enfants ? s'interrogea-t-elle tout haut.

Une gouvernante qui passait, accompagnée de deux bambins, la regarda comme si elle était une folle, échappée d'un asile.

Des enfants, mais elle n'y avait jamais pensé ! Jamais autrement, du moins, que comme une éventualité qui ne la regardait pas vraiment. Elle n'avait jamais, en tout cas, imaginé en avoir avec Henry. Et voilà qu'elle y songeait à présent et avec Ashley ! C'était absolument ridicule, de la part d'une femme qui ne voulait pas se remarier.

Profondément troublée, elle tourna les talons et quitta le parc. Elle avait une longue liste de courses à faire en vue du pique-nique.

Ashley, déjà tiraillé entre son responsable des travaux, qui le pressait de traiter en profondeur les boiseries de la salle de bal avant d'y appliquer le moindre revêtement et sa mère, qui insistait pour voir, avant son départ pour Brighton, le bel effet de la peinture qu'elle avait choisie, ne fut pas tellement ravi de se voir assiégé par ses sœurs, qui voulaient, toute affaire cessante, lui parler du pique-nique de lady Felsham.

— Juste une minute… Katy, si tu restes là, tu vas te mettre de la peinture sur ta robe… Maman, je voudrais que vous laissiez M. Grimball appliquer d'abord le traitement, je vous assure que… Oui, Frederica, bien sûr que l'initiative de lady Belinda mérite d'être soutenue, mais je doute que maman… Katy !

Le temps qu'il ait pu débarrasser les ouvriers de la présence de sa petite sœur et qu'il eût renvoyé celle-ci changer de robe, les deux autres avaient déjà raconté à leur mère leur rencontre avec lady Belinda et l'invitation qui s'était ensuivie.

— Pourquoi voudrais-tu que je m'y oppose, Ashley ? s'étonna-t-elle. C'est entendu, monsieur Grimball, le traitement des boiseries, d'abord, puis la peinture crème avec ce léger glacis dont nous avons parlé.

Lady Dereham entraîna tout son monde vers le petit salon, pièce dont elle avait fait son quartier général, car elle échappait pour l'instant à la rénovation.

— Cette lady Felsham, est-elle l'actuelle ou la veuve du précédent vicomte ? demanda-t-elle.

— La veuve, répondit brièvement Ashley, qui ne souhaitait pas s'étendre exagérément sur le sujet.

— Je ne me souviens pas du tout d'elle, mais lui était ennuyeux à vous donner le vertige. Une fois, il m'a parlé de drainage durant vingt minutes d'affilée, sans que je puisse m'échapper, car nous attendions tous une audience du roi.

— Il a d'ailleurs pris froid en inspectant une canalisation, ce qui l'a emporté, dit-on.

— On serait presque tenté de dire que c'est une juste punition… Rien d'étonnant à ce que sa veuve se soit consolée avec les bonnes œuvres. C'est toujours plus excitant que de vivre avec Henry Cambourn, vicomte Felsham…

— Elle y est très compétente, dit Ashley en prenant soin de gommer la moindre émotion susceptible de transparaître dans sa voix.

— Elle est aussi très jolie, remarqua Frederica et sa toilette, aujourd'hui, était d'une élégance ! Il faut que je retrouve le dernier numéro de *La Belle Assemblée*. Je suis sûre d'y avoir vu ce modèle. Elle portait un spencer de satin rose et un foulard assorti avec des dentelles. Sa robe était en mousseline blanche avec des plis à l'ourlet…

— Ah ? Ce devait être ravissant en effet et du meilleur goût…

Ashley avait bien conscience du regard curieux de sa mère, fixé sur lui. Sans doute l'avait-il alerté en jouant un peu trop l'indifférence.

— Tu n'as pas d'autre jugement sur elle que cette histoire de compétence ? demanda-t-elle sans même tenter de dissimuler son ironie.

— Je suis assez mauvais juge en matière de mode féminine, répondit-il en battant en retraite vers la fenêtre.

— D'ordinaire, tu remarques les jolies femmes, pourtant, fit observer sa sœur. Moi, j'ai hâte d'être à ce pique-nique !

— C'est très aimable à vous d'avoir invité ma famille…

Ashley prit une tasse de thé des mains de Bel, profitant d'une pause dans la réunion du comité pour lui parler seul à seule, dans le salon de la maison d'Half Moon Street.

— Si j'avais su que votre mère et vos sœurs étaient

déjà à Londres, je leur aurais envoyé un carton plus tôt… Mais en tant que membre vous-même de notre comité, vous auriez peut-être préféré les inviter vous-mêmes ?

Elle était particulièrement jolie, cet après-midi, s'occupant calmement du thé qu'elle offrait comme intermède aux participants de la réunion chargée de mettre au point le déroulement du pique-nique.

— C'est un modèle de Mme Bell ? demanda-t-il tout à trac en regardant sa robe.

Elle déposa le plateau, avec un doux froufrou de mousseline autour de ses chevilles.

Elle portait une robe du style élisabéthain en vogue, avec des manches gigot blanches et un corsage de soie à rayures bleues dont le joli col à pointes montait haut sur son cou.

Ashley regardait plus particulièrement cet endroit précis, ou une seule rangée de perles brillait sur sa peau si douce. Peu de temps auparavant, il aurait eu le droit de se pencher et de poser ses lèvres, là.

— Eh bien oui, en effet. Quelle surprise, Ashley ! Je ne vous aurais jamais cru si expert en toilettes féminines…

Bel prit une petite cuillère et le regarda d'un air assez peu amène.

— Mais peut-être êtes-vous un client régulier de sa boutique ?

— Non.

Ce qui n'était pas exact. Avant elle, il accompagnait volontiers ses maîtresses faire des emplettes pour leur offrir ce qui leur faisait envie. Il connaissait les couturiers en vue et savait reconnaître leurs créations, pouvait discerner celles qui convenaient à ses jeunes sœurs et celles qu'il était hors de question de leur permettre de porter.

Cette pensée en entraîna une autre et ramena à sa mémoire le souvenir embarrassant de la soirée durant laquelle il s'était éclipsé du concert de lady Cardew.

Il avait hélé un fiacre et lancé au cocher l'adresse de la première maison close qui lui venait à l'esprit, puis, parvenu devant la porte de l'établissement, avait fait demi-tour.

Le souvenir lancinant de Bel, de sa passion où l'innocence se mêlait à la sensualité la plus débridée, de l'odeur de sa peau, contrastait par trop avec les plaisirs sophistiqués mais quelque peu frelatés qu'il aurait pu s'offrir en passant cette porte. Il en fut quitte pour un fort désagréable moment de dégoût de soi. Il avait erré seul par les rues sombres durant deux bonnes heures en tentant de se raisonner, avant de retourner à son lit sans pouvoir trouver le sommeil de toute la nuit.

— Mes sœurs sont de fidèles lectrices de *La Belle Assemblée,* expliqua-t-il pour dissiper les soupçons. J'ai eu droit à une très précise description de la toilette que vous portiez lorsque vous les avez rencontrées.

— Elles sont vraiment charmantes et j'adore tout particulièrement Katherine.

Ashley fit une grimace comique.

— Eh bien moi, elle me fait peur, soupira-t-il. Imaginez un peu le supplice que ce sera, de devoir la chaperonner lors de son entrée dans le monde ! Et je ne parle même pas de ses galants. Quoiqu'à vrai dire, elle soit déterminée à épouser un duc, ce qui met à l'abri bon nombre de postulants potentiels.

Bel eut un rire clair et Ashley ressentit une sauvage poussée de désir. Chaque fois qu'il se croyait tiré d'affaire, qu'il se disait qu'après tout, Bel et lui pourraient bien rester amis et qu'avec le temps, il reprendrait goût aux autres femmes, chaque fois elle disait ou faisait quelque chose qui incendiait ses sens et le laissait pantelant de désir, brûlant de la prendre dans ses bras et de lui faire l'amour, là, tout de suite.

Il jeta un coup d'œil circulaire autour de lui. Sa mésaventure de la fois passée lui avait servi de leçon. Plus question de se laisser aller. Il se leva et alla porter une tasse de thé à lady Ravenhurst, qui venait de reprendre sa place, à la tête de la table. Leur action commune était l'idée de sa nièce, mais la formidable lady n'entendait pas abdiquer pour autant sa préséance.

— Merci, mon cher, lui dit-elle avec une certaine condescendance. J'ai entendu dire que madame votre mère était en ville ?

— En effet, milady.

— Je la verrai après-demain, à ce pique-nique que Bel s'est mise en tête d'organiser. Je ne lui ai plus parlé depuis des siècles. A-t-elle amené vos sœurs ?

— Oui, milady.

Lady Ravenhurst pinça un peu les lèvres en un sourire très ironique.

— Vous pouvez me donner du milady long comme le bras et me faire vos sourires timides, jeune homme, mais je sais bien que vous voudriez bien me voir au cent mille diables, n'est-ce pas ?

— Tout à fait, milady, lui répondit-il en lui dédiant un sourire plus assuré, cette fois. Puis il s'inclina et s'éloigna pour aller discuter bois de charpente avec Patrick Layne. Derrière lui, il entendit résonner un rire joyeux et étonnamment jeune. Lady Ravenhurst était un rude, mais loyal adversaire, qui soutenait Bel tout en ne laissant plus rien lui échapper de ce qui se passait dans cette pièce.

— Croyez-vous qu'il nous faudra engager un autre charpentier ? demanda-t-il, en essayant d'effacer de sa mémoire les instants bénis qu'il venait d'évoquer, quand il tenait Bel entre ses bras.

Collaborer avec Layne avait aussi, il faut bien le dire, permis de réduire quelque peu l'antagonisme né entre eux. Mais cette tolérance mutuelle survivrait-elle à la prochaine soirée mondaine où il verrait, par exemple, Bel tourbillonner entre ses bras à l'occasion d'une valse ? Rien n'était moins sûr.

— Non, ce sera fini vers la fin de la semaine. Nos gars donnent un bon coup de main, d'ailleurs et je ne serais pas surpris si certains d'entre eux recevaient des offres d'embauche de la part de l'entrepreneur, à la fin du chantier…

Lady Ravenhurst fit tinter sa tasse de quelques coups de cuillère.

— Mesdames et messieurs, veuillez regagner vos places, s'il vous plaît, nous allons commencer notre réunion.

— Et comme vous avez pu le constater, nos finances sont tout à fait saines et bénéficiaires. Je vous remercie.

Dans son rôle de trésorier, le révérend Makepeace referma ses livres de comptes et se rassit. Un murmure d'approbation parcourut l'assistance et lady Ravenhurst reprit la parole.

— Voilà, je pense, qui me permet de clôturer notre réunion. Merci à tous.

Bel se leva immédiatement, heureuse de quitter sa place après être restée près d'une heure en face d'Ashley. Les trois quarts du temps, elle n'avait pas su où poser les yeux, car chaque fois qu'elle le croisait, le regard si bleu d'Ashley était droit sur elle, ardent, mais indéchiffrable. Alors elle détournait le sien, le laissant errer autour de la pièce. Finalement, elle s'en tira en regardant fixement le carnet qui lui servait à prendre des notes, précaution d'ailleurs fort inutile, car la très efficace Elinor assurait le compte rendu de séance.

On se sépara par petits groupes et comme par un fait exprès, elle se trouva à côté d'Ashley.

— Puis-je passer vous prendre demain pour vous emmener à Richmond ? lui demanda-t-il. Mes sœurs seraient ravies de voyager avec vous et ma mère, de pouvoir enfin faire votre connaissance.

Mais comment osait-il lui proposer une chose pareille ? Bel était certaine que tous ceux qui étaient présents pouvaient deviner qu'ils avaient été amants, rien qu'à les voir ensemble. Pourtant, Ashley ne semblait pas autrement troublé par la perspective de passer une heure avec elle, sous le regard scrutateur et vraisemblablement perspicace de sa mère.

— Je vous remercie, mais je compte partir en avant avec ma tante Louisa, pour aider à tout organiser.

— Oh ? Bien sûr, j'aurais dû le deviner. Eh bien, nous nous verrons là-bas, alors.

— Bonsoir, lady Belinda. Je viens vous prendre demain à huit heures, comme convenu, lança Patrick Layne en passant devant eux, le chapeau déjà à la main.

— Oui, euh… merci…

Ashley leva un sourcil sardonique, mais il n'ajouta rien et s'en fut. Bel sentit tout son sang quitter son visage, comme si elle avait été prise en flagrant délit de mensonge. Mais ce n'était pas le cas. Patrick Layne avait proposé de l'emmener, elle, sa tante et Elinor.

— Merci d'accepter de nous transporter toutes les trois ! lança-t-elle en élevant bien la voix. Mais ce fut peine perdue : Ashley était déjà dans la rue.

— Je vous en prie, c'est bien normal.

Il salua et s'en fut à son tour, laissant seules Bel, sa tante et sa cousine.

— Il te poursuit de ses assiduités, celui-là aussi ? demanda lady Ravenhurst, toujours sarcastique.

— Qui, M. Layne ? Grand dieux non, balbutia-t-elle.

Avec un peu de chance, il faisait plutôt de discrètes avances à Elinor, car il fallait somme toute de la constance, pour s'offrir spontanément à transporter tante Louisa.

Sa cousine, toujours aussi impassible, rassembla ses notes avant d'attendre sa mère d'un air patient et soumis. Si au moins elle montrait un tout petit soupçon d'émotion, en présence de Patrick Layne ! Mais Bel ne pouvait pas faire grand-chose de plus. Elle avait poussé la jeune fille à acheter une jolie robe d'après-midi, lui avait prêté sa plus belle ombrelle, ce serait bien le diable si elle ne parvenait pas, au cours du pique-nique, à envoyer ces deux-là s'isoler dans quelque coin romantique du parc.

Peut-être que si elle y parvenait, Ashley cesserait enfin de la soupçonner de courir elle-même derrière Patrick Layne. Non pas d'ailleurs qu'il eût le droit de s'en offusquer si c'était le cas, comme elle-même n'aurait rien à dire, si elle le surprenait en train de courtiser quelque jolie fille.

17

Très déconcertée, Bel rejoignit les communs. Là au moins, elle pourrait trouver une conversation simple, sans toutes les complications de l'émotion, de l'incompréhension ou des conventions sociales.

Jem Brown était assis sur l'escalier, sa béquille posée près de lui, un exemplaire du *Morning Chronicle* entre les mains. Bel ignorait qu'il savait seulement lire.

— Oh, b'jour milady.

Il posa son journal et avança la main vers sa béquille.

— Je vous en prie, ne vous levez pas ! protesta-t-elle.

Elle montra la gazette.

— Il y a quelque chose d'intéressant aujourd'hui ? Je n'ai pas encore eu le temps de le lire.

— Je sais pas, milady. Je regarde juste les petites annonces…

Il remit son chapeau sur sa tête et tourna la page.

— Pour du travail ?

Un palefrenier sortit de l'écurie pour venir apporter à Bel un tabouret de bois qu'il essuya soigneusement avec son mouchoir à carreaux avant de le lui présenter.

— Merci, c'est très aimable, lui dit-elle avec un sourire.

— Vous voyez, milady, reprit Brown en se grattant pensivement le menton, on est nombreux, nous autres les démobilisés et ce qu'il faudrait, à mon avis, c'est qu'on trouve les moyens d'exister… Et y a un truc, dans ce journal, qui m'a donné une idée…

— Quoi donc ?

Il lui montra une page imprimée.

— Vous voyez, là, en dessous de la réclame pour les chevaux de louage ?

— Une auberge à vendre ? Elle leva les yeux vers lui et il soutint son regard sans ciller. Où est-ce, Saint-Lawrence ?

— C'est pas loin de la côte Sud, milady, juste avant Ramsgate et après Canterbury. Ça peut pas être mieux placé par rapport à la route et au port et puis c'est grand, d'après ce qu'ils disent du nombre de chevaux que peut contenir l'écurie.

— Vous voudriez acheter une auberge ? s'étonna Bel. Vous sauriez la tenir ?

— J'ai bien tenu une escouade. Parce qu'il faut vous dire que j'ai été sergent, milady.

Bel ne s'y était pas trompé. L'homme avait bien tâté du commandement. Elle leva un sourcil interrogateur pour l'encourager à s'expliquer.

— Oui, j'ai… enfin, j'ai eu des mots avec un jeune abrut… euh… un sous-lieutenant et il a fait sauter mes galons. Mais oui, je peux la faire tourner, tenir les comptes, répartir le boulot, tout ça… et ici, il y a des gars qui peuvent être cuisiniers, s'occuper de la cave, des chevaux…

Il tapota l'annonce du dos de la main.

— Un truc pareil, ça donnerait du travail à une douzaine d'entre nous.

— Ça coûterait plus cher que ce que nous avons pour le moment en caisse, dit pensivement Bel.

C'était pourtant une bonne idée…

— Oh, je le sais bien, milady et puis vous avez besoin de cet argent pour d'autres gars, de toute façon, mais je me demandais si un ami à vous, quelqu'un de riche, voyez… s'il pourrait pas nous prêter l'argent et puis nous on le rembourserait en quelques années…

— C'est une bonne idée, mais je pense que nous devrions d'abord aller voir cette auberge, ne croyez-vous pas, monsieur Brown ? Avec quelqu'un qui pourrait examiner les comptes et calculer quelle somme réelle il faudrait investir.

— Lewyn peut faire ça, milady. Il était comptable, avant de s'engager…

L'étonnement de Bel dut être très visible, car l'ex-sergent expliqua, avec un sourire :

— Il s'était un peu mis dans les ennuis avec la femme de son patron, alors l'armée lui a paru une bonne planque. Ça se voit plus beaucoup, maintenant, avec ce qui lui est arrivé, mais c'était un joli garçon…

— Je vais y réfléchir, dit Bel en se levant de l'inconfortable tabouret. Faites-moi une liste de ceux qui pourraient convenir au projet et nous verrons cela après le pique-nique…

Elle traversa lentement le jardin pour rentrer, en se demandant quel pouvait être le prix d'une auberge de ce type et si elle pourrait se permettre de l'acheter… Puis elle se demanda ce que pourrait bien penser Henry s'il pouvait voir sa veuve en train d'envisager l'achat d'un tel fond de commerce. Elle en rit tout haut, à la grande surprise du valet qui lui ouvrit la porte.

Bah, songea-t-elle avec ironie, on pourra toujours rebaptiser l'auberge : « Aux armes de Felsham ».

— Je crois que c'est un succès.

Deux jours plus tard, Elinor se penchait à la balustrade, sur la terrasse qui dominait les allées bien dessinées et l'étang du parc où se déroulait son pique-nique.

— Pratiquement tous ceux qui ont reçu une invitation sont là… Au moins deux cents personnes !

— J'ai l'impression de les avoir pris chacun par la main pour les amener ici, soupira Bel avec émotion.

Les membres du comité s'étaient partagés l'accueil du public et circulaient entre les groupes pour s'assurer que tout allait bien et que l'on s'amusait. Ils essayaient aussi, avec plus ou moins de subtilité, de recueillir des promesses de dons.

— Maman est incroyable…

Elinor observait sa mère avec le regard froid d'un entomologiste.

— Elle a coincé Oncle Augustus et Tante Sylvia et ne les lâchera plus…

Sur la terrasse inférieure, en effet, lady Ravenhurst chapitrait son frère, l'évêque de Wessex et l'épouse de celui-ci, au visage aussi expressif qu'une poêle à frire.

— Je le crois en effet. Je n'ai pas aperçu Theophilus, et toi ?

Le fils unique de l'évêque, avec ses cheveux roux, était pourtant difficile à manquer.

— Je ne l'ai pas vu depuis des années. Maman le trouvait insupportable et ne voulait plus le recevoir chez nous, dit Elinor en faisant tourner l'ombrelle que lui avait prêtée sa cousine.

— Pauvre Theo, il n'était pas si terrible et pour parler franchement, si j'avais eu la malchance d'avoir Tante Sylvia pour mère, je crois que j'aurais été très dissipée moi aussi, en réaction !

Elle omettait de dire qu'elle n'avait pas eu besoin de cette excuse pour se conduire scandaleusement, à sa façon…

— Ah, voici les sœurs Reynard et cette dame est probablement leur mère, tu ne crois pas ?

— Lord Dereham n'est pas avec elles…

Bel se demandait comment sa cousine s'y prenait pour instiller une question insidieuse dans ce qui ressemblait à une banale constatation. Mais si Elinor voulait l'entendre s'inquiéter des faits et gestes d'Ashley, elle allait être déçue.

— On ne dirait pas, non, soupira-t-elle en jouant l'indifférence. Nous descendons ? Je vais te présenter…

Elles rejoignirent la famille Reynard au pied de l'escalier, Anna et Bel faisant les présentations et toutes se mirent à parcourir les allées, Elinor en tête avec Anna, Frederica à l'arrière car elle regardait se dérouler une partie de croquet et au milieu, Bel et lady Dereham, Katy gambadant de l'une à l'autre.

— Mon fils semble très enthousiaste pour l'œuvre de charité que vous avez initiée, lady Belinda…

— C'est vrai, oui. Il comprend mieux que personne les problèmes des soldats et de leur côté, ils ont beaucoup de respect pour lui.

— Je dois admettre que j'ai été très surprise de le voir s'engager ainsi. Bien sûr, il s'est toujours occupé de la protection de nos gens, mais c'est assez différent…

Dites-moi, comment est-il venu à s'impliquer dans votre projet ?

Bel se sentit parcourue d'un désagréable sentiment de chaud et froid et sentit que ce n'était là qu'un effet de sa mauvaise conscience. Du reste, lady Dereham poursuivait simplement une agréable conversation et ne cherchait sans doute pas à lui faire avouer son immoralité.

— Nous nous sommes rencontrés parce que j'ai acheté sa maison d'Half Moon Street et il m'a un peu parlé de son expérience militaire. Lorsque j'ai décidé d'aider les soldats démobilisés, j'ai pensé qu'il était parmi les mieux à même de me conseiller.

Les fins sourcils de lady Dereham se haussèrent de surprise.

— Il vous a parlé de la guerre ? Vous avez obtenu de lui plus de confidences que ses sœurs et moi-même, je le crains !

— Sans doute n'a-t-il pas voulu que vous soyez trop bouleversées par les horreurs dont il a dû être témoin…

— Sans doute, en effet…

Bel se raidit dans l'attente d'autres questions indiscrètes, c'est pourquoi elle se sentit soulagée lorsque lady Dereham lui demanda :

— Comptez-vous rester à Londres tout l'été, lady Belinda ?

— J'y avais songé, mais je crois que je vais faire un petit séjour à Margate.

— Margate ? Ne préfèreriez-vous pas Brighton ?

— C'est-à-dire qu'il est bien tard dans la saison, je crains d'avoir plus de chance de trouver où loger à Margate, qui est moins à la mode, n'étant pas un lieu de séjour de la famille royale. Et puis, la qualité des bains de mer y est identique…

Bel ne souhaitait pas expliquer qu'elle se rendait dans cette région pour visiter une auberge à vendre. Ce n'était pas le genre de choses dont on parlait en société, même s'il ne s'agissait pas exactement d'une transaction d'affaires et il n'était pas séant non plus d'en faire trop de publicité.

Depuis que Jem Brow lui avait montré la petite annonce, Bel avait étudié la question. Elle préférait ne pas résider à Ramsgate, ville de passage un peu trop industrieuse et cosmopolite pour justifier un séjour balnéaire, mais à Margate, tout proche. Le simple fait d'en parler à la mère d'Ashley venait de renforcer sa détermination à entreprendre ce voyage. Cela lui permettrait de changer d'air et d'oublier un peu sa coupable passion pour le beau lord Dereham.

Les deux cousines quittèrent la famille Reynard quelques dizaines de mètres plus loin.

— Si vous voulez bien nous excuser, nous devons aller voir les autres invités, pour essayer de convaincre le maximum de gens de soutenir notre action. Si je ne vous revois pas d'ici là, milady, permettez-moi de vous souhaiter un excellent séjour à Brighton.

Bel entraîna sa cousine au bord de l'étang, où Patrick Layne, à l'ombre d'un saule pleureur, regardait la demi-douzaine de barques qui animaient le plan d'eau. Elle avait un plan et surveillait le jeune homme du coin de l'œil tandis qu'elle échangeait quelques mots avec les passants. Quand les deux cousines le rejoignirent enfin, elles avaient déjà recueilli deux promesses fermes de don.

— Monsieur Layne ? Dites-moi, savez-vous ramer ?

L'intéressé souleva son chapeau de paille à larges bords.

— Je me flatte d'être assez habile à cet exercice, en effet. Voulez-vous faire un tour en barque, mesdames ?

— Oui, s'il vous plaît.

C'était encore plus facile qu'elle ne l'avait cru tout d'abord.

Elinor ne paraissait pas vraiment enthousiasmée par cette perspective, mais elle tendit néanmoins sa main et Patrick Layne l'aida à s'installer dans la petite et peu stable embarcation.

— Je vais défaire l'amarre, proposa Bel.

Elle dénoua le cable de chanvre et poussa du pied la barque.

— Oh mon Dieu, que je suis bête, s'exclama-t-elle, j'ai oublié de grimper à bord… bah, tant pis, on dirait que cela bouge un peu, je crois que cela ne m'aurait pas plu…

Patrick fit mine de ramener l'embarcation vers le rivage.

— Non, non, inutile de venir me rechercher, s'empressa-t-elle de leur crier, amusez-vous bien !

« Et maintenant, s'il n'est pas complètement idiot, il va mettre à profit ce moment d'intimité que je leur offre » songea-t-elle, en longeant le bord sous les saules, tandis que Patrick ramait vigoureusement vers le centre de l'étang. Elinor avait ouvert son ombrelle et s'était tranquillement installée sur la planche, ce qui, on pouvait l'espérer, devait signifier qu'elle se détendait un peu.

Bel s'arrêta dans un endroit un peu à l'écart entre les arbres, où elle était cachée par la végétation et seulement visibles des canotiers, sur le plan d'eau. Il n'était pas déplaisant d'être un peu seule et tranquille un moment, sans se voir obligée de sourire ou de converser avec quiconque. Il lui fallait bien cela, d'ailleurs, pour se remettre de sa déconcertante rencontre avec lady Dereham. Malgré le ton plaisant et inoffensif de leur conversation, la mère d'Ashley avait eu une étrange lueur dans ses beaux yeux, quand elle avait fait allusion aux confidences de son fils. Et il y avait sûrement quelque chose, derrière ses histoires de séjour au bord de la mer… Lady Dereham appréciait-elle de la savoir proche de lui, ou l'aurait-elle au contraire préférée aux cent mille diables ?

Elle mit sa main en visière pour protéger ses yeux de la réverbération et scruta la surface de l'étang, à la recherche d'Elinor et de Patrick. Mais les barques étaient trop éloignées du bord pour que l'on puisse dire quelle était celle dans laquelle ils se trouvaient.

— C'est bien joli, ici, commenta-t-elle à voix haute pour le douteux bénéfice d'un canard qui nageait vers elle, sans doute dans l'espoir qu'elle lui jete un morceau de pain. N'importe qui se sentirait d'humeur romantique, dans un tel décor.

— Pas sûr, il faudrait pour cela qu'ils soient le moins du monde attirés l'un par l'autre…

La voix, tellement inattendue, la fit sursauter et elle écarquilla les yeux, regardant le canard comme si c'était lui qui avait parlé. A cet instant précis, son pied dérapa sur l'herbe et elle aurait pu tomber si un bras solide ne l'avait pas agrippée par la taille, l'entraînant aussitôt derrière l'écran de feuillage d'un saule.

— Ashley !

Il la reposa à terre, mais sans la lâcher pour autant et en la tenant serrée contre lui. Bel pressa sa main sur sa poitrine, comme pour comprimer les battements de son cœur. Tous les sentiments, les sensations qu'elle avait essayé de refouler impitoyablement se pressaient de nouveau en elle.

— Mon Dieu, Ashley, vous m'avez fait peur, j'ai cru un instant que c'était le canard qui me parlait !

Ashley ne parut pas trop ravi d'avoir été confondu avec un palmipède, pour autant que l'on pouvait en juger dans la pénombre du saule pleureur, sous le feuillage duquel ils étaient complètement dissimulés. C'était comme se trouver sous un grand parasol vert, dont les lanières tombant jusqu'au sol ne laisseraient filtrer que quelques rais de lumière. Dans cette cachette, ils pouvaient entendre les rumeurs des conversations, les flons-flons de l'orchestre qui jouait là-haut sur la terrasse et même les rires des enfants. Mais ils y étaient seuls au monde, comme dans une sorte de bulle.

— Je vous suggère de m'accorder plus de crédit qu'à ce canard, lui dit-il, d'un air mi-figue, mi-raisin, tandis qu'un cancanement plaintif montrait la déception de l'animal à la disparition de sa nouvelle amie.

— Je n'ai aucune idée de ce que vous voulez dire, répondit-elle, furieuse contre elle-même de sa réaction à la proximité d'Ashley et de son désir fou de faire le petit pas supplémentaire qui l'amènerait complètement entre ses bras.

Le désir oui, brutal, furieux, impérieux comme la vie, qui bouillonnait en elle.

— Je crois que vous vous faites des illusions quant à une possible romance entre Layne et votre cousine. Elle n'est pas plus que cela intéressée et quant à lui, il est très évident pour tout le monde que c'est plutôt pour vous, qu'il a un penchant.

— Pas du tout ! répliqua furieusement Bel. Patrick Layne, un penchant pour moi ? C'est ridicule !

Mais c'était vrai et elle s'en rendait compte, à présent. Elle avait seulement mis cette idée de côté parce qu'elle n'avait de désir pour personne d'autre que pour Ashley. Seulement c'était au temps où ils étaient encore amants. Et à présent ? Patrick était-il vraiment attiré par elle ? Et si c'était le cas, pourquoi n'en serait-elle pas flattée ? Il était beau, intelligent, aimable. « Et tu es libre » lui murmurait une petite voix.

— Bel ? Que se passe-t-il ?

Ashley prit son menton entre ses doigts et le souleva dans un rai de lumière, pour mieux l'examiner.

— Il y a des larmes dans vos yeux.

Bel réprima ce qui ressemblait beaucoup à un sanglot.

— C'est le soleil qui m'éblouit, rien de plus.

« Je suis libre, oui, mais je ne veux pas l'être. »

— Je n'y crois pas une seule seconde.

Il la serra contre le gilet blanc, immaculé, qu'il portait sous sa jaquette beige. Le large bord de son chapeau de fine paille heurtait le bord de la capeline de Bel. Il le lui retira, défaisant le lien de satin rose.

— Un bien joli article de mode, mais je crois que nous pouvons nous en passer.

La capeline tomba sur l'herbe à leurs pieds.

— Bon, à présent, dites-moi : ressentez-vous de l'attirance pour Patrick Layne ? Avez-vous envie de lui ?

— Mais non !

Bel mit toute la sincérité qu'elle put trouver, dans cette réponse.

— Bien sûr que non. Il est charmant, mais non.

— Merveilleux. Car moi je vous désire toujours, Bel. Terriblement. Et je me demandais un peu quel drôle de jeu vous jouiez, avec ce pauvre diable.

— Mais aucun, soupira Bel. Je voulais juste tirer ma cousine des jupes de sa mère et je pensais qu'ils feraient un beau couple.

— Alors même que vous ne croyez pas au mariage ?

— Pas pour moi, mais je n'ai jamais dit que cela ne pouvait pas convenir à d'autres. Elinor…

— Elinor est une intellectuelle. Il lui faut quelqu'un qui l'égale sur ce point, pas un garçon plutôt convenable et conventionnel comme Layne. N'avez-vous aucun intellectuel célibataire sous la main ?

— Pas que je sache. Mais vous avez raison : je ne devrais pas m'occuper de marier les gens.

— Je ne vous le reproche pas. Personnellement, je suis en désaccord avec ma mère, car j'ai un peu trop favorisé les amours de Frederica…

Bel le regarda, intriguée, oubliant momentanément ses propres préoccupations.

— Ah bon ? Avec qui ?

— Avec notre régisseur. Elle en est amoureuse et je le crois digne d'elle, mais il va devoir faire ses preuves.

— Mon Dieu, c'est merveilleux que vous ayez fait cela !

Il haussa les épaules.

— Bah, je veux qu'elle soit heureuse.

— Et vous ? murmura Bel.

— Moi aussi, je voudrais être heureux, répondit-il avec son sourire ensorceleur. Les deux semaines sont passées, Bel. Reviendrez-vous vers moi ?

— C'est pour cela que vous m'avez suivie ? Pour me le demander ?

Elle le désirait follement. Tellement, en fait qu'elle n'était pas bien sûre de la fiabilité de son propre jugement.

— Non, c'est une coïncidence. Je suis venu ici trouver un peu de solitude. Un saule pleureur, ajouta-t-il en souriant, n'est-ce pas comme un miroir de mon âme ?

— Vous ne pleurez pas, répliqua Bel, son cœur battant si fort que c'était à peine si elle pouvait encore penser.

— Pas tout à fait encore, mais si vous saviez comme vous m'avez manqué !

— Nous nous sommes vus, pourtant et souvent…

Elle essayait de rester logique et rationnelle. Mais les mains d'Ashley vinrent se poser en coupe autour de son visage. La logique et la rationalité s'éloignaient déjà…

— Ce n'est pas ce que je voulais dire.

— C'est faire l'amour qui vous a manqué.

— Tellement que j'en tremble. Mais je regrette nos conversations tout autant. Votre compagnie me manque, Bel… Et moi ne vous ai-je pas manqué ?

Ses paumes, sur sa joue, si douces…

— Bien sûr que si. Vous parler m'a manqué, faire l'amour avec vous… mais je me suis dit qu'il valait mieux en finir et qu'avec le temps, cela serait plus facile…

Elle pouvait voir à l'expression de son visage qu'elle ne devait pas être bien convaincante.

— D'ailleurs, ajouta-t-elle, vous êtes un homme et c'est plus facile pour vous de trouver… à vous consoler, ou au moins à apaiser vos besoins physiques…

Elle n'aurait pas dû parler ainsi et le savait…

— Croyez-le ou non, mais je me suis trouvé incapable d'aller me procurer… la consolation dont vous parlez. Je n'avais plus aucun goût à cela.

— Oh…

Bel baissa les yeux, n'osant même plus le regarder en

face. Lui demeurait toujours parfaitement calme, sans trouble apparent.

— Je dois… me décider, alors ?

— Oui. Moi, j'ai déjà pris ma décision mais il faut être deux, pour cela. Je veux que vous redeveniez ma maîtresse, mais je ne peux vous y forcer et ne chercherai pas non plus à vous séduire.

Elle se tenait les deux mains pressées sur sa poitrine, comme pour tenter de contenir les battements de son cœur mais soudain, comme mues par leur propre volonté, voilà qu'elles partaient à la découverte et qu'elles s'aventuraient sur le lin du gilet d'Ashley. Sous sa paume, les battements de son cœur étaient lents et réguliers. Elles montèrent encore, vinrent se nouer autour de son cou et alors, Bel regarda sa bouche. Elle le vit mordiller légèrement sa lèvre, un geste très charmant, très peu assuré, qui la fit soudain se dresser sur la pointe de ses pieds pour aller chercher sa bouche, sa chaleur, leur désir.

Il poussa un soupir rauque et la serra éperdument contre lui durant un long et bouleversant moment, avant d'approfondir vraiment leur baiser, sa langue lui rappelant — mais comment aurait-elle pu l'oublier — le goût de sa passion, de son corps et de tout ce qu'il signifiait pour elle.

« Oui, se dit-elle en enfouissant ses mains dans les cheveux si drus d'Ashley, oui, je suis à lui. »

Collée contre son corps, ses fortes mains brunes, courant sur elle, Bel pouvait sentir son membre fièrement dressé.

« Ce soir, oui, ce soir ! »

Elle répondait sans honte à son désir, avec une faim sauvage qui n'avait d'égale que la sienne. Sans crainte, heureuse et triomphante qu'il pût la vouloir aussi fort.

« Il est à moi. Mon homme. Mon amant. Mon amour…

Mon amour. Cette révélation la foudroya et elle se mit à trembler entre ses bras.

Je l'aime. »

Cela changeait tout, tout son univers s'écroulait. La fin, c'était la fin.

18

« Je l'aime. C'est un désastre. »

Bel repoussa Ashley aux épaules, interrompant leur baiser.

— Que… que se passe-t-il ? balbutia-t-il.

Il paraissait aussi ébranlé qu'elle-même.

— Je… je ne peux pas, Ashley. Je ne peux plus être votre maîtresse, plus maintenant.

— Je ne comprends pas…

Il se tenait dans l'ombre verte, à quelques centimètres d'elle et ils étaient encore dans les bras l'un de l'autre, leurs souffles mêlés.

— Comment pouvez-vous dire cela ? Alors que vous m'embrassiez et…

« Je ne comprends pas non plus, mais je t'aime et je ne peux plus faire ça. Pas si tu ne m'aimes pas, alors que je veux être à toi pour toujours. »

— Je ne peux pas vous expliquer… mais je ne peux pas… continuer, je suis désolée.

Elle ne trouvait pas les mots. Sa langue restait inerte dans sa bouche. Elle s'écarta vivement des bras d'Ashley, ramassa sa capeline et traversa l'écran de feuillage, éperdue, pour courir vers le bord de l'étang. Une fois hors de la bulle verte du saule, ce fut comme si elle émergeait d'un rêve dans la sombre réalité.

Il fallait se reprendre, faire face, affronter les regards. En tant qu'organisatrice de la fête, il lui était impossible de se cacher plus longtemps. Il ne lui fallut qu'un instant pour redresser sa capeline, renouer le ruban, défroisser sa robe et sortir du couvert pour revenir sur la pelouse.

Quelques secondes plus tard, elle était de nouveau au milieu des invités, souriant, bavardant, rattrapant un petit garçon qui s'approchait dangereusement de l'eau et le ramenant à sa gouvernante. Pas un instant, elle n'osa se retourner pour voir si Ashley était sorti lui aussi du bosquet et comment il prenait la chose.

Pour elle, tout était devenu clair. Déchirant, mais limpide, finalement.

Elle entendit son nom, s'arrêta, sourit machinalement.

— Bonjour, lady Saint-Andrew. Oui, délicieuse, n'est-ce pas ? Quelle chance nous avons d'avoir ce beau temps…

Un petit salut et on passe à un autre groupe.

— Madame Truscott, merci pour ce don si généreux. Oui, un devoir sacré, je suis bien de votre avis.

Elle aimait Ashley. Rien d'étonnant à ce qu'elle ne se satisfasse point de n'être que sa maîtresse. C'était bon quand elle pensait ne rien éprouver de plus pour lui que de l'attirance sexuelle. Alors, ils pouvaient goûter l'un à l'autre, en égaux. Mais elle ne pouvait pas lui dire qu'elle l'aimait, sinon il croirait qu'elle cherchait à se faire épouser. Et quelques nuits torrides ne lui suffisaient plus, elle qui voulait une vie entière avec lui. Et si, au cours d'un moment de brûlante passion, elle allait se trahir et lui avouer son amour ?

Passant près d'un vieux banc de pierre, elle s'y assit un instant.

Quelle sotte elle avait été, de croire que parce que son mariage avec Henry avait été ennuyeux, vide et sans amour, elle ne rencontrerait jamais un homme auprès duquel elle brûlerait de vivre jusqu'à son dernier souffle ! Et pas question de dire à Ashley qu'elle avait changé d'avis, ni pourquoi, pas après s'être défendue de façon si véhémente contre l'idée même du mariage.

Il ne lui avait demandé sa main que parce qu'il pensait l'avoir compromise et aussi, du moins elle le supposait, parce qu'il lui faudrait bien tôt ou tard une épouse pour assurer sa descendance et tenir sa maison. S'il l'aimait, il le lui aurait dit sans détours. Un homme de sa trempe ne redoutait pas un refus. Au contraire, il lui avait clairement laissé entendre qu'il ignorait même ce qu'était l'amour.

— Belinda !

— Tante Sylvia, Oncle Augustus…

Elle sauta sur ses pieds.

— Excusez-moi, je me reposais.

L'évêque la regardait d'un air sévère teinté d'un peu d'indulgence, son épouse avec la même sévérité, l'indulgence en moins. Mais la bienveillance n'avait jamais été au nombre de ses vertus.

— La lune de miel de ton frère est-elle terminée ?

— Non, mon oncle et je pense que Sebastian et Eva ne reviendront pas en Angleterre avant la fin de l'été, quoi qu'il en soit.

Bel était sûre que l'évêque désapprouvait ce mariage, mais il était difficile, pour l'incorrigible snob qu'était l'oncle Augustus, de désavouer l'union de son neveu avec l'héritière d'un grand-duché.

— Je n'ai pas vu le cousin Theo, est-il là ?

— Non, Theophilus est parti faire son tour d'Europe, répondit sa mère d'un air de profond dégoût. Il est à espérer que la vue des chef-d'œuvres antiques lui inspirera suffisamment de sérieux pour qu'il puisse enfin envisager de choisir une carrière.

Mais à la voir, comme à l'entendre, il était clair que la digne lady ne croyait guère à cette possibilité.

Connaissant le caractère quelque peu dissipé de Theo, la carrière en question ne pouvait être au sein de l'église.

— Il parle plusieurs langues, je crois, remarqua Bel. Peut-être que les Affaires Etrangères…

Cette supposition ne lui valut rien d'autre qu'un regard glacial de sa tante. Bah, au moins, le pauvre Theo bénéficiait d'un sursis, mais on pouvait douter, en effet, qu'il puisse changer du tout au tout et devenir responsable.

— Restes-tu à Londres tout l'été, Belinda ?

Cette question de son oncle n'était pas assortie d'une invitation à séjourner à l'archevêché, au grand soulagement de Bel.

— Je vais à Margate, mon oncle, pour les bains de mer…

— Pas toute seule, je suppose ?

— Mon Dieu non, avec Elinor.

Bel croisa mentalement les doigts. Sa cousine ne voudrait probablement plus lui parler, après son petit tour en barque quasi forcé avec Patrick Layne.

Après un petit sermon sur les mauvaises rencontres que l'on pouvait faire dans les stations balnéaires et un avertissement quant au péché mortel qu'elle commettrait si d'aventure elle se baignait un dimanche, son oncle et sa tante la laissèrent enfin. Quelle heure était-il ? Bel jeta un coup d'œil au cadran solaire placé au-dessus du portail de l'écurie. 14 h 30, seulement. Il restait des heures avant qu'elle puisse rentrer chez elle, trouver un peu de paix et pouvoir enfin pleurer sur sa vie à venir, sans l'homme qu'elle aimait. Il allait falloir, auparavant, calmer Elinor, éviter Ashley et aussi Patrick Layne, endurer la compagnie de tous les donateurs potentiels à qui elle allait encore devoir sourire.

— Ah, te voilà !

C'était justement Elinor, seule et pas exactement de bonne humeur, à en juger par ses lèvres serrées et son ombrelle agressivement brandie à bout de bras. L'ourlet de sa robe était trempé.

— Je ne veux jamais plus me trouver dans une telle proximité avec des canards ! Que diable as-tu bien pu…

— Je sais, je suis désolée. J'ai cru que M. Layne et toi, vous pourriez trouver agréable de rester seuls ensemble. Je me suis trompée.

Cet aveu plein d'humilité eut l'effet de doucher instantanément le ressentiment de sa cousine. Elinor s'assit auprès d'elle et déplia son ombrelle pour les abriter toutes deux.

— Je n'aurais jamais cru que tu le reconnaîtrais aussi facilement, soupira-t-elle. Tu as tout de même fini par remarquer que les pensées de M. Layne… étaient dirigées vers quelqu'un d'autre ?

— Tu veux dire vers moi ? Je n'en avais pas idée, c'est Ashley qui me l'a dit.

L'un des sourcils sombres d'Elinor se leva de surprise.

— Tu l'appelles Ashley ?

Il n'y avait personne à portée d'oreille et soudain, l'obligation de garder le secret plus longtemps lui parut insupportable.

— Oui, Elinor, je l'aime.

Prononcé ainsi, à voix haute, c'était terrifiant.

Le visage de sa cousine s'éclaira.

— Mais c'est merveilleux, je vous souhaite beaucoup de bonheur !

— Il ne m'aime pas.

Cela, c'était terriblement douloureux à dire. Bel se mordit la lèvre, redoutant d'éclater brutalement en sanglot ici, où tout le monde pouvait la voir. Elle se redressa, le regard fixe.

— Oh, mais si voyons, il n'y a qu'à voir la façon dont il te regarde.

— Il me désire, je t'assure que ce n'est pas du tout la même chose.

— Et…

Elinor se mit à rougir, la tête un peu penchée de côté.

— Tu n'as pas… vous n'avez tout de même pas…

— Si.

Ce n'était certes pas une chose à avouer à une jeune fille, mais à vingt-quatre ans, Elinor pouvait tout de même entendre certaines choses et de plus, Bel savait qu'elle pouvait lui faire confiance.

— Mais c'est fini, à présent.

— Fini ? Pourquoi ?

C'était à présent au tour de Bel de rougir. Elinor la regarda les sourcils froncés, comme si elle déchiffrait quelque vieux texte en grec ancien, puis son visage s'éclaira.

— J'ai compris : quand tu t'es aperçue que tu l'aimais, tu as trouvé trop pénible de continuer à être sa maîtresse, parce que ce que tu aurais voulu, c'est qu'il t'épouse. Mais comme il ne t'aime pas ; si tu lui avoues tes sentiments, il t'épousera par devoir, ce qui t'est intolérable.

Bel regarda sa cousine, les yeux ronds.

— C'est... c'est extraordinaire !

Comment avait fait Elinor, qui ne savait rien des choses de l'amour, pour résumer aussi bien tout ce qu'elle ressentait ? Avait-elle appliqué sur elle la même méthode qui lui permettait de traduire les vieux textes ?

— J'étais tellement confuse... Maintenant je sais ce que je ressens et c'est affreux !

— Tu étais simplement beaucoup trop impliquée émotionnellement. Pour quelqu'un qui ne l'est pas, c'est beaucoup plus facile, lui répondit Elinor avec tact. Que vas-tu faire, à présent ? Je pense que tu ne voudras pas qu'il puisse deviner tes sentiments ?

— Non, en effet. Je vais me réfugier à Margate, pour quelques jours. Veux-tu venir avec moi ?

En quelques mots, elle la mit au courant de son projet d'acquérir une auberge.

— Nous pourrions emmener Brown et Lewin, une ou deux femmes de chambre et aussi un valet. On peut s'y rendre par coche d'eau, sur la Tamise puis longer la côte, ce sera sûrement plus agréable que par la route et plus confortable pour nos deux blessés.

Elle regarda sa cousine avec angoisse.

— Tu crois que ta mère va te laisser y aller ?

— Elle a prévu de passer deux semaines chez Oncle Augustus et Tante Sylvia, pour surveiller les projets de restauration de la cathédrale. Elle n'a pas besoin de moi pour cela et moi, je serai trop heureuse d'échapper à la perspective de m'enfermer à l'évêché.

Elinor glissa sa main dans celle de sa cousine et la serra affectueusement.

— Tu vois, lui dit-elle, nous nous enfuirons ensemble, nous nous baignerons, nous visiterons des auberges avec MM. Brown et Lewin, nous nous inscrirons à la bibliothèque locale pour lire tout un tas de romans et nous mangerons des glaces tous les jours !

La perspective de divertissements si édulcorés amena un sourire un peu triste sur les lèvres de Bel.

— Et nous oublierons les hommes ?

— Pour moi qui n'en ai pas, ce ne sera pas difficile, mais pour toi, bien sûr ce sera différent, puisque tu aimes lord Dereham, répondit Elinor avec franchise. Je ne connais pas grand-chose à l'amour, mais je suppose que tu vas te morfondre un peu. Ne te gêne pas pour moi, si tu as besoin de cela : je lirai pendant ce temps et te laisserai tranquille.

— Oh, merci, du fond du cœur !

Elle était sincère : la perspective d'une compagnie féminine, compréhensive et guère pesante était une véritable bénédiction. Cela lui donna le courage de lâcher la main de sa cousine et de faire face en souriant aux passants.

Mon Dieu, voilà que venait vers elle une amie, certes, mais l'une des dernières personnes à qui elle aurait voulu parler en cet instant.

— Miss Layne…

Si jamais son frère l'avait mise au courant ou si elle soupçonnait qu'il entretenait pour elle de tendres sentiments ?

— Très réussie, cette petite fête…

Elinor s'écarta pour laisser à la poétesse un peu de place entre elles. Elle n'avait pas d'ombrelle et le bout de son nez était rougi par le soleil, mais elle avait son carnet à la main et Bel pouvait voir qu'il était couvert de mots griffonnés à la hâte.

— J'ai perdu mon ombrelle quelque part, expliqua-t-elle avec un geste vague, mais j'ai pris beaucoup de notes. Avez-vous vu Patrick, lady Belinda ?

— Il m'a très gentiment promenée en barque, intervint Elinor, mais je ne l'ai pas vu depuis ce moment-là… Et cela fait environ une demi-heure.

Sans doute, se dit-elle qu'il valait mieux changer de sujet de conversation, car elle enchaîna aussitôt :

— Ma cousine et moi nous projetons un voyage à Margate. Nous irons en bateau, par le fleuve et par la mer, ce sera toute une aventure.

— Quelle excellente idée ! s'exclama miss Layne, je disais justement à Patrick que j'aimerais aller sur la côte, à présent qu'il fait si chaud, mais je trouve Brighton assommant, avec tous ces snobs qui s'y pressent dans l'espoir d'apercevoir le Régent. Je crois que nous allons suivre votre exemple.

Elle se leva et referma son carnet.

— Quand comptez-vous y aller ?

— Je… euh… c'est-à-dire que rien n'est décidé encore, balbutia Bel, qui bien que très embarrassée ne voulait pas paraître discourtoise. Je ne me suis pas encore occupée des réservations.

— Je vous en prie, faites-moi savoir quand vous connaîtrez vos dates de séjour, reprit miss Layne, il est tellement agréable de se retrouver entre gens de connaissance !

Puis elle leur sourit et disparut aussi vite qu'elle était venue.

— Mon Dieu, je ne sais pas ce qui m'a pris, soupira Elinor. J'aurais mieux fait de me taire : et M. Layne qui va certainement l'accompagner… Nous n'allons quand même pas changer nos plans ?

— Non, tant pis.

Bel songea que cela aurait été sans doute trop beau pour être vrai. La perspective de vacances sans embarras était tout aussi irréelle qu'une liaison sans complications.

— Cela me donnera l'occasion de faire comprendre à M. Layne que je ne puis partager ses sentiments et voilà tout.

L'étude de tous les guides touristiques disponibles en librairie convainquit les deux cousines que le Royal Hotel était la meilleure adresse de Margate.

— « … en termes de confort et de propreté, cet établissement n'a pas son pareil dans tout le pays » lut Elinor à haute voix en parcourant un de ces ouvrages.

Bel approuva d'un sourire et se plongea pour sa part dans la littérature mise à leur disposition par la compagnie de transports fluviaux et maritimes.

Chaque nuit, elle en lisait une autre, fort différente. Ses insomnies revenant de plus belle, elle dévorait tout ce que lord Byron avait pu publier, en essayant d'oublier un être de chair et de sang dans la compagnie de tous les personnages sortis de la fertile imagination du poète.

L'hôtel répondit par retour du courrier qu'une suite leur était réservée. Brown et Lewin assurèrent Bel qu'ils pouvaient trouver seuls à se loger à leur arrivée sur la côte et qu'elle n'avait pas à s'en préoccuper.

— J'ai reçu les billets, annonça-t-elle en montrant l'enveloppe à la table du petit déjeuner, le lendemain du départ de sa tante Louisa.

La digne lady avait laissé sa fille à Half Moon Street, en lui remettant une longue liste d'ouvrages d'architecture, à lire obligatoirement durant ses vacances. Elinor s'était empressée d'enfermer ladite liste dans un secrétaire.

— Nous n'emporterons que des guides et des romans, affirma-t-elle, péremptoire. Quand partons-nous ?

— Demain matin, à sept heures, répondit Bel en examinant les billets. Nous embarquons au quai Ralph près de Billingsgate et devrions arriver à Margate en fin d'après-midi ou début de soirée, si le vent est bon.

— Il y a une lettre de miss Layne…

Elinor ouvrit l'enveloppe.

— Elle dit qu'elle a réservé des chambres au Wright's York Hotel sur Marine Parade et qu'ils partent ce matin… que son frère et elle sont impatients de nous y retrouver…

— Au moins, nous ne serons pas dans le même hôtel, soupira Bel, je pourrais donc éviter M. Layne plus facilement. Tout cela est bien ennuyeux, car si la situation était autre, j'aurais eu plaisir à profiter de leur compagnie à tous deux…

Pas autant qu'elle aurait apprécié celle d'Ashley, bien sûr. Mais de ce côté-là, il n'y avait plus rien à espérer. Elle s'était jetée dans ses bras, puis l'avait rejeté sans la moindre explication. Il faudrait qu'il fût une sorte de saint pour le lui pardonner et il n'en était pas un. Le souvenir de tout ce qui faisait… précisément qu'il ne l'était pas la fit soudain rougir et lui tourna la tête mieux que ne l'aurait fait un alcool capiteux.

— Qu'est-ce que c'est cette grise mine ? demanda Elinor. C'est à cause de M. Layne ? Tu sais, tu n'as qu'à continuer comme avant et à prétendre ne t'apercevoir de rien. Soit il se déclarera et tu pourras lui dire non, soit il finira par se lasser.

— C'est que je ne voudrais pas lui faire trop de mal,

soupira Bel. Jamais je n'aurais imaginé qu'il avait des sentiments pour moi, si Ashley ne m'avait pas ouvert les yeux. Tu ne crois pas qu'il est trop sérieusement épris, n'est-ce pas ?

Elinor haussa les épaules.

— Je n'ai pas vraiment d'expérience dans ce domaine. Mais en tout cas, on ne peut pas dire que tu l'aies encouragé.

— C'est vrai.

Un peu rassérénée, Bel se remit à parcourir les papiers qui jonchaient la table.

— Tant de choses à faire, soupira-t-elle encore et si peu de temps… pas celui, en tout cas, de rester assise à se lamenter à propos des hommes… Je crois que l'on devrait faire une liste et se partager les tâches.

Il ne serait pas venu à l'idée de Bel de faire réserver un espace privé à l'entrepont, pour quelques heures de voyage par une aussi belle journée d'août. Le pont de la patache d'eau était propre et spacieux, avec des bancs pour qui désirait s'asseoir. Les deux cousines s'y installèrent avec Brown, Lewin et Peter, le jeune valet que Tante Louisa avait laissé à la disposition d'Elinor, dès que leurs bagages furent convenablement amarrés sous un taud.

La jeune fille, sa capeline peu élégamment retenue par son châle noué sous le cou, en prévision du souffle de la brise marine, veillait sur le panier à pique-nique, tandis que Bel arpentait le pont en compagnie de Millie, sa jeune servante, qui quittant Londres pour la première fois de sa jeune vie, regardait toute chose avec des yeux ronds. Bel, qui surveillait son petit monde avec un soin jaloux, s'aperçut que le visage de Peter virait à une malsaine nuance de vert. L'instant d'après, le jeune valet courait se pencher au bastingage.

— Mais enfin, mon ami, lui dit Bel avec une sympathie modérée d'un brin d'exaspération nous n'avons même pas encore quitté le quai ! Elinor, as-tu quelque chose que nous puissions donner à ce garçon ?

— Attendez, milady, j'ai ce qui lui faut, à ce freluquet...

Brown tira une flasque de sa poche.

— Ça va te redonner des couleurs, ça mon gars... prends une gorgée et puis reste le nez face à la brise, là où elle est bien fraîche.

Bel regarda ces trois-là se passer la flasque de main en main.

— Ils seront fin soûls le temps que nous arrivions à destination, chuchota-t-elle à l'attention d'Elinor, puis elle se mit à sourire, ravie de cette petite aventure inattendue. Dis-moi, que dirait ta mère de tout cela ?

La jeune fille regardait un personnage en gilet rayé pousser sa femme, une énorme dondon en robe rose, sur la planche de coupée. Les cris des mouettes faisaient écho à ceux, terrifiés, de la malheureuse.

— Elle dirait que nous avons perdu tout reste de bon sens, répondit Elinor, tout sourire, en repoussant sa capeline. Mais c'est amusant, non ?

— C'est vrai, répondit Bel souriant en retour.

« Je me demande ce que fait Ashley, en ce moment. »

Elle pensa ces mots, mais ne les prononça pas.

19

— Lady Belinda est absente, je regrette, milord.

— Eh bien, prenez ma carte et dites-lui que je suis passé, voulez-vous, Hedges ? Quand pensez-vous qu'elle sera de retour ?

Ashley mit la main à la poche intérieure de sa jaquette.

Le majordome de Bel semblait le regarder d'un air désapprobateur, ce qui était ridicule. Ce n'était pas à Hedges de le juger, quoi qu'Ashley ait pu faire pour que sa maîtresse se conduise de l'étrange manière qui avait été la sienne quatre jours auparavant et qui le tourmentait tant depuis.

Il avait été très dur d'attendre, de se demander encore et toujours ce qui avait bien pu se passer sous ce maudit saule. En une seconde, Bel était passée, dans ses bras, de la sensualité lascive au rejet, repoussant jusqu'aux baisers qu'un instant auparavant, elle semblait brûler de goûter. Depuis, Ashley arpentait des heures durant le plancher de sa chambre ou demeurait assis, seul et silencieux, à son club. Si par hasard il s'asseyait à une table de jeu, il perdait, par pure inattention. Mais il avait beau y penser toujours, il ne comprenait toujours pas ce qui avait bien pu passer par la tête de Bel.

Ce ne pouvait pas être quelque chose qu'il lui avait dit, comment aurait-il pu parler, alors que sa bouche n'avait pratiquement pas quitté la sienne ? C'était donc quelque chose qui était en elle, un changement intervenu Dieu sait comment. Et à présent son majordome, qui avait toujours semblé le considérer avec autant de bienveillance que son impassibilité professionnelle l'autorisait à en témoigner, le fixait d'un air glacial.

— Milady n'est pas en ville, milord.

— Ah bon ? Où est-elle donc ?

— Je ne saurai le dire, milord.

C'était faux, bien entendu. Ashley, le considéra un instant, sans parler. Le bougre le savait parfaitement, mais avait reçu l'instruction de ne rien dire, de ne rien *lui* dire, à lui, Ashley. Voilà pourquoi Hedges le regardait avec désapprobation, déduisant qu'il avait dû déplaire à sa maîtresse, d'une façon ou d'une autre.

Sa main se referma sur les quelques pièces de monnaie qu'il avait dans sa poche. Mais non, c'était stupide. Hedges n'était pas homme à trahir la confiance de son employeuse pour quelques guinées.

— Je vois, répondit-il d'un ton sec, pour bien montrer qu'il n'était pas dupe. Faites-vous suivre son courrier ?

— J'ai reçu… des instructions très précises quant aux lettres que je suis autorisé à lui transmettre, milord.

Ashley comprit soudain que la situation déplaisait aussi souverainement au fidèle serviteur qu'à lui-même.

— J'espère que milady va bien ?

Hedges eut une fraction de seconde d'hésitation, comme si sa cuirasse d'impassibilité professionnelle était légèrement prise en défaut.

— Milady jouit de sa bonne santé habituelle, milord. Y a-t-il autre chose ?

— Non, merci, Hedges.

Ashley tourna les talons et redescendit les marches du perron, tandis que la porte se refermait doucement derrière lui. Son habituelle bonne santé ? Physique, certainement. Du point de vue moral, elle allait certainement moins bien. Et lui, qu'avait-il donc ? Il se lamentait parce qu'une de ses maîtresses avait, pour une fois, pris l'initiative de la rupture ?

Eh bien oui, sans doute. Il pouvait sentir sa fierté blessée et sa passion contrariée lui tordre ensemble l'estomac. Mais il y avait aussi autre chose. Il voulait Bel, il voulait tout d'elle et pas seulement son corps.

Ses pas conduisirent Ashley au bout de Half Moon Street, dans la bruyante animation de Picadilly. Il avait l'impression de ne voir toute cette agitation que derrière un écran de verre très épais. Que faisait-il là ? Cela n'avait aucun sens. Il secoua la tête, pour tenter de remettre de l'ordre dans ses idées, puis pressa le pas en direction de l'Albany. Ce qu'il voulait, non, ce qu'il lui *fallait* faire, devait attendre la nuit tombée.

Une cloche sonnait au loin, quelque part. La clé tourna silencieusement dans la serrure et la porte qui donnait sur le petit jardin s'ouvrit. Ashley retira ses chaussures et s'avança précautionneusement dans le corridor obscur, puis tourna à l'angle de l'escalier qui menait à l'étage des chambres. Les marches craquèrent très doucement dans la maison silencieuse et endormie, où l'on n'entendait guère que le tic-tac d'une horloge et le glissement feutré du chat de la cuisinière, dans les couloirs.

On dormait, certes, entre ces murs, mais Bel n'y était

pas. Ashley ressentit presque physiquement son absence quand il ouvrit la porte de sa chambre.

La faible lumière de la lune éclairait la fourrure blanche étalée devant la cheminée et faisait briller les petits yeux de verre tournés vers lui.

— Salut, Horace…

Il retira sa jaquette et s'assit en tailleur sur la peau d'ours, enfouissant ses paumes et ses doigts dans les poils drus, qui sentaient tout à la fois l'odeur du feu de bois et celle de Bel.

Ashley détendit ses épaules, posa ses mains sur ses genoux, paumes en l'air, doigts joints et se tint bien droit. Il sentit sa respiration se ralentir et son esprit s'éclaircir. C'était la méthode de relaxation que lui avait enseigné, il y avait bien des années de cela, un camarade d'école, le fils d'un maharajah expédié dans le monde froid et cruel de l'éducation anglaise. Ashley avait tout de suite pris en amitié ce mince garçon terrifié, à la peau brune, dont il avait par la suite admiré l'équilibre, la résistance et la rapidité avec laquelle il s'adaptait à son nouvel univers.

Pour le remercier de mettre à son service sa langue acérée et ses poings puissants, son nouvel ami lui avait révélé un secret.

Il ne parvenait pas à se souvenir du nom exact de cette discipline, véritable arme mentale, mais il l'avait, depuis, utilisée avant chaque bataille à laquelle il avait participé, ainsi que lors de la mort subite de son père et aussi quand Katy avait attrapé une fièvre maligne et que toute la famille désespérait de la voir guérir. Cette pratique lui apportait calme, force et concentration. A présent, il pouvait rentrer en lui-même et lire dans son propre cœur.

Il resta longtemps ainsi, tandis que les différentes

horloges de la maison égrenaient les quarts d'heure. Puis le clocher le plus proche sonna cinq fois et Ashley perçut chaque coup plus clairement que le précédent. La réponse qu'il attendait parut, tout aussi évidente, sur ses lèvres :

— Je l'aime.

Il comprenait enfin ses propres sentiments et le soulagement l'envahit. Il bondit sur ses pieds et se mit à arpenter la chambre. Il ne s'était pas trompé en disant à Bel que sûrement, l'amour se reconnaissait quand on l'éprouvait. Il y voyait clair à présent, en effet. Il avait simplement fallu pour cela qu'il cesse de lutter contre ses propres sentiments.

Bel avait envahi sa vie et ses pensées sans même qu'il en ait eu conscience, chassant ses cauchemars de guerre et de mort pour les remplacer par le besoin impérieux et inextinguible de sa douceur.

Le bouleversement physique que cette prise de conscience entraînait en lui le surprit. Il aurait voulu crier, courir, partir au galop pour la rejoindre où qu'elle puisse être, la prendre dans ses bras et la couvrir de baisers.

Mais la femme qu'il aimait ne voulait pas de son amour. Elle ne l'aimait pas, elle, et ne voulait pas l'épouser.

Ashley se rassit sur la peau d'ours, tout son sursaut d'énergie évaporé, envolé aussi vite qu'il était venu. Bel l'avait rejeté et s'était enfuie loin de lui. Pourquoi ? Du diable s'il le savait ! Il allait la retrouver et la persuader de l'épouser.

« Bon Dieu, songea-t-il dans un éclair de colère, je ne suis tout de même pas un mauvais parti ! »

Il était certain que dès que sa mère laisserait entendre qu'il cherchait à se caser, toutes les célibataires de moins de trente ans se mettraient sur les rangs, comme pour une inspection. Mais il ne voulait pas d'elles. Il voulait une seule femme au monde, qui elle, ne voulait pas entendre parler de mariage. Pas avec lui, en tout cas. Le lui proposer ne servirait à rien, elle refuserait. Lui faire une déclaration d'amour ? Elle l'accuserait probablement de se livrer à une offensive de chantage affectif. Il allait donc falloir lui faire la cour, exercice qu'il n'avait jamais vraiment pris le temps de pratiquer jusque-là, et aussi s'arranger pour que jamais elle ne se sente prise au piège. Avant de connaître Bel, Ashley se serait certainement flatté de pouvoir amener n'importe quelle femme à tomber amoureuse de lui, pour peu qu'il s'en donne la peine.

Cette forfanterie-là l'avait bien abandonné et ce qui l'avait remplacé, c'était la pensée de plus en plus précise — et glaçante — que sa vie, sans elle, n'aurait plus aucun sens.

— Mais une bataille à la fois, mon vieux Horace, murmura-t-il. D'abord, la trouver.

L'effet d'une nuit sans sommeil, s'ajoutant à la pressante requête de sa mère de la rejoindre, elle et ses sœurs, pour le petit déjeuner, poussa Ashley, quelques heures plus tard, à s'adresser à son valet avec quelque impatience, avant de lui confier qu'il aurait bien aimer envoyer « promener ce fichu rendez-vous à la pointe de l'aube ». Mais c'est en fils respectueux pourtant, que, une demi-heure plus tard, il étouffait des bâillements, en essayant de se concentrer sur la première page du *Times*.

Autour de lui, ses sœurs bavardaient joyeusement, évoquant leurs préparatifs de vacances à la mer, tandis que lady Dereham ouvrait sa correspondance.

— Excellent !

Ashley leva les yeux, la vit qui examinait une lettre ou une autre et se replongea dans la contemplation distraite d'une réclame pour une édition en trois volumes de la *Mythologie grecque et latine*, un sujet qui ne le passionnait que très modérément.

— Ashley !

A en juger par son ton impatient, elle avait déjà dû l'interpeller une fois ou deux. Ashley se força à se concentrer et à abandonner ses rêveries sur la possibilité d'aller interroger les agents de l'octroi pour tenter de savoir si on avait aperçu l'équipage de Bel sur une quelconque route du pays.

— Oui, mère ?

Il plia son journal, le posa près de son assiette et se composa une attitude aussi attentive que filiale.

— Je viens de recevoir la confirmation de ma réservation d'une suite dans le meilleur hôtel de Margate. J'annule Brighton tout de suite.

— Margate ? Oh, mais, maman, les boutiques..., se mit à gémir Frederica.

— Les soirées du Castle Inn...

Là, c'était Anna.

— Moi, je voulais conduire une charrette tirée par un âne, grogna Katy, l'air buté.

— Tout bien pesé, je me méfie de la faune que l'on rencontre à Brighton à cette époque de l'année. Un peu trop de débauchés et de coureurs de dot..., déclara lady Dereham. Et puis la mer est plus agréable à Margate ; la plage est de sable et la baie, bien mieux abritée.

— C'est un peu soudain, non ? remarqua Ashley, surpris.

Il y avait quelque chose qui sonnait un peu faux dans toutes ces explications.

— J'ai réfléchi à tout cela après que lady Felsham m'eut confiée qu'elle s'y rendait ces jours-ci...

Elle s'interrompit et regarda son fils.

— Tu as la bouche ouverte, mon chéri…, constata-t-elle avec calme.

Il la referma d'un coup sec.

— Bel… lady Belinda est à Margate ?

Ce serait donc aussi simple de la retrouver ?

— Oui, avec sa cousine et les Layne, je crois…, dit tranquillement sa mère.

Quelque chose dans son attitude alerta Ashley. Elle le regardait avec un peu trop d'attention. Toute cette histoire de « faune » de Brighton n'était que poudre aux yeux. Sa mère voyait en Bel un parti possible et voilà pourquoi elle changeait ses plans. Ashley eut soin de se composer une moue dédaigneuse et il vit un nuage d'inquiétude passer dans les yeux de lady Dereham.

— Et vous voulez que je vous accompagne ? demanda-t-il avec un air réticent. C'est ennuyeux, j'avais de nombreux amis à visiter à Brighton. Bah, je suppose que de là, je pourrais me rendre une fois ou deux à Margate, pour vous voir…

Avoir découvert où se cachait Bel était sans doute un miracle, mais il n'avait pas pour autant l'intention de dévoiler à sa mère ses sentiments réels. La situation était trop délicate pour que sa famille s'en mêle, même avec les meilleures intentions du monde.

— Je suis désolée de bouleverser tes plans, mon chéri, dit lady Dereham précipitamment. Mais j'aurai plus que jamais besoin de toi, puisque nous ne connaissons personne à Margate.

Les lèvres pincées, Ashley regarda les quatre paires d'yeux tournés vers lui. Il était cruel de les inquiéter ainsi, alors qu'en fait, il était à deux doigts de bondir sur ses pieds et de serrer sa mère sur son cœur, par pure gratitude.

— Dans ce cas, je vous accompagnerai, bien entendu dit-il en souriant, en essayant d'oublier la petite voix qui lui disait que la partie n'était pas gagnée, que seul le plus facile était fait. A présent, il allait devoir gagner le cœur de celle qu'il aimait.

— Vous avez vraiment l'intention de vous tremper ? demanda miss Layne en regardant l'alignement des cabines roulantes sur le sable doré de la plage, devant Marine Parade.

Le frère, la sœur et les deux cousines avaient échangé un billet la veille au soir et étaient convenus de se retrouver devant l'un des nombreux établissements proposant, outre les classiques bains chauds et de vapeur, en intérieur, des baignades en mer en toute sécurité et décence, grâce aux cabines roulantes.

— Je… suppose, répondit Elinor en observant une dame, encore vêtue de toute sa toilette, que l'on aidait à monter dans l'habitacle de planches.

On amena le cheval entre les brancards, puis une solide matrone releva ses jupes et se hissa à côté du conducteur. Celui-ci claqua ses rênes et la cabine roulante avança dans les flots. Lorsque l'eau arriva un peu en dessous du plancher, le conducteur fit faire à son cheval un demi-tour qui plaça la cabine face au large, puis descendit de son siège, déharnacha son cheval et le ramena sur la plage pour le client suivant.

— Et maintenant, que va-t-il se passer ? demanda miss Layne. Patrick, tu as ta longue-vue ?

— Oui, mais je ne vais tout de même pas la braquer

sur une cabine occupée par une dame, répondit son frère avec un sourire. Pour qui me prends-tu ? Tu veux me faire chasser de la ville ?

— Je veux juste savoir ce qui va se passer maintenant, protesta sa sœur. Oh, regardez… la femme de service est en train de déployer une sorte d'auvent…

La robuste matrone déroulait en effet un prélart fermé, une sorte de tente de toile attenante à la cabine, qui couvrait l'eau sur une surface de quelques mètres carrés.

— Il y a assez d'espace pour nager, remarqua Bel.

Ces femmes de service avaient la réputation de vous mettre à l'eau sans trop de ménagement, ce qui n'était pas très tentant, mais elle savait nager et la perspective de se baigner dans la mer l'attirait beaucoup.

— Trop froid pour moi, dit miss Layne en frissonnant, je crois que je vais plutôt aller prendre un bain chaud. Et toi, Patrick ?

— Oh, je nagerai volontiers, mais je n'ai pas besoin qu'un garçon de bain me jette à l'eau. Voulez-vous que j'aille demander quel est le meilleur moment et que nous revenions cet après-midi ?

— Si tu veux et inscris-moi pour un bain chaud.

— Inscrivez-moi aussi pour la même chose, s'il vous plaît, renchérit Elinor. Plus j'y pense et moins je suis tentée par toute cette eau froide.

Bel déplia son ombrelle pour protéger ses joues du soleil et s'assit sur l'un des bancs qui s'alignaient le long de Marine Parade. La scène colorée qui se déployait devant ses yeux méritait qu'on l'observe un moment, tant sur la plage que sur la promenade et la jetée.

Derrière elle, un groupe de lavandières montait par un sentier à flanc de colline en bavardant joyeusement, des panières pleines de serviettes provenant des divers établissements de bain, calées sur la hanche. Sur le trottoir, des porteurs en blouse blanche s'activaient en soufflant à transporter les bagages des estivants, du port jusqu'aux hôtels du front de mer.

Bel regarda les dames qui descendaient précautionneusement des cabines roulantes dans l'eau et examina avec intérêt leurs costumes de bain. Le sien, acheté peu avant le départ, était un modèle élaboré en tissu rose et vert, avec un galon en zigzag à l'ourlet et au décolleté, qu'elle supposait représenter des algues, voire du varech. Le seul intérêt de ce costume, en ce qui concernait la baignade était que, tissé en coton, il devait sécher facilement et qu'il se boutonnait sur le devant, ce qui faisait qu'on pouvait l'enlever vite. Par-dessous, elle était supposée porter des sous-vêtements de flanelle. Mais elle n'avait pas l'intention de nager engoncée dans tout cet attirail. Grâce aux cabines avec tente extérieure, inventées quelque cinquante ans auparavant par l'ingénieux M. Beale, elle pourrait nager nue sous son costume de bain, en toute discrétion.

Bel laissa errer son regard, en rougissant un peu, vers les cabines roulantes réservées aux hommes. Ces messieurs allaient et venaient en culottes de coton et chemise, un canotier crânement incliné sur le front. Justement, une haute silhouette s'avançait sur la plage, soulevant brièvement son chapeau de paille pour répondre au salut d'un autre baigneur.

Bel sentit son cœur s'arrêter de battre, dans sa poitrine. Ces cheveux blonds, cette nonchalante élégance…

— Ashley ?

Elle agrippa la rambarde métallique qui séparait la promenade de la plage avec un douloureux soupir, comme si la surface rouillée, râpeuse, avait pu la blesser à travers ses gants de coton. Il l'avait donc suivie jusqu'ici ?

Malgré les consignes laissées à son personnel, de ne dire à personne où elle était allée, il l'avait retrouvée.

Etrangement, elle se sentait soudain envahie d'une joie irrépressible à le voir s'avancer vers la cabine roulante, à l'intérieur de laquelle il disparut à sa vue.

— Bel ? Nous y allons ?

Elinor et les Layne se tenaient près d'elle, prêts à profiter de la suite de leur programme de la matinée.

— Il faut nous inscrire à la bibliothèque, insista Elinor.

— Ah oui, bien sûr… Mais c'est si agréable ici que j'aimerais bien y rester encore un peu. Tu veux bien faire l'inscription pour moi, Elinor ?

Ashley tenait à elle, il n'y avait pas d'autre explication au fait qu'il avait dû laisser sa famille à Brighton pour venir la retrouver.

— Tout va bien, insista-t-elle pour rassurer Elinor, laquelle paraissait inquiète, en la pressant d'aller rejoindre les Layne sur le boulevard. Je ne risque rien, regarde toutes les familles respectables qui sont là…

La cabine roulante d'Ashley se mit en marche vers la mer. Bel pouvait l'imaginer dans l'étroit espace de planches, enlevant ses vêtements, écartant ses longues jambes musclées pour mieux résister aux cahots, puis passant sous la toile de tente et…

— Ça alors, s'exclama Elinor en riant. Regarde un peu qui vient vers nous… Lady Dereham et ses trois filles…

— C… comment ?

Bel fit brusquement volte-face et vit Katy courir vers elle.

— Bonjour, lady Belinda ! Miss Ravenhurst… c'est formidable, hein ? s'exclama la fillette, j'étais déçue de ne pas aller à Brighton, mais Margate est aussi bien et Frederica va m'emmener me baigner demain !

— Oui, c'est… c'est merveilleux, balbutia Bel, que la déception laissait à peu près sans voix.

Ashley n'était pas venu jusqu'ici pour elle. Il accompagnait simplement sa famille. Il ne savait pas qu'elle était à Margate. Bel fit courageusement face à lady Dereham et à ses filles aînées, lorsqu'elles la rejoignirent, trouvant même, Dieu sait comment, la force de leur sourire aimablement.

— Quelle surprise, articula-t-elle. Je croyais que vous deviez séjourner à Brighton ?

— Et… tous les Reynard sont là ? demanda Elinor, l'air de ne pas y toucher.

— Oui, Ashley est en train de se baigner.

— Il a dû être surpris en apprenant que je vous avais recommandé Margate, dit Bel d'un air qu'elle espérait détaché.

— Je ne le lui ai pas dit, répondit lady Dereham en regardant ses filles caresser un petit chien qu'un promeneur tenait au bout d'une laisse verte. Mais je suis certaine que votre opinion aurait eu du poids, si toufefois j'avais eu besoin de beaucoup insister pour le convaincre.

Ainsi, Ashley ne savait pas qu'elle était à Margate ? Sa dernière lueur d'espoir s'évanouissait. Après sa réaction sous le saule, durant le pique-nique, il ne fallait pas s'attendre à ce qu'il soit encore attaché à elle, mais une partie très déraisonnable d'elle-même s'entêtait à rêver qu'elle comptait encore un peu pour lui et pas seulement comme une amie.

Là-bas, on déployait au-dessus de l'eau la tente de

la cabine roulante qu'occupait Ashley. Bel détourna les yeux et tourna nerveusement entre ses doigts le manche de son ombrelle.

— Nous devons rejoindre nos amis les Layne, s'excusa-t-elle, mais je suis sûre que nous nous reverrons, lady Dereham.

— Tu es très pâle, remarqua Elinor, tandis qu'elles remontaient sur les hauteurs de la ville vers la bibliothèque. Cela t'a fait un grand choc de découvrir que lord Dereham était à Margate ?

— Sans doute, pendant un moment en tout cas. J'ai cru qu'il m'avait suivie jusqu'ici. Mais c'est impossible, de la façon dont j'ai repoussé sa proposition. Pourquoi ai-je fait cela ?

Comme Elinor ouvrait déjà la bouche pour répondre, elle l'interrompit.

— C'était une question toute rhétorique…

Elles atteignaient la porte de la bibliothèque. Patrick la leur tint pour leur permettre le passage.

— Car, ajouta-t-elle avec un pauvre sourire, je connais parfaitement la réponse.

20

Ashley s'adossa plus confortablement à la pile de barriques auprès de laquelle il surveillait stoïquement, depuis près d'une heure, l'entrée du Royal Hotel. Bel allait bien devoir en sortir, à un moment ou à un autre… On était au début de l'après-midi, le moment du déjeuner était passé, le soleil brillait et les rues de la petite station balnéaire étaient pleines d'animation. On ne venait pas au bord de la mer pour rester confinée dans son hôtel, n'est-ce pas ?

A moins qu'après sa rencontre avec sa mère et ses sœurs, que celles-ci lui avaient immédiatement rapportée, elle ne garde la chambre, précisément pour éviter de le croiser ? Mais ce n'était guère le genre de Bel. Elle avait bien trop de fierté pour cela. Si elle ne voulait pas lui parler, elle était tout à fait capable de passer près de lui le nez en l'air, en affectant de ne pas le voir. Si seulement il avait eu un plan d'action raisonnable, pour lui faire la cour !

Ce maudit Patrick Layne était là, lui aussi et bien dans la course, quoi que puisse dire sa sœur. Car le bel amour, le fantasque et imprévisible amour d'Ashley l'avait quitté… Qui pouvait dire où son prochain caprice l'entraînerait ? Bon sang, si ce type se montrait trop pressant…

Ashley fit la grimace et desserra ses poings. Si Bel

voulait se donner à ce Patrick Layne, qui était-il donc pour prétendre l'en empêcher ? Il n'était ni son frère, ni son mari, ni son fiancé. Il n'était que son amant, qu'elle avait rejeté.

Soudain, le portier de l'hôtel parut sur le seuil. Il s'inclina tandis que Bel, Elinor et leur bonne sortaient de l'établissement. Ashley se rencogna dans l'ombre et observa attentivement le visage de celle qu'il aimait. Bel arborait une expression qui, il le savait, exprimait à la fois l'embarras et la détermination. Quand il baissa les yeux sur sa tenue, il comprit pourquoi et ne put s'empêcher de sourire.

Il s'était souvent demandé comment des femmes de bon sens pouvaient prendre le prétexte des bains de mer pour se laisser aller à porter des tenues aussi improbables, mais il semblait que Bel n'était pas indemne de cet étrange syndrome, quoiqu'elle avait visiblement le bon goût de ne pas être vraiment convaincue du résultat.

Se mettant à suivre les trois femmes à quelque distance, il put admirer la frange imitant les algues autour de l'ourlet et du col, les demi-bottes de toile à rayures blanches et vertes et le plumet qui surmontait l'étrange bonnet de bain. Nul doute que sous cet équipage, elle portait de chastes sous-vêtements de flanelle, au cas où quelque homard voyeur, quelque crabe salace, se serait risqué à l'épier du fond de la mer.

Ashley souriait de plus belle, tout en marchant. Il voyait déjà Bel dans les mains de l'une des robustes employées d'un établissement de bain, lesquelles avaient à cœur d'aider leur clientèle à s'immerger avec vigueur, en les poussant si besoin était, la faculté étant notoirement d'avis que le choc avec l'eau froide était des plus salutaires. A la sortie de cette brutale expérience, l'invitation d'un ami à prendre un chocolat chaud ou une crème glacée serait peut-être la bienvenue. Il saurait se conduire avec la plus parfaite retenue, ne ferait rien pour l'alarmer, affecterait de se satisfaire de la voir aussi bien chaperonnée. Bref, il ferait tout pour ne pas laisser s'épancher la terrible passion qu'il éprouvait pour elle.

Bel fit un signe de la main à Elinor et à la bonne, puis elle descendit seule vers la plage. Les deux autres entrèrent dans le bâtiment des bains chauds. Ashley se tint un instant appuyé à la rambarde de la promenade, tandis que Bel entrait en discussion avec l'une des matrones. Elle semblait refuser quelque chose. Puis la femme de service l'aida à monter dans une cabine roulante et elle s'éloigna.

Le conducteur installa son cheval entre les brancards et monta, seul, sur son siège. Il fit claquer les rênes et l'attelage s'avança vers la mer.

Elle avait donc refusé l'aide de la femme de service, tout comme lui avait rejeté, ce matin même, celle d'un garçon de bains. Dans ce cas-là, la cabine était munie d'un petit pavillon coloré, à l'extérieur, dont on relevait le mât lorsqu'on voulait rentrer. Le conducteur le voyait et entrait alors dans l'eau sur son cheval, pour vous ramener sur le bord.

Sans plus réfléchir, Ashley dégringola les marches qui menaient à la plage.

— Monsieur, lui demanda le gérant, qui le reconnut, une cabine sans aide, comme ce matin ?

— S'il vous plaît ! Et tout de suite…

La portière se referma et Bel se retrouva dans la semi-obscurité de la cabine, dont les planches mal jointes laissaient filtrer des rais de lumière. Elle se demanda pourquoi personne n'avait pensé à installer un hublot, au moins dans le plafond. Elle étendit ses bras et toucha les parois. Pas bien large… sous ses pieds, une sorte de tapis mouillé. Elle s'assit sur le banc étroit au fond de la cabine. Au-dessus de sa tête, il y avait une petite étagère avec une pile de serviettes, à un shilling chacune. Elle avait fait l'économie de trois, en refusant l'aide de la femme de service, mais l'avait compensé par un généreux pourboire, quand l'affable matrone lui avait complaisamment expliqué les deux trois choses à savoir pour utiliser la cabine.

L'attelage se mit en marche avec quelques cahots, puis au bout de quelques secondes, on entendit le bruit du clapot, sous le plancher de bois. Bel se débarrassa en hâte de son bonnet et commença de défaire les boutons de sa tenue de bain. C'était facile, comme elle l'avait prévu. Elle resta dans ses modestes sous-vêtements de flanelle, retira ses demi-bottes et ses bas et se tint en équilibre instable sur le tapis humide et froid.

L'attelage s'arrêta. Il y eut du mouvement autour de la cabine, des bruits de toile que l'on déroulait et le conducteur cria :

— C'est prêt, m'dame !

Elle attendit un instant, puis leva la barre de la porte arrière et jeta un coup d'œil à l'extérieur, en clignant des yeux pour s'habituer à la lumière : l'horizon était bien clos par les trois pans de toile blanche de la tente. A ses pieds, l'eau verte, qui clapotait doucement. Au fond, le sable blanc qui lui apparaissait dans les rais de lumière et un banc de petits poissons argentés, qui traversèrent son champ de vision avant de disparaître.

Tout autour, elle entendait le triste appel des mouettes

et les cris joyeux des enfants, ainsi, au loin, que les commandements d'un maître d'équipage, dont le bateau devait appareiller, là-bas dans le port. Mais dans son petit bassin protégé par la toile, tout était tranquille.

Bel hasarda précautionneusement un orteil dans le clapot. L'eau était froide, certes, mais sans doute était-ce par contraste avec la chaleur de son corps.

Le soleil jouait avec les ridains du fond, qu'il faisait miroiter. Bel, émerveillée, vit briller la nacre d'un coquillage. Le jupon de flanelle entravait ses chevilles, elle s'en débarrassa d'un geste impatient et le lança sur le banc. Le maillot prit le même chemin. Nue, elle hésita un bref instant. Devait-elle plonger ou descendre par le petit escalier de nage ? Sans plus réfléchir, elle sauta et creva la surface avec un cri qui exprimait à la fois le choc de l'eau froide et la joie enfantine d'être dans la mer. Elle s'aperçut qu'elle pouvait s'asseoir au fond, ses épaules restant hors de l'eau. Sous ses orteils, le sable coulait délicieusement. Elle les agita avec bonheur en se demandant si des petits poissons n'allaient pas la frôler dans l'eau et repoussa ses cheveux mouillés de son visage.

C'était très différent des eaux dormantes et glauques des lacs où elle avait appris à nager. Celles-ci semblaient vivre et frémir de toutes leurs vaguelettes et du même coup Bel sentait son propre corps revitalisé par leur caresse. Elle se tourna et se mit à nageoter vers la paroi de toile, puis fit demi-tour et se dirigea vers une autre, ravie que l'eau de mer la porte aussi bien.

Puis elle se tint debout, passant ses mains sensuellement sur son corps, savourant le bonheur d'être nue dans cette onde translucide. Déjà, elle regrettait que son champ d'action soit borné par les parois de la tente. Elle aurait voulu nager librement, les yeux sur l'horizon. Oser le faire. Bel plongea sa tête sous l'eau et ouvrit les yeux. D'abord elle ne vit rien qu'un voile vert et mouvant, puis les contours des choses lui apparurent et elle put les discerner sur quelques mètres. Oserait-elle nager sous la toile pour émerger de l'autre côté, dans l'eau libre, comme une otarie ?

Non, bien sûr que non, mille fois non, c'était une scandaleuse pensée. Bel plongea encore et alla chercher un coquillage sur le fond. De plus en plus sûre d'elle, elle nagea jusqu'à la paroi de toile, puis dessous. Effrayée par sa propre audace, elle revint bien vite dans son abri.

Un autre coquillage nacré. Elle plongea pour le prendre et resta interdite : une forme sombre venait vers elle, sous l'eau. Ce n'était pas là une seconde auparavant, qu'était-ce ? Un phoque ? Un requin ? Effrayée, elle refit surface dans une gerbe d'écume et battit précipitamment en retraite vers le petit escalier de la cabine, juste comme « la chose » passait sous la toile de sa tente. Pas un poisson, ni un mammifère marin. Un homme.

— Ashley !

Sans prendre le temps de réfléchir, Bel dégringola l'échelle et fut dans ses bras. Il était nu, lui aussi, son corps luisant, ses cheveux plaqués par l'eau comme le poil d'une loutre, sa peau était fraîche. Bel se serra désespérément contre lui.

— Oh, Ashley, tu m'as tellement manqué.

— Mais c'est toi qui m'as renvoyé…, lui répondit-il doucement en la soulevant contre sa poitrine. Noue tes jambes autour de ma taille…

C'était une position très indécente et elle pouvait sentir que l'eau froide n'avait aucun effet sur le désir qu'il avait d'elle.

Quelque chose, le bon sens, sûrement, la poussa à soupirer :

— C'est si inconvenant…

— Agréablement inconvenant ?

— Oui… oh Ashley, je…

Le reste de sa phrase se perdit contre la bouche brûlante de son amant, qui frottait insolemment son corps contre le sien. Toutes ses résolutions, bonnes ou mauvaises, s'envolèrent. Elle se dit vaguement qu'elle allait sans doute le regretter plus tard, mais elle s'en moquait bien.

Ashley la souleva encore et entra en elle d'un seul et souple mouvement, qui lui arracha un soupir de bonheur.

— Laisse-toi flotter sur le dos, lui dit-il et elle obéit, ses jambes l'enserrant étroitement. Elle sentait des frissons de plaisir la parcourir au rythme des vagues. Elle ferma les yeux et il commença à faire courir ses mains sur sa peau, caressant les pointes de ses seins sous l'eau et les faisant durcir entre ses doigts. Bel avait l'impression qu'ils faisaient l'amour dans les nuages, libérés de toute pesanteur.

Toutes les sensations qu'elle éprouvait étaient différentes, sans rapport avec ce qu'elle connaissait déjà. Elle se sentait à la fois ancrée et comme à la dérive. Elle rouvrit les yeux et vit les siens fixés sur elle, plus bleus, plus profond que la mer.

« Ashley… »

« Je t'aime ! »

Il aurait voulu le lui crier, mais au lieu de cela, il reprit Bel par les épaules et la ramena contre lui, murmurant très, très bas les mots, encore et encore contre sa bouche tandis qu'elle s'ouvrait à lui et qu'il se perdait en elle, prenant ses lèvres au goût de sel. Les mains sur ses hanches, les pieds fermement ancrés dans le sable, il sentait qu'il n'allait pas pouvoir se retenir bien longtemps. Il avait bien trop envie d'elle. Ne te retire pas, lui disait une petite voix insistante, derrière ses paupières closes. Si elle est enceinte de toi, il faudra bien qu'elle t'épouse…

Il repoussa cette idée, bien que voir Bel porter leur enfant était tout ce qu'il aurait désiré au monde.

Elle s'accrochait toujours désespérément à lui, à ses épaules, partout à la fois, tandis qu'il s'enfonçait en elle plus profondément que jamais auparavant. Il sentit la jouissance qui montait en elle et comme elle rejetait la tête en arrière, il trouva Dieu sait comment la force de se retirer, juste avant de se libérer de sa semence, dans un grand frisson.

Elle soupira doucement dans son cou tandis qu'il la soulevait de nouveau pour la porter sur les marches du petit escalier de mise à l'eau, où il l'assit.

Il se sentait pareil à quelque dieu de la mer, Neptune sur son trône, une nymphe entre ses bras, formidable et tout-puissant.

— Oh, murmura Bel. C'était… tellement…

La joue contre ses cheveux, Ashley énumérait mentalement les adjectifs. Merveilleux, bouleversant, ébouriffant, parfait…

On eut dit que ce qui était arrivé lors du pique-nique était à présent oublié.

Ou du moins il le croyait, car il ne fallut que quelques mots à Bel pour faire voler en éclats cette confortable chimère.

— Je ne le ferai plus jamais…

Elle les prononça, son souffle chaud contre sa poitrine.

— Pourquoi ?

Son ton était rageur, il le savait.

— Parce que c'est mal.

Elle s'écarta de lui et redescendit dans l'eau, ruisselante, restant debout à le regarder d'un air solennel. Ainsi devaient être les sirènes. Ainsi devaient-elles vous regarder lorsqu'elles voulaient vous perdre.

— Mais pourquoi ? Pourquoi serait-ce mal à présent, alors que cela ne l'était pas ? Qu'est-ce qui a changé ?

— Moi. J'ai changé.

Ashley se leva précipitamment et descendit dans l'eau pour la rejoindre.

— Bel, vous pleurez. Pourquoi ?

Oui, pourquoi ? C'était son cœur à lui, qu'elle brisait, non le sien.

Il avança sa main pour caresser sa joue, la tendresse immense qu'il ressentait soudain luttant avec l'envie de la secouer jusqu'à ce qu'elle s'explique et lui dise qu'elle l'aime.

— Juste du sel dans mes yeux, murmura-t-elle en laissant sa joue contre sa main, un moment.

Ashley songea qu'elle mentait bien mal.

— Il faut que je me rhabille à présent, reprit-elle. Nous ne pouvons pas rester ainsi… et vous ne pouvez pas rester là.

— Dans mes bras, à l'instant, vous étiez du vif argent. Cela vous a fait du mal de me rejeter, au point que vous en pleurez. Et non, ce que nous avons fait n'était pas mal.

Elle leva les yeux vers lui. Il avait l'accent du désespoir et cela se reflétait parfaitement dans les siens.

— C'est dans mon cœur que cela va très mal, murmura-t-elle avant de tendre la main vers le cou d'Ashley pour attirer sa bouche vers la sienne.

Etait-ce un adieu ? Ce baiser en avait le goût et il lutta pour rester calme, pour le lui rendre doucement sans prendre furieusement sa bouche, avec le mélange de passion, de douleur, de frustration et d'incompréhension, qui bouillonnait en lui.

Elle s'écarta et murmura quelques mots, si bas qu'il perçut à peine le mouvement de ses lèvres. Qu'avait-elle dit ? « Cela me brise le cœur ? »

— Partez, maintenant.

Elle le repoussa doucement, les deux mains sur sa poitrine. Elle frissonnait, de froid ou bien d'émotion, il ne savait pas, mais il ne pouvait la laisser ainsi, même s'il essayait désespérément de comprendre.

— Oui, je pars.

Il se força à lui sourire et la vit étirer un peu ses lèvres en réponse, comme pour tenter, elle aussi, de le consoler. Mais qui consolait l'autre et de quoi ?

Il la regarda une fois encore, puis plongea pour repasser sous la toile de tente. Là, il nagea rapidement vers sa propre cabine roulante.

Il fit surface, rentra dans le petit habitacle de planches, prit une serviette et s'essuya vigoureusement, hanté par l'image de Bel faisant de même, à quelques mètres de lui seulement.

Ashley n'avait aucune difficulté à identifier les émotions qui se bousculaient en lui : l'amour, la fierté blessée, peut-être bien, la frustration sans doute et l'incompréhension. Tout cela se mélangeait, lui apportant tout à la fois honte, douleur et colère.

Il remit rageusement son pantalon de toile légère sur sa peau encore humide.

S'il avait fait ou dit quelque chose qui lui avait déplu, elle le lui aurait fait savoir et ne se serait pas précipitée dans ses bras avec la passion qu'elle lui avait témoignée. S'il y avait un autre homme dans sa vie, à plus forte raison ; elle ne l'aurait pas même laissé la toucher. Et elle était visiblement malheureuse, tellement malheureuse… Il y avait quelque chose, qu'elle ne voulait pas lui dire.

Ashley noua sa cravate à la hâte, enfila sa jaquette et tira sur la drisse qui actionnait le mât du petit pavillon, au-dessus de la cabine, afin de rappeler le conducteur et son cheval.

Quelque chose montait en lui et il s'aperçut avec surprise que c'était… de l'espoir. Si Bel était malheureuse, c'était peut-être bien parce qu'elle ne parvenait pas à renoncer à lui. Quelque chose d'extérieur l'y obligeait et non sa propre inclination. Il lui fallait découvrir ce qui en était la cause et tout deviendrait clair.

Ashley ouvrit sa porte quand il entendit le cheval s'approcher dans l'eau et il monta sur le siège extérieur tandis que le conducteur installait l'animal dans ses brancards. Un peu plus loin, Bel avait elle aussi hissé son pavillon sur sa cabine roulante.

« Je vais t'épouser, Belinda Cambourn, songea-t-il en silence tandis que l'attelage revenait sur le bord. Je vais te courtiser… Je vais te conquérir ! »

21

Tout en faisant mine de s'absorber dans la lecture de l'*Almanach des Arts, de la Littérature, de la Mode et autres Sujets*, Bel se dit qu'elle avait trois possibilités. Un instant distraite, elle se demanda ce que pouvait bien recouvrir la formule « et autres sujets » puis elle laissa le périodique ouvert à la page des « Observations Générales sur la Mode et les Tenues ». Il était admissible qu'une dame passe quelque temps dans la salle de lecture de la librairie Garner, si elle se limitait à ce genre de littérature.

Trois possibilités, donc. Elle pouvait rentrer précipitamment à Londres, soit en emmenant Elinor avec elle, soit en la confiant aux bons soins de miss Layne. C'était la solution la plus simple, qui la séparerait radicalement d'Ashley, d'autant que les événements récents prouvaient qu'elle était incapable de se conduire d'une façon sensée, dès lors qu'il la touchait.

Mais d'un autre côté, il était bien lâche de s'enfuir et c'était bien injuste vis-à-vis de sa cousine ainsi que de Brown et Lewin. Bel avait promis aux deux anciens combattants de les accompagner dans leur visite de l'auberge, cet après-midi même. Comment pourrait-elle parvenir à trouver la force de vivre sans Ashley, si elle n'était pas capable de faire face à ses responsabilités ?

Ou bien elle pouvait rester à Margate et faire tout son possible pour éviter de rencontrer son ex-amant. Mais cela impliquait de raser les murs comme une criminelle et tôt ou tard, d'offenser lady Dereham et ses filles, qui ne comprendraient pas pourquoi elle les évitait d'une façon aussi cavalière.

Elle pouvait enfin faire comme si rien ne s'était passé, souffrir de rencontrer Ashley à chaque coin de rue de la petite station balnéaire et affecter de ne rien avoir d'autre en commun avec lui que la défense des soldats blessés. Mais ce serait si pénible que Bel craignait que son amour puisse se lire dans ses yeux chaque fois qu'elle les poserait sur lui et sa main tremblait à cette seule pensée. Elle devait se ressaisir, imaginer d'inoffensifs sujets de conversation, préparer soigneusement sa tactique de défense.

— Bonjour lady Belinda !

L'almanach tomba à ses pieds et la jeune Katy Reynard se précipita pour le ramasser et défroisser ses pages.

— Oh, je vous demande pardon, dit la fillette, c'est ma faute, je vous ai fait sursauter. Mais je ne crois pas que les pages soient abîmées.

Bel fixa en hâte un sourire machinal sur ses lèvres et reprit le périodique que lui tendait Katy en regardant par-dessus l'épaule de celle-ci. Autant pour la préparation : toute la famille Reynard était là. Elle se leva pour les accueillir.

— Bonjour, leur dit-elle, vous me prenez en flagrant délit de frivolité : je lisais les pages de mode.

— Nous sommes venues pour cela, nous aussi, lui confia lady Dereham et aussi pour nous procurer quelques ouvrages de distraction. Nous sommes sortis faire quelques courses et Ashley doit passer à la banque…

Le chapeau à la main, un journal dans l'autre, celui-ci s'inclina courtoisement et elle répondit d'un signe de tête.

« Voilà, songea-t-elle, ce n'est pas trop difficile. Je ne me suis pas évanouie, n'ai pas sauté dans ses bras et personne n'a dû remarquer quoi que ce soit d'anormal dans nos manières. » Puis elle croisa son regard et n'y vit non pas du désir ou de la colère mais quelque chose d'étrange, d'intense et de tout à fait nouveau, qu'elle ne reconnut pas. Elle sentit son pouls battre plus vite dans sa gorge et détourna hâtivement les yeux.

— Vous avez vu le panorama que l'on a d'ici ? C'est très dégagé sur la mer, intervint Frederica, qui, le *Nouveau Guide de Margate* à la main, ignorait qu'elle volait en fait à son secours. Et sur le côté, on peut voir les tours de Reculver Church.

— Lady Belinda, dit Ashley, nous louons une calèche pour faire une promenade le long de la côte, jusqu'à Broadstairs. Voulez-vous vous joindre à nous ?

— Comme c'est aimable à vous de me le proposer ! Mais j'ai malheureusement déjà un autre engagement. Peut-être une autre fois ?

Bel baissa les yeux et s'aperçut qu'elle était en train de froisser l'almanach dans son poing serré. Allons bon, elle allait devoir l'acheter, à présent !

— Oh mon Dieu ! quel gâchis j'ai fait, murmura-t-elle en le lissant nerveusement entre ses mains, dans l'espoir de détourner d'elle ce regard si bleu.

— Permettez…

Ashley lui prit l'almanach des mains et se dirigea vers le comptoir.

— Oh, lord Dereham, balbutia-t-elle. Merci, mais… c'est tout à fait extravagant, je…

— Quatre shillings ? Bah, c'est à peine le prix de quatre tours de cabine roulante à la plage… sans assistance…, dit-il d'un ton badin en lui rendant l'almanach. Dites-moi, où allez-vous donc cet après-midi ? Toujours escortée par ce bon Layne ?

Qu'était-ce donc ? Un brin de jalousie ?

— Pas du tout, répondit-elle en décidant de changer de tactique. J'ai rendez-vous dans un cabaret avec MM. Brown et Lewin.

— Brown et… ?

Il fronça les sourcils.

— Deux de vos anciens soldats ? Le grand qui grogne dès que l'on vous approche et son copain qui a été blessé à la gorge ?

Elle acquiesça.

— Et pour quoi faire, si je puis me permettre ?

— Brown a vu l'annonce d'une auberge à vendre à la sortie de Ramsgate, sur la route de Londres. Il pense que plusieurs anciens pourraient se grouper pour la tenir.

Elle avait cru qu'elle devrait argumenter pour convaincre les autres membres de son comité, mais apparemment Ashley était ouvert à son idée. Il hocha la tête.

— C'est une bonne idée. Ils connaissent les chevaux, ont appris à travailler ensemble… Certains devraient même savoir cuisiner et tous ont certainement une grande expertise en matière de bières.

Bel ne put s'empêcher de sourire.

— Brown peut diriger l'affaire, expliqua-t-elle. Il a été sergent.

— Je m'en doutais. Cassé, je suppose ? Et pour quelle raison ?

— Il a eu des mots avec un jeune sous-lieutenant. Il n'a pas voulu en dire plus.

Ashley esquissa un sourire.

— J'aurais bien voulu voir ça... Il a l'air d'un homme qui a quelque peu du mal à supporter les imbéciles. Et combien coûte-t-elle, cette auberge, pouvons-nous l'acquérir ?

— Je compte en fait l'acheter moi-même, en tant qu'investisseur, répondit Bel, le menton haut. Si elle convient, bien entendu. Lewin a été comptable. Il tiendra les livres.

— Vous avez bien préparé votre affaire...

Son ton était aimable, mais on y percevait tout de même un accent plus tranchant.

— ... et vous n'avez pas cru bon de consulter le comité ? A moins que l'avis de Patrick Layne vous suffise ?

— Non, je voulais voir l'auberge, d'abord. J'avais aussi envie de quitter Londres et c'est pourquoi j'ai choisi Margate, voulant joindre l'utile et l'agréable...

Elle avait sans doute élevé un peu la voix, car lady Dereham tourna la tête dans sa direction.

— Miss Layne a trouvé que j'avais eu une bonne idée et elle a pris des arrangements pour y séjourner également...

Pour donner le change, elle esquissa un sourire contraint.

— Je vais vous accompagner, dit abruptement Ashley.

— Vous avez déjà promis de vous promener avec votre famille, lui rétorqua Bel, en se rapprochant insensiblement de lady Dereham et de ses filles, qui écoutaient Frederica lire à voix haute la description que faisait le guide de l'église en ruine de Reculver.

— Maman, dit Ashley en s'approchant à son tour, je me demandais si vous ne verriez pas trop d'inconvénient à reporter à demain notre petite promenade ? Le temps devrait rester au beau pour plusieurs jours et je viens d'apprendre que lady Belinda a cet après-midi même un rendez-vous qui devrait permettre de procurer un emploi à plusieurs des soldats dont nous nous occupons. Il serait souhaitable que je puisse l'accompagner…

— Mais bien sûr, approuva lady Dereham en souriant. Reportons cela à demain, il est bien plus important que tu escortes lady Belinda.

— Oh, mais je ne voudrais pas être un obstacle à vos projets, protesta Bel.

Elle avait vaguement conscience que quelqu'un s'approchait de leur groupe, mais elle était bien trop occupée à éviter de se retrouver en tête à tête avec Ashley pour y prendre garde.

— Vous savez, ma cousine m'accompagnera et aussi deux de nos soldats…

— Bonjour, bonjour à tous. Puis-je me rendre utile ?

C'était Patrick Layne, qui s'inclinait courtoisement à la ronde.

— Je n'ai pu m'empêcher d'entendre vos dernières paroles. S'agit-il des soldats dont nous nous occupons, dont vous parlez, lady Belinda ?

Bel ne voulait pas non plus que celui-là l'accompagne. Elle se retint in extremis de les prier tous deux de s'occuper de leurs affaires et recommença ses explications à propos de l'auberge. Il n'y avait plus qu'à espérer que ce projet d'acquisition choque lady Dereham et qu'elle presse discrètement son fils de ne pas s'en mêler.

— Cela me paraît une excellente idée, ma chère,

mais en tout état de cause, il faut qu'un gentleman vous escorte.

— Mais ce sera le cas, répondit Ashley.

Bel eut l'impression de l'entendre grincer des dents.

— Vous avez déjà à vous occuper de votre délicieuse famille, lui dit Patrick. Moi, ma sœur m'a signifié qu'elle passerait l'après-midi à composer un nouveau poème, je suis donc à votre disposition, lady Belinda.

— Mais moi aussi, insista Ashley.

Il souriait toujours, mais cela tournait au rictus, à présent.

— Peut-être pourriez-vous venir tous les deux ?

Elinor émergea, un peu poussiéreuse, des rayonnages de livres.

— Bonjour, tout le monde, excusez-moi, mais je viens de découvrir leur section « Antiquité » et j'étais un peu absorbée…

Elle sourit à l'un comme à l'autre des deux galants.

— Après tout, il y a deux dames à escorter.

— C'est ma foi vrai, approuva lady Dereham et voilà qui résout tout. Ashley, tu n'auras qu'à prendre la barouche.

— J'ai trouvé un guide de promenades dans le voisinage, dit Anna. Il paraît qu'il y a un très beau jardin à visiter, à seulement deux kilomètres du centre-ville. Il s'appelle Dandelion. Peut-être pourrions-nous aller le voir à pied, cet après-midi, maman ?

Les Reynard continuèrent à faire des projets de sortie et à bavarder poliment avec Patrick Layne. Bel, qui se mordait les lèvres, dut se retenir de prendre Elinor par le bras pour l'emmener à l'écart, en lui demandant ce qui lui prenait de vouloir la faire accompagner par deux rivaux prêts à se jeter l'un sur l'autre. Et à quoi jouait

Ashley ? Elle s'était attendue à tout de sa part, plutôt qu'à cette manifestation publique d'intérêt, devant toute sa famille. On eut dit qu'il lui faisait la cour, ce qui était proprement ridicule. Bel l'étudia en le regardant par en dessous, tandis qu'il bavardait gaiement avec Elinor et la faisait rire. Il tourna brusquement la tête vers elle et vit qu'elle l'observait. Il leva alors un sourcil ironique qui força Bel à détourner les yeux, ce qui était stupide, bien sûr. Ashley sourit un instant et elle sentit son cœur battre plus vite, puis il redevint sérieux pour écouter Elinor. Allons, il n'était plus son amant et jamais il ne serait son mari. C'était ainsi et pour toujours.

— J'ai quelques courses à faire, Elinor, je te laisse Millie, si tu veux.

Ashley se tint cois, attendant que la cousine de Bel lui accorde son attention. Il s'interdit même de regarder son cher amour s'éloigner et quitter la boutique.

— A quoi jouez-vous donc, miss Ravenhurst ? demanda-t-il à voix basse quand Elinor se fut de nouveau tournée vers lui.

Elle rosit quelque peu, mais demeura impavide.

— Quel jeu, milord ? Je ne vous suis pas…

— Pourquoi encourager Patrick Layne à courtiser votre cousine ?

Il lança, en direction de l'intéressé, un regard hostile, mais celui-ci était en train d'aider Katy à régler le télescope mis à la disposition des clients pour admirer la vue sur le port et ne faisait pas attention à lui.

— Peut-être parce que je désire moi-même profiter de sa compagnie, milord, répondit effrontément Elinor. Je pense que ma cousine ne me tiendra pas rigueur de flirter un peu avec lui cet après-midi.

— Il se trouve que j'ai observé les efforts de lady

Belinda pour vous… réunir, M. Layne et vous et je ne vous ai pas trouvée si… sensible que cela à ses attraits.

— Puisque vous êtes si observateur, lord Dereham, que n'avez-vous remarqué que Bel ne l'était pas non plus ?

Elle le regardait d'un air caustique qui n'était pas sans rappeler l'expression habituelle de sa terrible mère.

— Allons, milord, il n'y a pas de quoi être jaloux, vous savez…

— Jaloux ? Mais… je ne le suis pas, évidemment. Simplement… je ne crois pas que les intentions de ce personnage soient honorables.

— Je pense qu'elles le sont, moi, répliqua la jeune fille, délibérément provocatrice. Mais c'est très aimable à vous de vous en inquiéter.

Ashley la regarda un long moment en silence.

— Ai-je besoin de vous préciser, miss Ravenhurst, que mes sentiments à moi, envers votre cousine, sortent du cadre strict des relations mondaines ? finit-il par articuler.

— Non, milord, vous n'en avez nul besoin. J'imagine qu'ils oscillent en ce moment entre l'urgence d'étrangler Bel et une tout autre envie. Malheureusement, je ne suis pas sûre qu'elle le comprenne, mais bien que je sois assez peu au fait de ces choses, je crois deviner que vous êtes prêt à les lui déclarer…

Une lueur amusée passa dans son œil et Ashley, qui la dévisageait en silence, se dit qu'elle était loin du bas-bleu que beaucoup voyaient en elle.

— Et maintenant, c'est moi que vous voulez étrangler, dirait-on, alors je vais prendre congé…

Avec un sourire effronté, elle ajouta :

— Seriez-vous assez aimable pour passer nous prendre à 14 heures ?

Ashley acquiesça en s'inclinant, puis il s'éloigna pour rejoindre sa famille, en s'arrêtant au passage pour prévenir Patrick Layne de l'heure de rendez-vous.

Ashley s'assit et déplia le *Morning Chronicle* comme écran entre le monde et lui. Comment allait-il pouvoir trouver le minimum d'intimité nécessaire pour parvenir à courtiser Bel entre sa famille et ce maudit Layne, qui n'allait pas manquer de s'immiscer entre eux à tout bout de champ ? Il ne risquait pas d'y parvenir cet après-midi, en tout cas, en compagnie de deux anciens combattants, d'un vrai faux bas-bleu et d'un type bien sous tous rapports, à qui il pocherait volontiers l'œil.

— Comme c'est intéressant, remarqua Elinor tandis que la barouche traversait le petit village de Saint-Lawrence, le clocher de l'église aurait été bâti par les Saxons… ce qui n'est pas évident à discerner, car Saxons et Normands bâtissaient en style roman, de façon quasiment identique…

La jeune fille avait fait l'effort de la conversation durant tout le trajet. Bel, que le sujet de l'architecture romane eut d'ordinaire mortellement ennuyée, lui en savait gré, car la politesse exigeait que les deux hommes lui répondent, au moins de temps à autre et courtoisement, ce qui les empêchait momentanément de se sauter mutuellement à la gorge.

Ils arrivaient à destination.

— Regardez, c'est là… Le Samson du Kent.

L'enseigne rouillée aux couleurs défraîchies montrait

un homme aux larges épaules qui déchirait une grosse corde dans ses mains nues.

— Un dénommé Richard Joy, expliqua Elinor. Il vivait par ici au siècle dernier et était réputé pour sa force extraordinaire.

— Je crains qu'on ne puisse pas en dire autant de l'établissement, laissa tomber Ashley en regardant d'un œil critique la cour de l'auberge et ses bâtiments : volets à demi sortis de leur gonds, portes d'écurie ouvertes à tous les vents, stalles vides et pavés envahis par les mauvaises herbes.

— Peut-être que la structure n'est pas trop touchée, répliqua Patrick en se levant précipitamment pour être celui qui aiderait Bel à descendre de voiture.

— La moitié des dormants de fenêtres ont l'air pourri, contre-attaqua Ashley en tendant la main à Elinor.

— Mais la faîtière du toit est visiblement en bon état. Regardez…

Patrick prit le bras de Bel pour la lui montrer.

— Elle est parfaitement rectiligne, ce qui est bon signe et il y a très peu d'ardoises manquantes.

Il ne lâcha pas son bras, l'assura sous le sien et avança vers le bâtiment. Consciente que le regard d'Ashley ne la quittait pas, Bel esquissa un sourire et ne le retira pas.

Elle se dit qu'elle aurait dû se sentir flattée de l'hostilité manifeste d'Ashley envers Patrick, mais cette humeur lui paraissait davantage motivée par l'antagonisme que par une quelconque affection pour elle, ce qui n'était guère encourageant.

— Milady !

C'était, Dieu merci, Brown qui venait à leur rencontre, flanqué, comme à l'ordinaire de Lewin.

— Ça paraît bien, leur dit-il. Y a du travail, ça oui, mais les livres sont bien tenus et il faudrait pas grand-chose pour que ça devienne une petite mine d'or.

— Eh bien, si vous nous en faisiez faire le tour, sergent ? lui dit Ashley.

— Faut pas m'appeler comme ça, mon commandant, j'y ai plus droit.

— Bah, ne sommes-nous pas tous civils, à présent ? Eh bien, monsieur Brown, voyons si vous vous êtes trouvé une bonne affaire à diriger.

Ils passèrent une bonne heure à visiter l'auberge, de la cave au grenier, guidés par le vendeur, qui tordait nerveusement son vaste tablier dans ses mains.

— C'est une bonne maison, disait-il, c'est juste que depuis la mort de ma femme, j'ai plus autant le cœur à l'ouvrage…

— Elle n'est pas morte, ta femme, Tom Hatchett, elle t'a plaqué pour un sergent de l'infanterie de marine ! lança une voix gouailleuse qui venait de la salle commune. Dépêche-toi de vendre, qu'il y ait enfin dans cette boîte un taulier qui sache servir une bière !

— Bien, si nous allions un peu examiner les registres, proposa opportunément Ashley.

Elinor avait déjà son carnet de notes à la main. Ils suivirent l'aubergiste ainsi que Brown et Lewin dans le salon, laissant Bel et Patrick devant l'entrée de la salle commune.

— Euh, je propose que nous sortions, dit celui-ci. Cette salle n'est guère un endroit convenable pour une dame… Mieux vaudra ne pas rester ici, lorsque vous aurez pris votre décision…

— Sans doute, mais je suis optimiste, pas vous ?

Il y avait au moins quelque chose qui fonctionnait

bien, dans sa vie. Elle pouvait voir que les prévisions de Brown n'étaient pas exagérées : il y avait bel et bien de l'emploi ici pour une douzaine d'hommes.

— Ashley Reynard n'a pas l'air tellement enthousiaste…

Patrick lui ouvrit la porte et la fit entrer dans ce qui avait dû être la sellerie, mais était devenue le royaume des araignées et de la saleté.

— Il est plutôt sceptique, dirait-on, admit Bel, mais sans doute craint-il que je fasse un mauvais investissement…

Elle souleva l'enveloppe vide d'un sac de grain et la reposa avec dégout quand elle vit le tombereau de saletés qu'elle recouvrait.

— Il est toujours très protecteur envers vous…

Patrick fit un pas vers elle, son corps faisant écran à la lumière qui venait de la porte.

— Lady Belinda… Bel… puis-je vous demander ce qu'est exactement lord Dereham, pour vous ?

— Rien… qu'un ami et un membre de notre comité.

Elle aurait plutôt dû lui demander avec hauteur de quel droit il se permettait de l'interroger ainsi et s'en aperçut trop tard.

— Je suis heureux de vous l'entendre dire, quoique je me permette d'en douter, à voir son comportement à votre égard…

Il semblait soudain bien plus sérieux que d'ordinaire.

— De quel droit…, commença-t-elle, mais il vint plus près, levant la main pour lui imposer le silence.

— Vous m'excuserez si je vous rappelle que vous avez

dépensé une certaine dose d'énergie à essayer de… susciter quelque chose, entre miss Ravenhurst et moi ?

— Oui, je suis désolée, j'ai cru que vous pourriez… vous plaire mutuellement et ce n'a pas été le cas, n'est-ce pas ?

— Non, Belinda, ce n'a pas été le cas. Miss Ravenhurst est une très charmante jeune personne, intelligente et fort aimable, mais je suis attiré par une autre…

— A… ah ?

« Oh mon Dieu, songea-t-elle. Ça y est, il va me faire sa déclaration. »

— Belinda, vous n'avez vraiment aucune idée des sentiments que j'éprouve pour vous ?

Il trouva sa main. Elle tenta bien de la lui retirer, mais il tint bon et l'attira à lui, pressant sa main capturée contre son cœur.

— M… mais non…

Elle mentait. Ashley l'avait prévenue, mais elle ne l'avait pas vraiment pris au sérieux. Ne ressentant rien d'autre pour Patrick que de la sympathie, elle avait naïvement de la peine à croire qu'il pouvait en être autrement pour lui.

— Non, je… je ne savais pas, monsieur Layne. Je vous estime beaucoup, en tant qu'ami, mais jamais je n'aurais cru…

— Il faudra apprendre à me voir d'une autre manière…

Il lui prit son autre main et elle se trouva coincée contre lui, toute retraite coupée par les chevalets métalliques et les stalles, sans moyen de s'échapper.

— Bel je ne puis vous offrir un titre, bien sûr, mais toute ma dévotion et…

— Non !

Elle tenta de le repousser.

— Monsieur Layne… Patrick… je suis flattée, bien sûr, mais je ne crois pas du tout que nous soyons faits l'un pour l'autre.

— Laissez-moi vous montrer à quel point nous le sommes, Belinda.

Et il se pencha pour l'embrasser.

22

La tentative de Patrick eut été davantage couronnée de succès, si Bel ne s'était pas vivement baissée au dernier moment, projetant le rebord de sa capeline contre l'arête du nez du jeune homme, qui poussa un cri de surprise.

Il recula, tenant son appendice nasal d'une main, sans avoir lâché Bel de l'autre.

Une troisième s'abattit, formidable, sur son épaule et le força à se retourner.

Ashley. Son poing déjà prêt à frapper.

— Ashley !

Propulsée dans le mouvement, Bel se trouva projetée contre la poitrine du nouvel arrivant, tandis que Patrick était bien obligé de la lâcher.

— Ashley, arrêtez, voyons !

Elle se tenait entre les deux hommes qui se mesuraient du regard. Patrick avait perdu son chapeau et son nez était rouge. Ashley paraissait prêt à bondir sur son adversaire.

— Vous a-t-il fait du mal ? gronda-t-il.

— Mais bien sûr que non, voyons ! Je me suis retournée un peu vivement et j'ai involontairement heurté M. Layne avec le bord de ma capeline…

— Et votre main ?

Ashley la saisit et la leva vers lui. La peau du poignet était rouge, à la limite du léger gant d'été.

— M. Layne m'a attrapée dans un geste instinctif pour reprendre son équilibre, improvisa Bel.

Voulant s'interposer encore entre les deux hommes, elle se trouva fermement poussée de côté.

— Il est inutile de mentir, dit Patrick avec une calme dignité. Milord, j'étais en train de déclarer mes sentiments à lady Belinda lorsque vous avez fait irruption. Je dois vous demander de sortir, votre présence embarrasse milady.

— Je l'embarrasse ? Plus que vous, qui vous permettez de l'assaillir dans cet endroit sale et poussiéreux pour l'obliger à écouter vos élucubrations ?

— Je proteste, milord, la force de mon ardeur…

A bout de nerfs, Bel éclata de rire. Elle dut mettre sa main sur sa bouche tandis qu'Elinor, les deux anciens soldats, l'aubergiste et plusieurs clients paraissaient sur le seuil de la sellerie.

— Tenez, prenez ça pour votre ardeur ! gronda Ashley et il écrasa son poing sur le visage de Patrick.

Celui-ci s'écroula, mais il se releva bien vite, prêt au combat.

— Messieurs ! Pas devant les dames !

Brown, aussi prestement que le lui permettaient ses béquilles, interposa sa formidable carcasse entre les deux antagonistes.

— Vous me répondrez de cela, dit Patrick, furieux.

— C'est vous qui me répondrez de l'insulte faite à lady Belinda, lui répliqua Ashley.

— Vous ne répondrez de rien si vous n'avez pas de seconds, remarqua Elinor en allant prendre le bras de Bel.

Ashley se tourna vers elle en esquissant un sourire devant son calme olympien.

— Vous avez tout à fait raison, miss Ravenhurst. Brown, Lewin, si vous voulez nous faire l'honneur d'être nos témoins ?

— Tout l'honneur sera pour nous, mon commandant. J'ai déjà vu ce genre d'affaires. C'est l'offensé qui a le choix des armes, mais là, vous vous êtes défiés mutuellement, alors il va falloir régler ça d'abord.

L'ancien sous-officier mit la main à sa poche et en tira une pièce de monnaie qu'il tendit à Ashley.

— Et vous autres, lança-t-il aux clients de l'auberge, par-dessus son épaule, du vent ! Mêlez-vous de ce qui vous regarde.

Les badauds se dispersèrent à regret, tandis qu'Ashley mettait la pièce sur son pouce replié sous l'index.

— Pile ou face ?

— Face, répondit Patrick.

La pièce s'éleva dans l'air et retomba sur le pavé crasseux. Tous se penchèrent pour voir le visage gravé du roi George.

— Je choisis le pistolet, dit Patrick Layne, si nous pouvons en trouver une paire.

— J'en ai une. Demain, six heures, sur la falaise ?

— Très bien.

Bel regarda les deux hommes, l'un après l'autre, effarée. Tout cela était incompréhensible.

— Arrêtez cela, voyons, dit-elle. C'est de la folie !

Personne ne l'écouta. Patrick Layne s'inclina cérémonieusement devant elle.

— Je vous souhaite le bonjour, lady Belinda. Je vais louer un cheval pour rentrer à Margate.

Sur ces mots, il tourna les talons et quitta la sellerie.

— Bien !

Ashley tira sur ses gants.

— En avons-nous terminé ici ?

Bel et Elinor se regardèrent d'un air intrigué.

— Pour moi, la visite a été convaincante, reprit-il. Si vous ne désirez pas acheter cette auberge, lady Belinda, je le ferai, si du moins Brown et Lewin pensent qu'elle peut convenir à leur projet.

— Ça convient tout à fait, merci, mon commandant.

— Parfait.

Ashley tira une carte de son portefeuille et la tendit à Brown.

— Dites au patron que le marché est conclu. Mon homme d'affaires le contactera directement.

— Je désire l'acheter, dit Bel d'un ton plat, tandis qu'ils retournaient vers leur calèche.

— Vous ne voudrez certainement pas négocier cela vous-même. Laissez mon représentant s'en charger, nous discuterons plus tard qui de nous doit l'acquérir.

Ashley s'assit en face des deux femmes, aussi à l'aise que s'il venait de faire une promenade de santé, au lieu de s'impliquer dans une affaire qui allait se terminer sur le pré.

— Mais vous n'allez pas vous battre en duel, n'est-ce pas ? demanda Bel.

Le visage d'Ashley se ferma.

— Je regrette, c'est une chose qui ne peut se discuter.

Bel allait parler de nouveau lorsque sa cousine lui enfonça son coude dans les côtes. Elinor avait raison. Vouloir faire changer d'idée un homme qui se croyait impliqué dans une « affaire d'honneur » était aussi vain que de prétendre empêcher le soleil de se lever. Elle garda le silence durant tout le trajet, en essayant désespérément d'imaginer un moyen de couper court à cette folie.

Bel descendit de la barouche devant son hôtel, salua Ashley d'un signe de tête fort raide, puis se réfugia dans sa suite avec Elinor.

— Que faire ? demanda-t-elle dès que la porte en fut refermée. Prévenir lady Dereham et miss Layne ?

Sa cousine fit une moue embarrassée.

— A quoi bon les inquiéter ? Elles ne pourront certainement rien faire et je doute fort qu'eux les préviennent…

— Non, ils leur laisseront seulement une lettre pour leur dire ce qui s'est passé et leur indiquer où trouver leurs dernières volontés, renchérit Bel, au désespoir. Et si l'un des deux tue l'autre, il devra quitter le pays !

— C'est vrai, le duel est illégal, dit pensivement Elinor. Et si nous informions les autorités ? Après tout, nous savons où et quand cela doit se passer.

— Tu as raison, c'est ce qu'il faut faire, s'écria Bel, soulagée, en l'embrassant pour la remercier. Est-ce que nous y allons tout de suite ?

— Attends… tu l'aimes toujours, n'est-ce pas ?

— Ashley ? Oh oui ! J'ai cru qu'il m'avait suivie ici, mais bien sûr, ce n'est pas le cas. Nous… nous nous sommes… vus durant un bain de mer…

La bouche d'Elinor se mua en un « o » de surprise choquée, parfaitement dessiné.

— Je lui ai dit que nous n'aurions pas dû… recommencer. S'il ressentait pour moi autre chose que du désir, je pense que là, il aurait dû parler, non ?

— Je n'en ai aucune idée ! avoua la jeune fille et je suis bien heureuse de ne pas connaître l'amour.

— Je voudrais ne jamais m'être lancée dans cette histoire, soupira plaintivement Bel. Cela me brise le cœur et je sais que je ne pourrai jamais cesser de l'aimer.

Ashley se tenait en haut de la falaise, observant la tache sombre d'une pinasse sur le gris de la mer. Le ciel matinal se couvrait d'une brume légère et il faisait frais, sur la hauteur herbeuse où paissaient des moutons. Layne était à quelques pas de là, affectant lui aussi de regarder la mer, tandis que Brown et Lewin chargeaient les pistolets. Un peu plus bas dans le chemin, derrière un bosquet maigrelet, la berline du médecin était à l'arrêt, à distance raisonnable pour que le praticien puisse prétendre, si nécessaire, qu'il passait simplement par là, avait entendu des coups de feu et avait voulu porter secours. Sinon, en cas de décès d'un des protagonistes, il risquait d'être accusé de complicité.

Ashley évitait de s'interroger quant à l'adresse de Layne au tir. Il savait trop combien, dans ce genre de situation, tout vagabondage de l'imagination était à éviter. Mieux valait détendre ses doigts et pratiquer quelques exercices de respiration. Il regrettait de ne pouvoir prendre, sur l'herbe, la position du lotus, que lui avait jadis enseigné son condisciple indien. Mais c'eut été peu discret…

Soudain il sentit la présence de Brown à côté de lui.

— Votre pistolet, mon commandant.

L'ancien sergent hésita, puis il enchaîna d'un air gêné :

— Vous savez, lady Belinda va cracher le feu et les flammes, si jamais on vous ramène avec un trou dans le corps…

Ashley sourit.

— Elle ne peut vous en blâmer, lui dit-il doucement.

Puis il marcha vers Layne et, l'ayant rejoint, pivota sur ses talons pour se placer dos à dos avec lui.

— Messieurs, dit Brown d'une voix forte, à mon signal, je vous demanderai de bien vouloir compter quinze pas… Allez-y !

Les deux adversaires se mirent en marche. Puis ils s'immobilisèrent.

— Veuillez à présent vous retourner et vous mettre en visée.

Ashley leva son arme, bras tendu, le corps effacé au maximum pour offrir la cible la plus étroite possible. Il pouvait voir la gueule noire du pistolet de son adversaire braquée sur lui.

— Arrêtez, au nom de la Loi !

Instantanément, Ashley pointa son arme vers l'herbe et il vit Layne faire de même. Deux personnages en perruque, un air de réprobation sur leur visage rougeaud, venaient vers eux dans une calèche.

— Qu'est-ce que… ? commença Layne.

— Regardez derrière eux, dit calmement Ashley. Une deuxième calèche, menée par Elinor, suivait celle des deux magistrats, sans doute le juge de paix du secteur et un de ses assesseurs. Bel était assise à côté de sa cousine. Dès que celle-ci arrêta son attelage, elle sauta à terre et se mit à courir vers eux, ses jupes à la main, relevées à une scandaleuse hauteur. Par mesure de sécurité, Ashley tira dans l'herbe. Il entendit l'écho du pistolet de son adversaire, qui faisait de même.

— Messieurs, dit Layne avec bonhommie, on vous aura dérangé pour rien. Lord Dereham et moi passons le temps en tirant quelques lapins. Il n'y a rien là de bien répréhensible…

— Des lapins ? Avec la voiture du Dr Lambert, stationnée un peu plus loin ?

— Quelle voiture ? demanda ingénument Patrick. Je ne comprends pas…

— La prochaine fois que vous… tirerez des lapins, messieurs, merci de bien vouloir vous livrer à cet exercice sur le territoire d'une autre juridiction, dit sévèrement le magistrat en remontant en voiture.

Les deux dignes personnages s'inclinèrent devant Bel qui arrivait sur les lieux, le souffle coupé.

— Milady, bonne journée à vous.

— Que voulez-vous dire, maître Manningtree ? Quelle « prochaine fois » ? Ne les avez-vous pas… interrompus ?

La capeline de Bel pendait dans son dos, ses chaussures et l'ourlet de sa robe étaient trempés par l'herbe mouillée.

— Milady, ceci est un duel, dit le plus émacié des deux magistrats avec un regard sur Ashley qui en disait long sur l'indulgence que pouvaient attendre les malheureux qui se présentaient devant son tribunal. Une fois que deux gentlemen ont résolu de se battre, nous savons qu'il n'y a d'issue à l'affaire que par le sang, sauf excuses de l'un des protagonistes. Et malgré… l'évidence, il n'y a pas ici de flagrant délit. C'est pourquoi nous ne pouvons que recommander que… ceci se termine ailleurs que sur notre juridiction. Mes hommages, milady.

Bel se tourna vers Ashley, la lèvre tremblante.

— Vous êtes satisfait, j'espère ? lui dit-elle, l'implorant presque. Vous n'allez pas vous entêter dans cette folie ?

— Vous ne nous empêcherez pas d'aller jusqu'au bout, Bel, répondit-il avec calme, même si vous nous poursuivez dans tout le Kent.

Sa colère n'avait pas faibli et pourtant il aurait voulu la prendre dans ses bras pour faire trembler cette lèvre de passion et non plus de peur.

Il redoutait ses larmes, mais ne s'attendait pas à l'éclair de colère qui flamboya dans ses yeux. Elle marcha vers lui, le saisit par les deux bras et le secoua comme un prunier. Il s'attendait à être giflé, mais elle n'en fit rien.

— Vous et votre maudit honneur, lui dit-elle d'une voix blanche. Vous allez me briser le cœur, Ashley Reynard, mais cela vous importe peu, bien sûr. Eh bien allez-y, allez donc vous entretuer !

Lui briser le cœur ?

— Bel ?

Mais elle était déjà partie, courant vers la calèche que conduisait sa cousine. Lentement, ses lèvres esquissèrent un sourire.

— Il n'y a rien que l'on puisse faire, alors ? demanda Elinor en claquant ses rênes sur le dos du poney fainéant qui tirait sa voiture, le long du sentier qui descendait vers le front de mer. Ils vont simplement aller ailleurs ?

— Oui, c'est ce que disent les magistrats. Tu te rends compte ? Ne peuvent-ils donc pas les arrêter ?

— Mettre un vicomte en prison ? Sans qu'un vrai coup de feu ait été tiré ? Je doute qu'ils en aient le courage. Je crois qu'il n'y a plus qu'à attendre. Veux-tu que je demande qu'on nous apporte du thé dans ta chambre ?

Bel n'avait pas encore répondu à cette question quand

les deux cousines entrèrent dans le hall de leur hôtel. Elle se dirigea droit vers le salon.

— Nous ne pouvons pas guetter leur retour de là-haut, expliqua-t-elle à Elinor.

Elle montra des fauteuils placés devant la baie vitrée.

— Mettons-nous là.

— Là, c'est le poste d'observation favori de lady Throckington et de ses amies, fit remarquer sa cousine.

— Eh bien, elles s'assiéront ailleurs, pour une fois.

Bel s'installa face à Marine Parade, vers la falaise.

— Tourne-toi de l'autre côté, recommanda-t-elle, au cas où ils feraient le tour.

Une heure et demie, et deux théières plus tard, elles y étaient toujours. Lady Throckington s'était présentée, puis avait dû battre en retraite devant le net refus de Bel de céder la place. La digne lady dut se contenter de s'asseoir un peu plus loin en fusillant les deux cousines du regard et en proférant à haute voix quelques remarques assassines sur le flagrant manque de courtoisie des nouvelles générations.

Bel, qui se moquait bien de ces récriminations, commençait à désespérer. Les deux hommes auraient dû être rentrés, à présent. Un tel retard devait signifier que l'un des deux était, pour le moins, blessé. De terribles images traversèrent son imagination. Ashley gisant dans l'herbe, mort ou, le sang de Patrick sur ses mains, devant fuir à l'étranger, ou bien encore…

— Miss Ravenhurst ?

Bel sursauta.

— Comment ? Ce doit être une erreur. Vous êtes sûr que ce n'est pas pour moi ?

Elinor prit le pli que lui tendait un groom sur son plateau d'argent.

— Non, regarde, c'est bien à mon nom.

— De quoi s'agit-il ? demanda Bel d'une voix mourante, le cœur au bord des lèvres.

Elinor se leva.

— Mmm… rien… rien de bien important. Veux-tu m'attendre ici ? Je ne serai pas longue.

— Oui, mais… enfin… j'ai besoin que tu sois avec moi…

— Cela ne prendra qu'un moment.

Les lèvres pincées, Bel regarda sa cousine s'éloigner, puis elle se tourna de nouveau vers la fenêtre, s'attendant à chaque instant à voir surgir Brown et Lewin, porteurs d'une mauvaise nouvelle. Les minutes passèrent et Elinor ne revenait pas.

Elle perçut vaguement un mouvement, près d'elle et, les yeux toujours fixés sur la rue, soupira :

— Tu en as mis un temps ! Où étais-tu… oh… Ashley ?

— Puis-je m'asseoir ?

Il déposa sa canne et son chapeau sur la table basse et prit un siège, une jambe nonchalamment repliée sur l'autre, véritable gravure de mode en bottes à la hongroise et culotte crème ajustée, sa jaquette d'été taillée dans le lin le plus fin.

La pièce se mit à tourner autour de Bel. Ashley était vivant. Il ne gisait pas dans l'herbe en haut d'une falaise, ne prenait pas non plus précipitamment le bateau pour quitter le pays.

— Vous… vous avez pris le temps de vous changer ?

Le soulagement faisait place à la colère et elle avait élevé la voix. Intéressée, lady Throckington pointa vers eux son pince-nez. Bel dut reprendre, dans un chuchotement furieux :

— Vous saviez que j'étais folle d'inquiétude et vous vous êtes changé ?

Puis une autre idée lui traversa l'esprit.

— Vous n'êtes pas blessé ?

— Non et Layne non plus.

— Vous avez renoncé à vous entretuer ?

— C'est ce que vous vouliez, non ?

— Bien sûr que c'est ce que je voulais. Mais pourquoi être allés jusque-là ?

Elle l'examinait de la tête aux pieds. Il semblait n'avoir aucune blessure visible.

— Disons qu'il s'agissait d'une affaire d'honneur et qu'à présent, l'honneur est sauf.

— Mais… vous ne pensiez pas sérieusement que Patrick voulait me faire du mal, n'est-ce pas ? Vous ne vouliez pas vraiment le tuer.

— Je l'avais frappé. Il n'y avait plus moyen de reculer.

— Vous auriez pu vous excuser…

— Pas question, j'ai pris plaisir à lui écraser mon poing sur la figure.

— Pourquoi êtes-vous revenu ?

Soudain, elle trouvait sa proximité absolument insupportable. Elle aurait voulu être dans ses bras et c'était impossible. D'autre part, il l'avait terrifiée et elle aurait également voulu le rouer de coups de poing. Ce n'était pas non plus imaginable. Elle dut se contenter de lui lancer un regard glacial.

— Parce que je voulais savoir ce que vous vouliez dire,

là-haut sur la falaise, murmura Ashley en se penchant vers elle, si près qu'elle put sentir son souffle. Vous avez dit : « vous allez me briser le cœur ». Qu'entendiez-vous par là ?

— Je…

Avait-elle vraiment prononcé ces mots-là ? Elle croyait les avoir seulement pensés.

— La vérité, Bel. Dites-moi la vérité.

Bel regarda autour d'elle, cherchant désespérément une échappatoire.

— Où est allée Elinor ?

— A la bibliothèque, retrouver miss Layne avec qui elle va déjeuner.

— Mais elle savait que j'étais folle d'inquiétude. Comment a-t-elle pu m'abandonner ?

— C'est moi qui lui ai dit de le faire. Je lui ai envoyé un billet pour lui préciser que nous étions saufs et lui demander de nous laisser seuls, vous et moi, pour un certain temps.

Il n'y avait aucun doute sur ce qu'il entendait par là. Bel sentit une chaleur traîtresse l'envahir.

— Nous nous sommes dit tout ce que nous pouvions nous dire.

— Certainement pas ! Montons dans votre suite.

— Vous êtes fou ? Ce serait un scandale !

Elle avait encore élevé la voix. Le pince-nez pointa de nouveau dans sa direction.

— Le prix de la soie française…, dut-elle ajouter précipitamment. Un vrai scandale…

Ashley ne paraissait pas se soucier du fait qu'ils se trouvaient dans un lieu public.

— Voyez-vous, Bel, lui dit-il d'une voix suave, je crois

que pour la sorte de conversation que nous allons avoir, mieux vaudrait que nous soyons nus.

— N…

Bel plaqua sa main sur sa bouche pour s'empêcher de répéter le mot.

— Je… Pas question. Je resterai assise ici toute la journée, plutôt.

— Bon !

Ashley se rassit et tira sur son gant droit pour le retirer.

— Je ne me sens pas spécialement exhibitionniste, murmura-t-il, mais si c'est ce que vous voulez…

— Vous n'espérez pas me faire croire que vous allez rester assis et enlever tous vos vêtements ? Je ne suis tout de même pas si sotte…

— En fait non, il faudra bien que je me lève pour enlever ma culotte, répondit Ashley, logique, en retirant son deuxième gant avec une affolante lenteur. Et aussi pour vous déshabiller…

Les lèvres pincées, elle se tourna vers la baie vitrée. Il ne pouvait tout simplement pas faire cela, c'était impossible.

Le deuxième gant vint rejoindre le premier, sur la table, avec une sorte de claquement feutré.

Du coin de l'œil, Bel vit Ashley jouer nonchalamment avec le premier bouton de sa jaquette.

Le pince-nez de lady Throckington restait braqué… sur lui.

— Vous voyez, Bel, dit-il tout doucement, cet épouvantail à moineaux, là-bas, semble apprécier le spectacle, pas vous ?

— Vous n'oseriez pas…

Un lent sourire, très sensuel, parut sur le visage d'Ashley. Un sourire qui rappelait à Bel toutes les sensations que ces lèvres-là savaient si bien faire naître sur sa peau.

— Ah, vous croyez cela ?

23

— Je monte.

Bel posa ses mains sur les accoudoirs de son fauteuil et commença à se lever.

— Avec moi ?

— Non.

— Si vous faites un seul pas, je vous soulève dans mes bras et vous porte dans votre suite.

Elle se rassit. Il en était déjà à son troisième bouton.

— Vous ne savez pas où elle se trouve.

— Premier étage, en face de l'escalier, première porte à gauche. J'ai la clé. Ce qui me fait penser qu'il faut que je la prenne avant de n'avoir plus rien sur moi qui ait des poches.

Quatrième bouton.

— Comment l'avez-vous eue ?

— Par votre cousine Elinor.

Ashley tira sur sa cravate pour la défaire. La mâchoire inférieure de lady Throckington tomba… et ne se releva plus.

— Très bien.

Bel capitula. Tout plutôt qu'un scandale en public. Une fois dans le hall, elle s'échapperait. Il n'allait tout de même pas la poursuivre dans la rue !

— Rajustez-vous, chuchota-t-elle.

Ashley remit les pans de sa cravate dans son col et se leva, lui offrant sa main. Elle l'ignora et traversa le salon, bien consciente que ses joues étaient très empourprées.

Malheureusement, le hall était vide. Bel avait compté sur une certaine affluence pour s'éclipser plus facilement. Elle fit mine de se diriger vers l'escalier, mais s'élança vers la porte d'entrée. Elle n'alla pas loin. Ashley la saisit par la taille, puis la jeta sans façon sur son épaule, comme un sac de grains.

Le souffle coupé, elle essaya bien de résister, mais il la tenait fermement et commença de monter les marches. Les protestations de la jeune femme se perdirent dans le tissu de sa jaquette. Sur le palier, elle le sentit chercher sa clé dans la poche un instant, puis la porte s'ouvrit et ils entrèrent.

Ashley la déposa au sol et elle resta un instant trop étourdie pour faire autre chose que s'accrocher au montant du lit.

Elle le vit refermer la porte puis jeter la clé par la fenêtre.

— Qu'est-ce que vous faites ? demanda-t-elle stupéfaite. Comment allons-nous sortir à présent ?

— Frappez et l'on vous ouvrira, disent les Saintes Ecritures. Nous ne frapperons pas, mais nous sonnerons et nous expliquerons que nous avons perdu la clé… quand nous en aurons terminé, bien sûr…

Par association d'idée, Bel lança un coup d'œil en direction du cordon de la sonnette. Ashley surprit son regard et avec un sourire, il souleva le gland de la tresse et le déposa en haut du cadre du grand miroir ornant la cheminée, hors de portée de Bel. Elle était prise au piège.

— Bien. Vous avez tout prévu, je vois.

Très raide, la jeune femme alla s'asseoir dans un fauteuil. Que se passerait-il s'il voulait lui faire l'amour ? Elle le désirait tellement ! Comment pourrait-elle refuser ?

— De quoi vouliez-vous me parler ?

— C'est vous qui allez m'expliquer ce que vous vouliez dire tout à l'heure, sur la falaise, répliqua Ashley en retirant sa jaquette, puis en dénouant sa cravate.

— Arrêtez cela, lui dit-elle d'une voix mal assurée, cessez de vous déshabiller, vous me troublez.

— Répondez et je cesserai.

Bel chercha quelque chose de convaincant à lui dire. Quelque chose qui ne soit pas le simple, l'évident, le sincère « je vous aime ».

— J'ai de l'affection pour vous, vous le savez bien. Je ne veux pas qu'il vous arrive quelque chose.

— Je ressens quelque chose de cet ordre pour beaucoup de gens, répondit-il en retirant sa cravate et en continuant tranquillement d'ouvrir ses boutons de chemise. Je suis peiné s'il leur arrive quelque chose, mais cela ne me brise pas nécessairement le cœur pour autant.

La chemise atterrit sur le plancher, puis il s'assit pour retirer ses bottes.

— Je vous ai dit que je ne voulais pas me remarier, si je vous explique ce que j'ai voulu dire, vous allez penser que je suis une hypocrite, plaida-t-elle au désespoir.

— Essayez toujours, lui dit-il en retirant ses bas.

Il semblait marquer un temps d'arrêt et Bel en fut soulagée. Elle savait qu'elle perdrait toute volonté s'il se mettait nu. Il était déjà bien assez difficile de le voir ainsi, un rayon de soleil caressant son torse musclé et brillant dans sa chevelure d'or.

— Je vous aime, articula-t-elle au supplice, comme on avoue un crime.

Tout de suite, il fut à ses genoux, ses mains sur les siennes. Elle pouvait sentir son odeur. Quelques centimètres encore et elle pourrait poser sa tête sur son épaule, embrasser sa peau de satin sur le muscle dur, en avoir le goût de sel sur ses lèvres.

— Je… je suis désolée… je… j'ai cru que je ne voulais rien d'autre qu'une relation physique… une liaison.

— Regardez-moi, Bel.

— Non.

Elle secoua la tête, mais ses doigts et ceux d'Ashley restèrent entrelacés.

— J'étais très en colère quand vous m'avez proposé le mariage, après l'incident avec ma tante. Je n'acceptais pas que vous puissiez être piégé par une question de convention ou d'honneur.

— Et moi, je ne pouvais pas vous dire alors, honnêtement, que je vous aimais.

— Non, bien sûr, je le comprends, murmura-t-elle et la folle lueur d'espoir qui venait de s'allumer dans les yeux de Bel s'éteignit.

— Parce que je ne comprenais pas ce que je ressentais.

Il lui prit le menton entre deux doigts et le souleva pour qu'elle puisse plonger dans ses yeux.

— Que s'est-il passé, sous le saule pleureur ?

— C'est à ce moment-là que j'ai compris que je vous aimais.

Elle voulut se détourner, mais il saisit fermement son visage entre ses mains pour l'en empêcher. « Continue » lui disaient ses yeux.

— … et que nous ne pouvions plus être amants, car ce serait malhonnête, puisque je voulais quelque chose que vous ne pouviez me donner.

Il se pencha pour baiser doucement ses lèvres, puis se recula et reprit ses mains.

— Je ne veux pas de votre pitié, dit-elle faiblement, mais d'une voix qu'elle espérait ferme, cependant.

— Il n'est pas question de pitié. Savez-vous ce que j'ai fait lorsque vous avez quitté Londres en catimini ?

Elle secoua la tête. Il pouvait voir à ses traits tirés qu'elle n'avait sans doute pas dormi de la nuit, à s'inquiéter de ce qui aurait pu lui arriver à lui, Ashley, à l'issue de ce duel. Il fallait en finir et dissiper ces ombres dans ses yeux.

— Je me suis introduit nuitamment chez vous, comme lorsque nous étions amants. Je savais que vous n'y étiez pas. Hedges me l'avait dit. Je me sentais… perdu. Pas simplement frustré ou blessé dans ma fierté masculine, non… désorienté. Je suis monté dans votre chambre, me suis assis sur la peau d'ours et j'ai pensé à vous, à nous deux, dans le noir, toute la nuit. Et au matin, j'ai compris ce qui était tellement évident que cela me crevait les yeux. Je vous aime, Bel.

Elle poussa un petit cri de surprise étouffé.

— M… mais pourquoi n'avoir rien dit ?

— Pour cela, il fallait d'abord que je vous trouve… Ce qui s'est révélé le plus facile en fait, ma mère m'ayant annoncé au petit déjeuner que nous irions tous à Margate, car la charmante lady Belinda en avait vanté les charmes et qu'elle y serait aussi.

— Elle me trouve charmante ? demanda Bel, momentanément distraite.

— Je suis sûr que vous êtes pour elle la belle-fille idéale…

Il lui sourit d'un air d'adoration.

— Je vous ai donc retrouvée à Margate. Il y a eu ce merveilleux épisode de la cantine roulante…

Elle rosit délicieusement.

— … qui s'est terminé en fin de non-recevoir. Vous m'avez signifié que plus jamais nous ne serions amants. J'ai compris qu'il y avait vraiment quelque chose… Et j'ai résolu de vous faire la cour jusqu'à ce que je puisse comprendre quoi, ou bien que vous ayez suffisamment repris confiance pour me parler.

— J'ai confiance en vous, lui dit-elle et alors, elle le toucha, la paume sur sa poitrine, sur son cœur.

— Si je vous avais dit que je vous aimais, continua-t-il, vous m'auriez accusé de me livrer sur vous à du chantage affectif, comme vous me l'aviez dit déjà. Mais moi, je veux vous épouser, Bel. Je veux vous faire des enfants, vieillir auprès de vous. Je devais découvrir pourquoi vous aviez fui loin de moi, alors que dans mes bras, vous n'étiez que feu, passion et abandon.

— M'épouser ?

Les beaux yeux gris étaient pleins d'espoir, d'anxiété mêlés et de questions informulées.

— Je sais que vous ne voulez pas vous remarier, Bel. Mais je vous supplie d'y réfléchir. Je vous promets de vous accorder toute la liberté que vous voudrez.

— Il n'y a rien que je désire plus au monde que vous épouser, dit-elle d'une voix qu'un bonheur immense affermissait. Je n'avais pas idée qu'un tel sentiment existait : celui de sentir autant appartenir à quelqu'un. Ashley, le jour où j'ai rencontré vos sœurs, j'ai cru un instant que Katy était votre fille et toute la journée, ensuite, j'ai rêvé de ce que ce serait que d'avoir des enfants de vous. Pourtant, à ce moment-là, je ne me savais pas encore amoureuse…

Ashley se sentait comme Joshua faisant tomber une à une les murailles de Jéricho.

— Je vous aime, vous m'aimez, lui dit-il et nous

voulons nous marier. Si je peux me procurer une licence, que diriez-vous de célébrer notre union ici, à Margate ? Ou bien préférez-vous que nous rentrions à Londres pour tout faire dans les règles ?

— Et si nous allions plutôt nous marier chez vous, à la campagne, à Coppergate ? Je voudrais voir tous vos gens autour de nous et commencer ainsi notre vie de couple… Je sais que jusqu'ici, vous étiez réticent à y retourner, mais ce sera chez nous désormais…

Il acquiesça en souriant. Ainsi tous les fils de sa vie se renouaient. Rien d'étonnant à ce qu'il ait tant rêvé de Bel quand il était là-bas, dans une sorte de prescience. Au fond de lui, il savait bien qu'elle était faite pour lui. Il aurait dû, simplement, écouter son cœur.

Bel laissa glisser sa main sur le torse splendide d'Ashley, jusqu'à ce que l'une de ses pointes de sein se trouvât, tout naturellement entre ses doigts. Elle pressa doucement. Il frémit et ferma les yeux.

— Ashley, lui dit-elle, je ne veux pas passer un mois à lancer des invitations et à composer mon trousseau. Tout cela, je l'ai déjà fait et c'est terriblement ennuyeux. Je veux que nous fassions l'amour, maintenant et chaque fois que ce sera possible. Je veux te sentir en moi, sans précaution, sans contrainte, complètement. Je veux des enfants de toi.

Il rouvrit les yeux et la serra dans ses bras.

En riant, il la souleva et la déposa au pied du lit.

— Te rends-tu compte de notre chance, mon amour ? lui dit-il. A présent, peu importe l'état dans lequel nous laisserons le lit.

Ils rirent ensemble et Ashley ajouta :

— Mais nous allons être le scandale de Margate, car j'ai bien l'intention de le démolir, aujourd'hui même.

— Oh oui, oui, soupira-t-elle tandis qu'il commençait à défaire sa robe.

Bientôt, la jolie toilette fut sur le sol, où des jupons et une chemise ne tardèrent pas à atterrir à leur tour. Belinda restait là, rougissante, en bas et porte-jarretelles.

— Hmm… très joli…

A sa grande surprise, il la fit pivoter sur ses talons et lui fit appuyer les mains au pied du lit.

— Vraiment très joli…

Il se rapprocha, passa le genou entre ses jambes, pour les lui faire ouvrir.

Elle frissonna de plaisir et d'attente. Qu'allait-il faire ? Mais peu importait. C'était Ashley, elle était à lui et tout ce qu'elle savait, c'était qu'elle aurait infiniment de plaisir. Instinctivement, elle se cambra, pressant la courbe de ses fesses sur le sexe tendu.

Une main d'Ashley se perdit entre ses cuisses, tandis que l'autre empaumait un de ses seins et que du bout des lèvres, il agaçait sa nuque.

— Mais je ne peux pas te toucher, moi, protesta-t-elle dans un soupir, alors que ses doigts agiles s'insinuaient en elle.

— Ne t'inquiète pas, répondit-il, lui aussi dans un souffle, tu vas en avoir tout le loisir…

Tout en parlant, il pressait entre deux doigts la pointe brûlante d'un sein, tandis que ceux de son autre main allaient et venaient en elle, la conduisant inexorablement au plaisir.

— Je t'aime…, murmurait la voix à son oreille.

Bel ne savait déjà plus exactement ce qu'elle voulait ou ce qu'elle pouvait endurer.

— Maintenant, Bel ? murmura-t-il.

— Oui, oui, oui…

Il la prit fiévreusement, l'esprit comme aveuglé d'une lumière lancinante. Son plaisir était presque insupportable et il cria son prénom tandis que, pour la première fois, elle se sentait comblée de bonheur et d'amour.

— Je t'aime.

Bel savoura les mots qu'Ashley lui murmurait en s'étirant langoureusement contre son grand corps étendu.

— Je t'aime, répondit-elle en écho, respirant l'odeur de sa peau.

Comme il sentait bon ! Le sel, l'homme, le sexe et le désir assouvi.

Elle glissa sa tête dans son cou pour lui mordiller le lobe de l'oreille, puis s'interrompit pour lui murmurer :

— Crois-tu que nous avons suffisamment dévasté le lit ?

Il se souleva sur un coude pour regarder les draps.

— Non ! Nous en sommes encore loin…

— Mmm… Tant mieux !

Bel se coula plus encore contre lui, en se demandant laquelle des délicieuses folies qu'elle avait en tête ils pourraient bien essayer ensuite. Ou celles qu'Ashley pouvait avoir lui aussi, dans l'idée de réaliser.

— Cela dit, nous avons toute la vie pour détruire les literies. Veux-tu que nous nous levions pour aller annoncer la bonne nouvelle à tout le monde ?

Bel fit mine de réfléchir un instant.

Puis, elle passa sa jambe par-dessus la hanche de son amant et l'enfourcha.

— Disons… dans une heure ou deux.

A paraître
le 1er décembre 2009

LA FIANCÉE DU BRIGAND , ***de Kate Bridges - n°459***

Alaska, 1888. Orpheline et privée d'héritage, Autumn est parvenue à se faire engager comme chanteuse dans un hôtel prestigieux. Elle se réjouit encore de cette bonne fortune lorsqu'un soir, un inconnu la prend en otage. Son ravisseur, elle l'apprend bientôt, n'est autre que Quinn Rowlan, un bandit de grand chemin traqué dans tout l'Alaska et qui l'oblige à soigner son frère blessé... Terrifiée, mais néanmoins touchée par ce brigand qui veut à tout prix sauver son cadet, Autumn s'interroge : un hors-la-loi tel que Quinn est-il vraiment capable de sentiments ?

L'ÉPOUSE REBELLE, ***de Helen Dickson - n°460***

Angleterre et Italie, 1895. Choyée durant son enfance, Christina découvre un jour qu'elle est promise à un homme dont elle ignore tout. Une situation d'autant plus effrayante qu'elle va devoir suivre son futur époux Maxwell Lloyd, comte de Marchesi, dans sa propriété de Toscane, isolée au milieu des vignes et des oliviers. Christina redoute déjà ce qui l'y attend : une existence rude qu'elle se refuse à subir sans combattre. N'en déplaise à ce Maxwell qui la traite comme une de ces femmes latines soumises aux désirs de leurs maris !

LA CHÂTELAINE DE WOOLTON MANOR, ***d'Annie Burrows - n°461***

Angleterre, 1495. A seize ans, Maddy a déjà connu bien des chagrins : son père et ses frères ont donné leurs vies pour Richard d'York, ennemi juré d'Henry, l'actuel roi d'Angleterre. Hélas, ils n'ont pu empêcher ce dernier de confisquer tous leurs biens. Ruinée, Maddy croit avoir définitivement perdu le domaine de Woolton, la demeure familiale, lorsque le roi décide de le lui restituer. Mais à une condition : elle devra épouser Sir Geraint, un simple chevalier. Ce manant, cet usurpateur, sera désormais son seigneur et maître...

LA FEMME DU GUERRIER, ***de Michelle Willingham - n°462***

Irlande, 1175. Veuve et seule pour élever un enfant illégitime, Aileen se retrouve sans ressources lorsque le chef de clan lui interdit d'exercer ses talents de guérisseuse. Une activité à laquelle elle renonce la mort dans l'âme car elle se sent incapable d'ignorer la douleur d'autrui. Aussi est-elle confrontée à un terrible dilemme lorsque Connor MacEgan, l'homme qui lui a autrefois volé sa vertu, se présente à elle, grièvement blessé...

L'ESCLAVE ET LE BARBARE, ***de Louise Allen - n°463***

Italie, 410 av. J.-C. Arrachée à une existence dorée et réduite par la guerre à la condition d'esclave, Julia est désormais la propriété du guerrier Wulfric. Malgré sa fierté, elle doit admettre que servir un tel maître n'est pas si désagréable car, pour un barbare, il se montre étonnamment bon envers elle. Mais Wulfric est aussi un chef de clan qui, en fin stratège, envisage d'épouser la princesse d'une autre tribu. Une perspective qui désespère Julia car il y a fort à parier qu'une fois Wulfric marié, elle ne jouira plus du même traitement de faveur. Pire, elle devra s'habituer à le voir dans les bras d'une autre ; une idée qu'elle ne peut supporter...

L'INCONNUE D'HISPANIOLA, ***d'Amanda McCabe - n°464***

Venise et Hispaniola, 1535. Propriétaire d'une taverne à Hispaniola, Bianca Simonetti n'a rien oublié de son passé vénitien – rien surtout, de ce jour maudit où le puissant Ermano Grattiano a assassiné sa mère, cartomancienne, persuadé qu'elle lui avait livré une fausse prophétie. Depuis, Bianca est taraudée par la haine. Aussi croit-elle enfin tenir sa revanche lorsqu'arrive un jour dans sa taverne Balthazar, le fils d'Ermano, qui ne la reconnaît pas. Mais Balthazar n'est plus le garçon effacé qu'elle a connu autrefois : il est devenu un homme fier et fascinant. A tel point que Bianca ne sait bientôt plus ce qu'elle désire vraiment : le tuer... ou l'aimer malgré tout.

Best-Sellers n°395 • suspense

L'héritage maudit - Heather Graham

A peine arrivé à La Nouvelle-Orléans dans la plantation dont il a hérité, le détective privé Aidan Flynn trouve des ossements humains. Des crimes récents, selon Aidan. Rien de bien intéressant, selon la police. Décidé à percer seul ce mystère, il fait appel à Kendall Montgomery, une jeune femme qui affirme non seulement être dotée de visions prémonitoires, mais aussi être en contact avec les fantômes qui hantent la propriété. Car Aidan soupçonne qu'en plus de cette demeure, il a également hérité d'un sombre secret de famille.

Best-Sellers n°396 • roman

Le temps des promesses - Emilie Richards

Rongée par le remords d'avoir jadis abandonné Kendra, sa sœur aînée, Jamie se rend au cœur de Shenandoah Valley pour offrir à sa sœur ce qu'elle estime lui devoir depuis longtemps. Grâce à ses talents d'architecte, elle dessine à Kendra la maison que celle-ci a toujours voulue. Mais ce n'est pas seulement pour l'aider à bâtir ce rêve que Jamie est revenue. C'est aussi pour offrir à Kendra un cadeau inestimable : celui d'un enfant. L'enfant que Kendra et son mari Isaac désirent de tout leur cœur mais ne peuvent concevoir.

Best-Sellers n°397 • historique

Un palais sous la neige - Rosemary Rogers

Angleterre et Russie, 1820

Pour échapper à un beau-père qui veut la mettre dans son lit, Brianna Quinn espère l'aide du duc de Huntley, son tuteur et ami d'enfance. Mais, à la place de ce dernier, c'est son jumeau, Edmond Summerville, qui lui offre sa protection… Brianna accepte bien malgré elle, car Edmond est tout l'opposé de son frère : débauché et séducteur. On raconte même qu'il est un homme de main du Tsar. Aussi, lorsqu'il décide de l'emmener en Russie avec lui, Brianna est-elle soudain prise d'angoisse : auprès d'un tel homme, sa vertu et sa vie sont plus que jamais en danger…

Best-Sellers n°398 • suspense

L'ultime refuge - Nora Roberts

Depuis qu'un inconnu lui envoie des photos inquiétantes sur lesquelles elle croit se reconnaître, Jo Hathaway vit en permanence dans la terreur. Une terreur qui monte encore d'un cran le jour où elle s'aperçoit que l'un des clichés ne la représente pas elle, mais sa mère, Annabelle, disparue vingt ans plus tôt sans laisser de traces… Peu après, la photo est subtilisée dans son appartement. Sans preuve à fournir à la police, et épuisée par la tension et la peur, Jo se réfugie alors dans la maison familiale, sur une île au large de la Géorgie. Là, espère-t-elle, elle sera en sécurité. Mais Jo pourrait bien avoir trouvé là son dernier refuge…

Composé et édité par les
éditions Harlequin
Achevé d'imprimer en septembre 2009

CPI
Bussière

à Saint-Amand-Montrond (Cher)
Dépôt légal : octobre 2009
N° d'imprimeur : 91026 — N° d'éditeur : 14511

Imprimé en France